奈落で踊れ

月村了衛

朝日文庫

本書は二〇二〇年六月、小社より刊行されたものです。

目次

奈落で踊れ

ノーパンすき焼き。

　その言葉の威力は絶大だった。これが単なる「大蔵省接待汚職事件」、もしくは「大蔵省過剰接待事件」であったなら、ここまでのインパクトを世間に与えられたかどうか。

もちろん大蔵省の接待汚職というだけでも充分な衝撃はある。〈官庁の中の官庁〉と呼ばれ、東大卒、国家公務員試験の上位合格者でなければまず入省できない。すなわち、名実ともに日本を代表する秀才が集まる官庁が大蔵省である。国家の金を取り扱う高級官僚達が汚職を行なっていたという事実は、まさに重大事件と言うほかない。

それにしても――ノーパンすき焼き。

全国民がその脱力感に満ちた名称に接したのは、一九九八年一月のことだった。

十八日、大蔵省大物ＯＢが収賄容疑で逮捕されたことを皮切りに、二十六日には金融検査部管理課の金融証券検査官室長、及び同課課長補佐の二名が東京地検特捜部に収賄容疑で逮捕された。さらに同日夕刻、大蔵省に地検特捜部の家宅捜索が入った。その屈辱と衝撃に、大蔵省は未曾有の恐慌状態に陥った。

翌《あく》る二十七日、新宿区歌舞伎町のノーパンすき焼き店『敦煌《とんこう》』に家宅捜索が入り、同店のコンパニオン二名が公然猥褻《わいせつ》容疑で警視庁に逮捕された。同店は逮捕された金融証券検査官室長が自ら接待先として指定していたという。一斉に動いたマスコミは、間もなく同店がノーパンすき焼き店として営業しており、高級官僚や政治家の接待に使われていた実態を競って報道し始めた。

かくして、謹厳実直を以《もっ》て旨とする大手新聞各紙の紙面にまで〈ノーパンすき焼き〉なる文言が躍ったというわけである。

新聞もしくはテレビによって、茶の間で家族とともにその面妖なる名称に接した日本国民の困惑はいかばかりであったろうか。中には「ねえ、ノーパンすき焼きってなんのこと?」との純真無垢《むく》なる子供らの質問に、「さあ、お父さんにもなんのことだか……」などと文字通り手にした湯呑《ゆの》みの茶を濁すのに四苦八苦した善男善女も多数いたことであろう。

和気《わき》藹々《あいあい》とした茶の間の団欒《だんらん》が急に気まずいものと変じた家庭の悲劇は措《お》くとして、ともかくも数年前から続いていた大蔵関係の不祥事は、ノーパンすき焼きの前に春のあけぼのの如く霞《かす》み去った。無論それは大蔵省にとって吉兆などではあり得ない。あまりと言えばあまりにも恥ずかしい一大スキャンダルに、大衆の激烈な怒りと嫉妬と好奇心は、奇怪なる風俗店で怪しげな接待を受けていたという大蔵官僚達に集中した。

ここに大蔵省は、一八六九年の設立以来最大の危機を迎えたのである。

1

一九九八年二月二日、新橋の居酒屋『半蔵酒房《はんぞう》』の奥座敷に、四人の男達が顔を揃《そろ》えていた。同店の構えは大衆酒場だが、その奥座敷だけは襖《ふすま》を閉めると密談に恰好《かっこう》の個室となる。

「どうすればいいんだ……」

重苦しい空気の中で、そう漏らしたのは三枝均《さえぐさひとし》。大蔵省銀行局調査課の課長補佐である。

「どうするって、それを考えるために集まったんだろうが。少しは頭を使って考えろ」

とげとげしく発したのは理財局総務課課長補佐の登尾克二《のぼりおかつじ》。

「考えてるさ。しかしいくら考えてもいい手がないから困ってるんじゃないか」

口を尖《とが》らせて反論する童顔の三枝に、皺《しわ》の多い老け顔の磯ノ目九作《いそのめきゅうさく》が恨めしげにぼやいた。

「君達はいいよ。何度も接待を受けて楽しんだんだから。僕なんてたった一回、行っただけなんだぜ。それで一緒に処分されたらたまらないよ」

「俺は課長のお供で連れてかれただけだ。別に楽しんでたわけじゃない」

身長だけはやたらと高い登尾が、いかにも言いわけがましく抗弁する。

「嘘つけ。おまえ、あの店に行くたびに『サユリちゃんサイコー』とか『ミキちゃんがカワイイ』とか、いちいち嬉《うれ》しそうに品評してたじゃないか」

冷ややかに指摘する小太りの男は最上友和《もがみともかず》。

磯ノ目は銀行局特別金融課課長補佐、最上は証券局証券業務課課長補佐の役職にある。四人はいずれも八九年組、すなわち平成元年入省の同期であり、銀行局が中心になって設置した『地方銀行に関する破綻処理研究班』なるタスクフォースのメンバーであった。また全員が妻帯者であり、住宅ローンを抱えている。

「こんなことになるんなら、やっぱり長いモノに巻かれてりゃよかったんだ」

今にも泣き出しそうに叫んだ三枝に、登尾が開き直ったように言う。

「ここでそんなこと言っても始まらん。それに第一、上の連中の言う通りにしてたって、今度のトラブルを回避できたかどうか知れたもんじゃない。事は大蔵省全職員に及んでるんだ」

「でもなあ、少なくとも僕達が真っ先に人身御供《ひとみごくう》にされるなんてことはなかったんじゃないか」

　今度は磯ノ目が悲観的に愚痴った。

「それこそまだ決まったわけじゃないだろう。俺達より接待されてた奴は省内には腐るほどいるんだ」

「いいや、決まってるね。接待の度合なんて関係ない」

　虚勢を張る登尾に対し、最上が身も蓋もなく断じる。

「俺達のまとめた破綻処理スキームを見て、幕辺《まくべ》主計局長はことのほかお怒りだったそうだ。今省内は、誰を生贄《いけにえ》として差し出すか、その選定に余念がない。こんなとき、局長の取り巻き連中、特に局次長の難波《なんば》さんが誰を選ぶか、自ずと明らかってもんだろう」

　他の三人が黙り込む。改めて最上に言われずとも、三人ともそれを怖れているからこそこうして集まったわけである。

　タスクフォースのメンバーに選抜された若手グループの面々は、当初得意満面で省内を闊歩《かっぽ》していた。「地銀へ大規模な公的資金を注入して不良債権処理を加速させるとともに、経営責任を明確にした人事の刷新を行なうことによって地銀の信用創出を図り、中小企業の資金調達を円滑化する」という画期的なプランを掲げつつ。

　その「経営責任の明確化」がまずかった。不覚にも、地銀幹部には多数の大蔵ＯＢが天下っていることを失念していたのだ。また「大規模な公的資金の注入」を明言している点も省内の反発を大いに買った。

彼らの目的は省内で実績を上げ、出世の足掛かりとすることだった。およそ官僚にとって、唯一最大のモチベーションは人事である。それ以外に興味はないとさえ言い切っていい。四人は自分達のまとめ上げたプランに、大いなる自信を抱いていた。それが上層部、いや大蔵省全体の神経を逆撫《さかな》でするものだとは夢にも思わず。

結果、若手ホープの集団であったはずのタスクフォースは、「省内の異端児」「はぐれ者集団」「危険分子」「反主流派」といったレッテルをベタベタと貼られてしまった。ことに最後の「反主流派」というのは痛い。省内で大樹の陰を離れて孤立することは、多数の引き立てを必要とする出世から遠ざかるということでもあるからだ。

そこへ来て今度のノーパン騒ぎである。もはや出世どころではない。誰がいつ大蔵省から放り出されるか分からない、悪夢のような事態に陥ってしまったのだ。

「ああっ、どうすればいいんだっ」

頭を抱えて三枝が呻《うめ》く。入店してから、そのフレーズを口にするのはもう何度目だろうか。

「そもそも、銀行が勝手に俺達を変な店に案内したわけじゃないか。悪いのは銀行だ。俺達が接待されるのは国のために尽くしているからだ。文句を言われる筋合いはない」

登尾がいよいよ開き直る。エリート官僚としての自負と言うより、ここまで来ると単なる鼻持ちならぬ傲慢である。だがその自負も傲慢も、「ノーパン」の一言で木っ端微《み》塵《じん》に吹っ飛んでしまう。

口には出さないが、他の三人も思いは同じだ。

なんで俺達が——せめてノーパンでさえなかったら——

このままでは座して処分を待つばかりである。ノーパンすき焼き接待を受けた恥ずかしい汚職役人として。

それだけはなんとしても避けねば——しかしどうやって——

そのときだった。

「香良洲圭一《からすけいいち》……」

ふと思い出したように磯ノ目が呟《つぶや》いた。

「あいつ、この前の定期異動で本省に戻ってきたんじゃなかったっけ」

「そうだ、香良洲だ」

三枝が興奮して続ける。

「確か今は、大臣官房文書課の課長補佐だ。あいつならなんとかしてくれるかもしれない」

登尾も最上も、目を輝かせて膝を打った。

香良洲圭一。やはり八九年組の一人で、東大時代から「超変人」「異人類」「紙一重の向こう側」など数々の異名を取った人物である。秀才揃い、と言うより秀才しか入れぬ大蔵省に彼が採用されたのは、その変人ぶりを補ってあまりある「超秀才」であったからだと言われている。金融財政を扱うにもかかわらず、大蔵省は法学部の出身者で占められ、理系学部卒は数少ない。理学部数学科出身の香良洲はその稀少《きしょう》な例の一人であり、入省後MITに留学し、マクロ経済学まで学んでいる本格派であった。

実際、彼の頭脳の切れは超人的で、在学時に数々のトラブルを解決してみせた手際は、今も鮮烈な記憶として四人の胸に刻まれていた。

同期との交流はないに等しいのだが、在学当時、三枝、磯ノ目と同じ下宿にいたことから、タスクフォースのメンバーとは比較的――あくまで比較的――友好的な関係にあった。

「しかし、あいつに任せたら、かえってややこしいことになったりしないか」

突然我に返った如く、登尾が理性的な意見を口にする。

「それは……いや、確かに……」

何か言いかけた三枝も、語尾を曖昧にして呑み込んだ。

そうなのだ。数々の異名は伊達《だて》ではない。入省後、香良洲は出世のみを志向するエリート官僚としては考えられない行動を取った。すなわち、『デフレ経済下における消費増税の悪影響について』と題する論文を書き、専門誌に発表したのである。政府と大蔵省の基本方針を真っ向から否定してタダで済むと思う方がどうかしている。これは全大蔵幹部の逆鱗《げきりん》に触れ、彼はすぐさま地方の税務署に飛ばされた。早々に出世コースから外れたわけである。

同期の中で、彼の自爆的左遷に胸を撫で下ろさなかった者は皆無であると言っても過言ではないだろう。入省した瞬間からキャリア官僚の出世レースは始まっている。香良洲のような異能の人材は将来大化けする可能性がなきにしもあらずだ。言わば大穴的ライバルが脱落したのだから嬉しくないわけがない。

四人は香良洲が巻き起こした、あるいは解決した数々の事件を思い起こす。考えれば考えるほど、心に黒々とした不安の雲が広がっていく。

「噂《うわさ》じゃあ、税務署長時代にも規格外の〈大活躍〉だったってさ。こんなに早く本省に復帰できた理由もどうやらそのあたりにあるんじゃないか」

最上が首を捻《ひね》りながら言う。

「出世の目はもうないにしても、あれだけのことをやった奴が速攻で本省に戻れたってのも確かに珍しい話だよな」

登尾が頷《うなず》くと、三枝は身を乗り出して、

「それだよ。不可能を可能にし、どんな逆境からでも這《は》い上がってくる。あいつはそういう奴だった。あいつなら、きっとノーパンもなんとかしてくれるに違いない。いや、俺達だけを救ってくれればそれでいいんだ」

「でも、やってくれるかな」

懐疑的な磯ノ目に、三枝は続けた。

「同期のよしみだ。俺達が頭を下げて頼んだら嫌とは言わんだろう」

「バカ言うな、あいつがそんなタマか。『ま、自業自得だね』とかなんとか言って、鼻で笑ってハイおしまいだ。なにしろあいつは田舎の税務署にいてパンスキとは無縁だからな。しょせん他人事《ひとごと》だとでも思うんじゃないか」

そう言って登尾自身が鼻で笑う。

三枝は黙った。本当に鼻で笑う香良洲の姿がまざまざと想像できたからだろう。

それから約一時間、四人は討議を尽くし、結論を出した。

香良洲に頼む。ほかに手はない。


千代田区霞が関三丁目、大蔵省庁舎。廊下に赤絨毯《じゅうたん》の敷かれた二階には、大臣室、政務官室、事務次官室を中心に、主計局、主税局、大臣官房など、大蔵省の心臓とも言える部局が集中している。

その二階に位置する大臣官房文書課で、香良洲圭一は黙々と書類仕事に専念していた。同室の部下達は極力自分と視線を合わせないようにしているようだが、気にもならない。

そんな態度には慣れている。

　気になるのは、大蔵省の在り方そのものである。緊縮財政は危険だ。財政構造改革の美名の下、デフレに陥ったバブル崩壊後の日本で緊縮財政を行なえば、雇用や経済成長に計り知れない悪影響をもたらすだろう。

　しかし自分がいくら声高に叫んだところで、誰も耳を貸そうとはしない。馬鹿馬鹿しい限りだが、論文の発表さえ禁じられている。

　世間ではノーパンなんとかが話題のようだが、銀行や証券会社による過剰接待は今に始まったことではない。人間の本質が変わらぬ限り、接待や汚職はなくならない。パンツを穿《は》いていようがいまいが同じである。ゆえにことさら騒ぐ必要を感じなかった。むしろ待ったなしの財政問題を考えると、本質から逸脱することおびただしい些事《さじ》で騒ぎ立てるのは、まったく苦々しい限りであった。

　入省九年目、今年で三十一になる。体重は高校時代から変わっていない。いくら食べても太らない体質で、よく他人から羨ましいと言われるが、それもまた実に下らないと思う。人間の資質に体重などなんの関係もないからだ。

「あの、香良洲補佐」

　及び腰の呼びかけに顔を上げると、部下の澤井《さわい》が立っていた。

「なんだ」

「銀行局の三枝補佐がいらしてます」

怪訝《けげん》に思う間もなく、澤井の背後から見知った童顔が近寄ってきた。


その日、退庁後に指定された居酒屋『半蔵酒房』へと赴いた香良洲は、奥座敷で同期の四人組とビールで再会を祝し、しばらく雑談を続けた。話題は当然ながら大蔵省を席巻しているノーパン騒ぎである。

何かあるな、と思っていたら、四人は突然香良洲に向かって土下座した。

「頼む、香良洲君。この大難から俺達を救えるのは君を措いて他はない。この通りだ」

三枝の懇願に、香良洲は涼しい顔で言った。

「こんなことだろうと思ったよ。今頃になって僕なんかの歓迎会をやろうだなんて、どう考えても不自然だからね。まあ、ともかく頭を上げてくれ。そんな恰好をされてちゃ話もできない」

よほど緊張していたのか、四人はほっとしたように上半身を起こす。

「察するに、例のパンスキ接待による処分、それをなんとかしてくれという話だね」

「さすが香良洲だ、話が早い」

調子よく言う三枝に、香良洲はいつものそっけない口調で告げた。

「早いも何もない。無理だ。僕にそんな権限はない」

「それくらいは我々だって承知している。僕達は鬼神にも勝る君の奸智《かんち》に期待してるんだ」

磯ノ目が慌ててフォローする。褒めているつもりで失礼なことを言っているのに気づかないところが磯ノ目らしい。

「ねえ、頼むよ、香良洲君。大蔵省全体とは言わない。せめて俺達だけでも救ってくれ」

無神経極まりない登尾の言いように、香良洲はグラスを置いて立ち上がった。

「断る」

そのまま帰ろうとした香良洲に向かい、三枝がそれまでとは打って変わった厳しい口調で声をかけてきた。

「君が断るのも当然だ。しかしね香良洲君、君は緊縮財政に反対じゃなかったのか」

足を止めて振り返る。

「省内で緊縮財政を最も強硬に推進しようとしているのがほかならぬ幕辺さんとその一派だ。我々のことはともかく、幕辺さんについての話なら聞いてみてもいいんじゃないか」

脈があると見たのか、三枝はさらに言い募った。思えば学生時代から、三枝は土壇場での開き直りに技を見せる男であった。

「いいだろう」香良洲は元の席に腰を下ろす。「続けてくれ」

「幕辺主計局長は銀行局長時代、執拗《しつよう》に接待を要求していた。問題のノーパンすき焼き店も、実は最初に指定し始めたのは幕辺さんなんだ」

「それで」

「幕辺さんとその一派の傍若無人ぶりときたら、それこそ目を覆うばかりで、心ある者達は大蔵省の品格を貶《おとし》めるものとして――」

「待てよ、それじゃまるで君達が心ある者のようじゃないか。君達も〈心ない者〉の方なんだろう？　そもそも、今の大蔵省に心ある者が一人でもいたんなら、今日の惨状を招くこともなかったはずだ」

するとと最上が憤然として、

「官僚が上司に意見できるものじゃないことくらい、君だって承知のはずだ。意地悪な言い方はやめてくれ」

「じゃあ何かな、君達は嫌々ながらお供させられただけだと、こういうことか」

そう切り返すと、最上は自信満々に頷いた。

「その通りだ」

しかし磯ノ目は無言で俯《うつむ》いてしまい、三枝はそわそわと視線をさまよわせた。登尾は口をへの字に固く結び、顎を突き出してこちらを睨《にら》んでいる。

内心うんざりしつつも、香良洲は質問を続ける。

「地方にいたせいか、僕は新聞報道以外にそのノーパンすき焼きなる店のことを何も知らない。まずその店について教えてくれないか。どうしてその店ばかりがあんなに使われたんだ。風俗店ならほかにいくらでもあるだろう」

「要するに、あそこはあくまで飲食店という建前だから、飲食費で領収書を落とせたんだ。それに幕辺さんを筆頭に接待される側が、いや、我々の場合は違うけど、ともかくあの店にしてくれと。外資系の外国人客も多かったな」

最上の答えで、香良洲は「ああ」と得心した。

「なるほど。では次に店のシステムについて教えてくれ」

四人は互いに困惑した顔を見合わせたが、登尾が代表して説明を始めた。

「会員制の上に完全個室制になっているから、同行でもしない限りは客同士が互いに顔を合わせることがないように配慮されている。鉢合わせでもしたらさすがに恥ずかしいからね。すべての個室に掘り炬燵《ごたつ》があって、その上ですき焼きをやる。酒は天井近くの棚に並べてあって、仲居の女の子は客の注文に応じて、立ち上がって酒を取る。こんな感じだ」

登尾は立ち上がってそのポーズをしてみせる。心なしか、妙に楽しそうだ。

「ただ女の子はみんなノーパンでね、こういうふうに立ち上がった場合、炬燵の下に潜り込むと、大変いい角度から覗《のぞ》けるわけだ。ほら、こう、こんな角度で。オプションで店が用意したペンライトを使うと、なおのことい具合に——」

「もういい。座れ」

心底呆《あき》れ果てて、

「つまり君達は、東大法学部を出てI種に上位で合格して大蔵省に入って、妻も子供もいる身でありながら、そういう馬鹿げた遊びにうつつを抜かしていたわけか」

「いや、だから僕達は——」

言いわけがましく口を開いた磯ノ目を、三枝が遮った。

「君だって人間だろう。一人だけ聖人君子ヅラはやめてくれ」

「確かに僕も人間だし、性欲もある。しかしこれはあくまで相対的な話でね、君達の所業に比べれば僕なんて聖人君子と言っても過言じゃない。少なくとも世間が大蔵官僚に対して呆れ返っているのは事実だ」

そう言ってから、香良洲は自ずと笑みが浮かんでくるのを自覚した。

「だがある意味、僕に比べれば君達の方が聖人君子かもしれないよ」

四人は怪訝そうに首を傾《かし》げる。最初に気づいたのは最上であった。

「もしかして、それは君が地方でやっていたことに関係しているのか」

磯ノ目も身を乗り出して、

「そうだ、僕達もそこが不思議だったんだ。君がどうしてこんなに早く本省に戻ってこられたのかってね。香良洲君、よければ一つ、我々に教えてはくれないか」

「教えるも何も、それほど大したことはやってないがね。例えば、そうだな、税務署長をやっていた頃、破綻しかけていた地銀の徴税を先送りにして救ったこととか、悪質業者に嵌《は》められて、ちょっとした汚職で逮捕されそうになっていた議員を助けたこととか」

　四人が一様にあんぐりと口を開ける。

　登尾が心底驚いたように、

「議員を助けたって、一体どうやって」

「なに、県警の捜査二課との間に入って、うまいこと手打ちに持ってってただけさ。地元悪徳企業に関する有力情報を手土産にね。その議員は増税賛成派だったんで、政策としては相容《あいい》れない人物だったが、ここで恩を売っておくのもいいだろうと思ったんだ。僕がこうして戻ってこられたのも、彼のような議員や大蔵ＯＢの地銀経営層があちこちに口を利いてくれたおかげらしい。まあ、地方は地方で居心地は意外と悪くなかったってところかな」

「呆れた」磯ノ目が頓狂な声を上げる。「君が一番の悪党じゃないか。学生の頃とちっとも変わってない」

　逆に三枝はここぞとばかり話を本題に戻す。

「君のその奸智こそ、今の俺達が最も必要としているものなんだ。まあ聞いてくれ。幕辺さんは俺達だけでなく、自分にとって目障りな連中をまとめて検察に差し出し、事態の幕引きを図ろうとしているんだ。切られる方はたまったもんじゃない。みんなそれぞれ生活があるんだ」

「ローンもあるし」と登尾が大真面目に口を挟む。

三枝はそれを無視し、

「ともかく、そうなると省内は幕辺さんの思いのままだ。君は本当にそれでいいのか。このままでは君の理念を実現するどころか、日本の財政政策は正反対の方向に突き進むぞ」

その指摘は香良洲にも応えた。

三枝の言い分が実は自分可愛《かわい》さの手前勝手なものであることは分かっている。しかし仮に将来、幕辺が次官にでもなって、省内の方針が彼の思う通りに決められてしまうのは香良洲にとっても絶対に避けたい事態であった。

「幕辺さんが自分の意に沿わぬ者を一掃しようとしているってのは確かなのか」

「それは間違いない」即答したのは最上だった。「省内ではすでに既定路線だ。庁舎の廊下を歩いているだけで分かる」

彼の言うことはただちに理解できた。出世を第一に考えるキャリア官僚は、省内の噂や空気にこの上なく敏感だ。仮に誰かが放逐されようとしている場合、周囲は潮が引くよりも自然に急速に当該人物から遠のいていくであろう。

「分かった。引き受けよう」

淡々と言ってグラスを取り上げると、磯ノ目が如才なくすかさずビールを注《つ》いだ。

四人は大仰に安堵《あんど》の息を漏らす。

「ありがとう、香良洲。恩に着るよ」

登尾が不気味な作り笑いを浮かべる。いつも赤く濁った目は、笑っているようにはまるで見えない。

「安心するのは早い。引き受けると言っただけで、必ず成功させるとは言っていない。まあ、最大限の努力はするがね」

ビールを口に含んでから、香良洲は四人を順に見回し、

「君達にも当然協力してもらう。今からそれぞれの職場で、可能な限り情報を集めてほしい。どんなことでもいい。一見無関係に思えることでも、細大漏らさず報告してくれ。逆転の手がかりは案外そんなところに転がっているかもしれないよ」

『我ら富士山、他は並びの山』と自負して憚《はばか》らない大蔵省には、各方面から日夜さまざまな情報が飛び込んでくるシステムが構築されている。その情報こそが〈最強官庁〉たる所以《ゆえん》である。最重要情報はもちろん優先的に幹部へと上げられるが、香良洲は各部署に散らばっている情報の断片に目をつけたのだ。とりあえずは落ち穂拾いのようにそれ

らを集め、手立てを模索していくしかない。

四人はキッツキのように何度も激しく頷いていた。

疲れているからと一足先に居酒屋を出た香良洲は、ＪＲ新橋駅に向かいながら考えた。

自分が幕辺ら主流派の進める緊縮財政に対して懐疑的であるのは事実である——と言うより、はっきり言って馬鹿にしている。

幕辺のような人物に大蔵省を委ねることは到底できない。事は日本百年の大計に関わっているのだ。

三枝らタスクフォース四人組は、決して反主流派でも反幕辺派でもなんでもない。少々はしゃぎすぎたお調子者の集まりだ。許してもらえるものなら、今からでも幕辺親衛隊を名乗り始めるだろう。

ノーパンすき焼きか——

口にするのも憚られる名称だが、この事件は省内世論の逆転に利用できる。

それこそ香良洲が四人の自分勝手な頼みを引き受けた真の理由であった。

2

翌日の午後九時。京王プラザホテル四十五階の『スカイラウンジ〈オーロラ〉』で、香良洲はジンベースのトム・コリンズを傾けながら新宿の夜景を眺めていた。

大蔵省が現在のような苦境に陥るまでに至ったのには、それなりの経緯と伏線がある。まず端緒となったのは――本当はもっと以前にまで遡れるのだが――昨年発覚した第一勧銀による総会屋利益供与事件で、総額四六〇億円もの金が総会屋に流れた。担当官庁である大蔵省のチェックの甘さが糾弾されたが、この事件は途轍《とてつ》もなく根が深く、頭取経験者ら十一人が逮捕され、元会長一人が自殺した。

事はそれだけで終わらない。金融業界と大蔵省の腐敗が次々と明るみに出て、世間の度肝を抜いた。

そのとどめが今回のパンスキである。深刻であるべき金融界の闇の糾明が、これで一挙にお笑いのネタになってしまった。庶民がテレビを観《み》て笑っているうちはいいが、このことが後々日本経済にとってどれほどの禍根を残すか、その危機を予見している人間が今の日本に果たして何人いるのだろう。

今夜のトム・コリンズは、どういうわけかやたらと苦い。舌の上で腐った金の妖精が踊ってでもいるかのようだった。

「お待たせ」

約束の九時を三十分も過ぎた頃、待ち人の花輪理代子《はなわりよこ》が現われた。

政治家の公設秘書という職業にふさわしく、シックで派手すぎないパンツスーツを着用している。

「元気そうじゃないか」

「あなたにしては凡庸な第一声ね」

「そうか。元妻にはもう少し気の利いた言葉を用意しておくべきだったかな」

理代子は微笑《ほほえ》みを浮かべてウエイターを手招きする。

「いらっしゃいませ」

「あれと同じ物を」

すぐに近寄ってきたウエイターに、香良洲のグラスを指し示す。香良洲もお代わりを注文した。

「こっちに帰ってきたとは聞いてたけど、まさかお誘いがあるとは思わなかったわ」

「僕はそこまで小さい男じゃない」

「違うわ。大きすぎて、いえ、大きくはないわね、つかみどころがなさすぎて、私なんか目に入らないんじゃないかと思ってた」

「それは褒め言葉と取っていいのかな」

「貶《けな》してるのよ」

「これは酷《ひど》い言われようだ」

まったく酷い。自分が出世コースから外れ、左遷されたと知った途端、離婚を持ち出してきたのは理代子の方だった。特に感慨を抱くでもなく、求められるままに離婚届に判を押してしまった自分も自分だが。

「まあいい。まずは乾杯だ」

運ばれてきたグラスを手に取って、軽く掲げてみせる。

「乾杯？　何に？」

「僕達の再会に」

「冗談でしょう」

「いいや、真面目さ」

「あなた、私とよりでも戻したいの？」

「だとしたらどうする？」

「やめて。元夫と会話を楽しむような気分じゃないわ。これでもやっと抜け出してきたんだから」

トム・コリンズを一口含んで、理代子は満足したように言った。

「あら、おいしい」

「すると、君の雇用主は噂通り人使いが荒いのかい」

機嫌よくグラスを傾けていた理代子が、警戒するように視線を上げた。

「目的はそれなのね。言っとくけど、たとえ元夫でも職務上の秘密をぺらぺら喋《しゃべ》るような私じゃないわ」

理代子の雇用主は、社倫党で近頃頭角を現わしてきた女性議員の錐橋辰江《きりはしたつえ》だ。

「それはよく知ってる。むしろ君は、秘密でもないことまで秘密にする女《ひと》だ」

「酷い言われようね。さっきの仕返し？」

「とんでもない。そこが君の魅力だと思っている」

理代子は嗤《わら》いながらグラスを置いて、

「あなた、ちっとも変わってないのね。よくもまあ、そう心にもないことを次から次へと言えるものね」

「政治家には負けるけどね」

笑みを浮かべて香良洲は応じる。

「だけど今のは嘘じゃない」

「ほら、また」

理代子は自然な動作で立ち上がろうとする。

「忙しいのは本当なの。ごちそうさま。会えて嬉しかったわ」

「そう急がなくてもいいだろう。僕の狙いは錐橋さんじゃない。ノーパンさ」

一瞬絶句した理代子は、すぐに気づいたようだった。

「そうか、あの件ね。ノーパンすき焼き」

「その通り。実は同期の旧友達に頼まれてね。このままじゃ処分は免れないからなんとかしてくれって」

「それだけじゃないでしょう」

理代子が再びグラスを手に取った。

「あなたはそんな連中のためだけに動くような人じゃないはずよ」

「こう見えても僕は友情に厚い方でね」

返ってきたのは冷笑だけだった。香良洲は少しも構わず、

「なにしろ僕は地方から復帰したばかりだ。中央の事情は今一つ分からない。そこで君に、いろいろとご教示を願おうと思ってさ」

「社倫党の内部事情でも話せって言うの」

「まさか。大まかな政治情勢だけで充分だ。君ならそこらの政治記者より冷静で客観的な分析ができるはずだ」

「今度こそ褒めてるのよね？」

「当然だよ。氷の女王様」

すると理代子の顔がそれこそ氷のように冷たいものとなった。

最後の一言がよけいだったか――後悔するがもう遅い。

「いいわ。でもほんの少しだけよ」

理代子はしかし、諦めたようなため息をついて話し始めた。

「そもそも、なぜこのタイミングで検察がノーパンすき焼き店の摘発に動いたと思う？」

いきなり意表を突かれる。そこまでは考えていなかった。

「一連の大蔵不祥事の流れだけじゃなかったのか」

「もちろんそれは大きな背景としてあるわ。でも他の要因もいろいろあるの。金融政策に関しては、政界と官界、つまり大蔵省は必ずしも一枚岩じゃない。それどころか複雑怪奇な確執があるの。それくらい、あなたなら察しが付くわよね」

「ああ」

「その上、政界と財界の間にも温度差がある。そのバランスが崩れるタイミングを狙って、検察がノーパンすき焼きの手入れを強行するよう誰かが動いた形跡があるって話を耳にしたわ」

「誰かが動いた？」

「つまり、密告か、圧力か、そんなとこ」

理代子は艶然と微笑んで、

「これ、お代わりしていいかしら」

「ああ、好きなだけ飲んでくれ。夕食は済んだのかい」

「悪いけど、そこまでの時間はないの」

香良洲は手を挙げてウエイターを呼び、追加のオーダーを伝える。ウエイターが去るのを待ってから、

「密告とはどういうことなんだ。店の存在は前々から知られてたんじゃないのか」

「摘発された店にはね、『顧客リスト』があるらしいの」

愕然《がくぜん》とした。ノーパンすき焼き店の顧客リスト。もしそんなものが存在するとしたら――

「そう、政治家、財界人、それに大物官僚。どんな名前が書かれていることかしら。一説には、警察幹部の名前まであるそうよ」

香良洲は事態を瞬時に理解した。確かにそれは、複雑極まりない権力闘争の一端に相違ない。

「待てよ、仮にそんな物騒な物が実在するとしたら、とっくに表面化しててもいいはずじゃないか。少なくとも本省に戻ってからだって、そんな話は聞いたこともない」

「だから見つからなかったのよ、結局」

アルコールが回ってきたのか、理代子の頰に赤みが差す。

「でも警察は今も血眼になって探してるんだって、そのリスト。そりゃそうでしょうね。ノーパンすき焼き店の常連リストから幹部の名前が出てきたりしたら、警察の面目は丸

潰れだもの。与党も野党も興味津々、と言うか戦々恐々」

香良洲は黙った。ノーパンすき焼きなる、間抜けにもほどがある業種名を冠に戴くこの件は、想像以上の重大事案であったのだ。

グラスを置いて、理代子は今度こそ立ち上がった。

「あなたは確か、緊縮財政反対派だったわよね」

「覚えていてくれて光栄だね」

それだけで理代子は香良洲の真の狙いを察したようだった。

「ウチ、つまり社倫党は賛成の立場を取ってるの」

「なんと言っても連立与党だからね。財政構造改革や消費増税も含め、橋本内閣の政策を支持していて当然だ」

「だから私とあなたは敵同士」

「そうとも言えるね」

「これ以上はあなた自身が調べるのね。お酒、おいしかったわ。ありがとう」

「また会えるかな」

「あなた次第よ。どこまでやれるか、楽しみにしているわ」

ヒールを控えめに鳴らし、理代子は颯爽《さっそう》と去った。

その後ろ姿に向けて、香良洲はグラスをわずかに掲げる。

乾杯だ。元妻にして、最大の宿敵に。

そしてトム・コリンズの残りを含みながら考える。

橋本龍太郎の次は小渕恵三が政権を取るだろう。そこには政策の路線対立がある。社倫党は社会保障拡充に必要な消費増税に賛成したが、国民の生活に直結する消費増税を呑んだため、村山内閣以降の支持者離れに苦慮している。そんな現状を打開するため、この機に乗じてどんな手を打ってくるか知れたものではない。

自分自身は当然次の政権を見据えているが、遺憾ながら省内は社倫党と同じ意見が大勢を占めているのが現状だ。

このままでは実によろしくない――

香良洲は一息にカクテルの残りを干した。

永田町の議員会館に戻った理代子は、錐橋辰江衆院議員の事務室に直行した。遅い時間であるにもかかわらず執務中であった錐橋議員が、待ち構えていたように顔を上げる。

「どうだった、久しぶりに会った旦那の様子」

「元旦那ですよ」

さりげなく訂正しつつコートを脱ぐ。錐橋辰江の懐刀を自任する理代子は、七つ年上の議員に対し、一線は引きながらも親密な関係を築いていた。

錐橋辰江。三十七歳、独身。市民活動家から政治家に転じた若手議員で、社倫党第二代党首槌谷《つちや》ルリ子にスカウトされた、いわゆる『槌谷チルドレン』の筆頭格である。今、その視線がじっと己に注がれているのを背中で感じる。

「相変わらず浮世離れした感じでしたが、半分は天然、残り半分は頭の切れ味を隠すための自己演出ですね」

コートをハンガーに掛け、議員の方を振り返る。

「それってさあ、冷静な観察のようで、半分はのろけじゃないの」

軽い口調で議員が混ぜっ返すが、目は少しも笑っていない。

「まさか。次官レースから脱落したキャリアに存在価値なんてありませんから」

「辛辣且つ実利的なエゴイスト。それこそ自己演出じゃないの、理代子ちゃん」

「さすがは先生、と言いたいところですけど、私、政治家は目指しておりませんので」

「それはお互いにとって幸いね。あなたが出馬するとなると、私にはとんでもない脅威だから。そのうち槌谷先生に口説かれるんじゃないかと冷や冷やしてるくらい」

「やっぱり本職の先生はお上手ですこと」

とりとめのない無駄話——と見せてお互い半分以上は本音だが——を早々に打ち切り、理代子は本題を切り出した。

「香良洲は一連の大蔵不祥事を利用して、金融政策の転換を狙っているようですね」

「まさか」

デスクを前にした錐橋議員が目を見開く。

「そんなことが可能なの？　たかが文書課の課長補佐に」

「まず無理でしょう。無理と言うより、真面目に聞くのも馬鹿馬鹿しい話です。けれど、香良洲ならやれるかもしれません。彼はそういう男です。この私がわざわざ時間を割いて会いに行ったくらいですから」

「理代子ちゃん、それこそ――」

「それこそのろけだっておっしゃりたいんでしょう？　分かってます」

議員の言葉を遮り、理代子は続ける。

「そもそも大臣官房の文書課は、省内各局にまたがる事項の総合調整をはじめとして、法律案や国会答弁の審査、組織や制度面のマネジメントなど、大蔵省全体を俯瞰《ふかん》する部署と言えます。ある意味では、腹に一物ある男が陰謀を巡らせるのに最も適した部署かと」

「その一物があるって言うの、あなたの夫に」

「元夫です」

冷静に訂正することを忘れない。

「彼には適当に餌を与えておきました。うまくいけば、思い通りに状況をかき回してくれるでしょう」

「大丈夫なの、理代子ちゃん」

じっと考え込んでいた議員が慎重に言葉を発する。

「緊縮財政という結論は確かに大蔵省主流派や橋本内閣の方針と変わらないけど、我が党の目的はあくまで――」

「ええ、分かっています」

止まらない支持者離れに歯止めを掛けるため、政府の無駄使いをなくすというスローガンのもと公務員の給与や政府支出を削減し、〈身を切る改革〉をアピールする。官僚を叩く材料として、パンスキはこれ以上望めぬほど恰好のネタであった。

「この件は槌谷先生にも上げておくけど、万一逆効果にでもなったりすれば」

「その場合は、私が責任を持って彼を抑えます」

「できるの、あなたに」

「ええ、私なら、必ず」

断言した理代子に対し、議員はにたりと笑いかけた。

「やっぱりのろけてんじゃないの」

「えー、そんなことないですよー。もう、先生ったらー」

互いに空疎な笑みを浮かべる。空疎だが、無意味ではない。永田町では必要不可欠な儀式であり、作法である。

「それにしても……」

錐橋辰江は眉根に険しい皺を寄せ、仰々しく呟いた。

「ノーパンのどこがいいのかしら。あんなの、寒いだけでしょう」

「おそれながら先生、ノーパンになるのは女性の方で、客の男じゃないですよ」

「分かってるわよ、それくらい。女の子のおなかが冷えたらどうするつもりなのかって言ってるの」

「ああ、そうですよね」

「しかも、ソレを見ながらすき焼きを食べるわけでしょう？　もう気持ち悪くって」

「ほんとですよ。客の男は全員逮捕されちゃえばいいんですよ」

錐橋議員はそこで天井を仰ぎ、瞑目《めいもく》する。

「ノーパンすき焼き……」

すかさず理代子が合いの手を入れる。

「ほんとバカですよねー」

二人の意見が完全に一致した瞬間であった。

3

ここか――

新宿歌舞伎町を訪れた香良洲は、閉鎖されたままの店舗を離れた位置から観察した。

ノーパンすき焼き店『敦煌』の入っていたビルである。周囲に報道陣の姿はほとんどない。マスコミと呼ぶのも憚られるライター崩れと覚《おぼ》しき者が何人か、外れ馬券を拾い集める男達のように未練がましい目付きでうろついているだけである。

日中の光で、こうして閉ざされたシャッターを眺めていると、想像以上に小規模でしょぼくれた店のように見受けられた。

こんな所に日本を代表する有力者達が夜な夜な集《つど》っていたのかと思うと、今さらながらに情けなくなる。ある意味では、これが虚飾を剝ぎ取られた日本の実情なのだと、容赦なく突きつけられたようにさえ感じられた。

大蔵官僚であることが知れると面倒なので、早々に退散した。

新宿駅東口の名曲喫茶『らんぶる』でブレンドコーヒーを注文する。

間もなく運ばれてきたコーヒーの香りを楽しみながら、幕辺主計局長について考える。

これまで調べただけでも、彼が『敦煌』の常連であったことは間違いない。また、タスクフォースの四人組をはじめとして、自分の意に沿わぬ者達をまとめて処分しようとしていることも。

だがそれは、大蔵省の伝統に照らして本当に悪と言い切れるのか。

処分される方はたまったものではないだろうが、これまでごく当たり前の光景として何度も繰り返されてきたことではなかったか。

大蔵省においては、次官に登りつめる重要な資質の一つとして〈ワル〉であることが求められる。

この場合、ワルとは決して悪名ではない。むしろ美徳とされている。

他省庁を欺き、身内を欺き、時には政治家ともやり合って、大蔵省の権威と権益を守り抜く。そのためには自らの手を汚すことも厭《いと》わない。早い話が、「清濁併せ呑む」大器であるということだ。逆にそれくらいの人物でなければ、過酷な出世レースに勝ち残れないし、天下の大蔵次官は務まらない。日本最高レベルの秀才が集まる大蔵省では、ただ秀才であるだけでは駄目なのだ。秀才を超える傑出した才。それがワルだ。

省内の誰もがワルとしての幕辺を認めているからこそ、彼の今日がある。実際に幕辺は、ありとあらゆる権謀術数を尽くし、人心を掌握してきた。その結果として、大蔵省という名城を陰からまとめ上げてきたのも確かなのだ。

だが——

ワルと悪とでは大違いだ。また、正義と信じて過ちを犯すワルもいる。今の幕辺がそれだ。

金融機関にパンスキ接待を強要しておきながら、自らの身代わりに部下を犠牲にしようとしているのは明らかに悪だ。また、緊縮財政は必ずや将来の日本を暗転させる。それだけは断じて阻止せねばならない。

コーヒーを一口啜《すす》り、砂糖を入れ忘れていたことに気づいた香良洲は、落ち着いた手つきでカップを置き、角砂糖を三つ入れる。

ゆっくりとかき混ぜながら考えを整理する。

この事態を打開する鍵は、今のところ一つしかない。

『敦煌』の顧客リストだ。

警察は言うまでもなく、ありとあらゆる闇勢力がその奪取に動いていることだろう。

一足先にそれを手に入れることができれば、およそ考え得るいかなる局面においても、オールマイティに近い切り札となってくれるはずだ。

砂糖三つはやはり甘すぎたか――

しかしさらにたっぷりとミルクを加えたコーヒーを飲み干して、香良洲はおもむろに立ち上がった。

『敦煌』のオーナー経営者は株式会社『天平《てんぴょう》インターズ』を実質的に支配する真殿晋三《まどのしんざぶ》郎《ろう》会長であった。一応は真っ当な実業家のようだが、ノーパンすき焼きのような店を考案し、実際に営業してしまう人物である。裏社会との接点もあるだろう。

警察の執拗な取り調べに対しても、真殿は顧客リストの存在を否定している。相当にしたたかな人物のようだ。

まずは真殿会長の身辺を洗ってみるのが近道と思えたが、香良洲とて公務員の身の上である。幸か不幸か、今は文書課どころか省内でもアンタッチャブルな存在――と言うと聞こえはいいが、要するに疫病神扱いされているようで、ありとあらゆる口実を駆使することによって比較的自由に出歩けた。しかしそれでも自ずと限界はある。自分の手足となってくれる人間がどうしても必要だった。

暫《しば》し考えた末、香良洲は東大経済学部出身の知人で、大手新聞社に就職した鈴木《すずき》という男に電話をかけた。彼は今、社会部に配属されていると聞いていた。

「鈴木君か。久しぶりだね。僕だ。香良洲だ」

さして親しくもなかった相手からのいきなりの電話に、鈴木は相当面食らったようだった。

〈香良洲って、あの香良洲か〉

「そうだ。鳥類ではなく人類の方だ」

〈そういう意味で訊《き》いたんじゃない。まったくおまえって奴は昔から……〉

「久闊《きゅうかつ》を叙する代わりだと思って気にしないでくれ。虚礼は無駄だというのが昔からの僕の主義だ」

〈虚礼って、おまえなあ〉

「早速だが、適切な人材を紹介してほしいんだ」

電話の向こうからため息が聞こえてきた。気にせず続ける。

「興信所の類いは駄目だ。政治力学や金融政策についてあんまり無知では使い物にならない。政治情勢と裏社会の事情に明るい男がいる。コネもできるだけあった方がいい。ついでに度胸もだ。フットワークは軽いが、口は堅い。そういう人物に心当たりはないか」

漏れ聞こえるため息が、呆れ返ったようなニュアンスを孕《はら》んで何倍にも大きくなった。

紹介された事務所は、渋谷の百軒店にあった。左右をラブホテルに挟まれた老朽ビルの二階で、看板も表札も出ていない。

二〇二号室という部屋番号だけを確かめ、香良洲はドアホンのボタンを押した。壊れているのか、中でチャイムが鳴っている気配は感じられなかった。

仕方なくノックすると、いきなりドアが少しだけ開けられた。

「どちら様？」

チェーンが掛けられたドアの隙間から見えたのは、シケモクをくわえた背の低い女の顔だった。

「香良洲と申します。鈴木君の紹介で伺いました」

「鈴木？　どこの鈴木？」

「朝星新聞の鈴木武光《たけみつ》です」

「ああ、デスクの鈴木さん。するとあんたが大蔵省の課長さんね」

「課長補佐です」

すぐさま訂正するが、聞いているのかいないのか、女はチェーンを外して内側からドアを押し開いた。

「聞いてますよ。ま、入って」

「失礼します」

靴を脱ぐのがためらわれるほど埃《ほこり》の溜《た》まった部屋だった。しかも全体がヤニで粘ついている。

2Kの間取りで、奥の部屋に仕事用のデスクが置かれていた。周囲には書類や本が山のように積み上げられている。新聞紙の束の合間に、人型に窪《くぼ》んだ毛布が見えた。どうやら寝室も兼ねているらしい。

「そこら辺に適当に座って」

デスクの前の椅子に座った女が言う。「適当に座って」と言われても、学校の備品のような椅子が一つあるだけだ。やむなくその椅子に腰を下ろす。黄色に変色した旧式のエアコンが気息奄々《きそくえんえん》といった調子でフル稼働しているが、室内の気温は外とさほど変わらないように感じられた。とても長居をしたくなるような部屋ではない。香良洲は用件を切り出した。

「鈴木君から所長の神庭《かんば》さんを紹介されて参りました。神庭さんは今どちらに」

「神庭はあたしですよ。ここはあたし一人でやってます」

「えっ」

てっきりこの女は事務所の職員か何かだと思っていた。

「鈴木君は女性だとは一言も……」

「女だと思ってないからじゃないですか」

煙を吐きながら女は笑った。天然パーマというのか、髪は酷いくせっ毛で、着ているのはよれよれのジャンパーだ。最初の印象と異なり、歳は意外と若いようだった。三十前後だろうか。いずれにしても年齢不詳だが、笑顔には独特の愛嬌《あいきょう》がある。なんなら魅力と言ってもいい。

「神庭絵里《えり》って言います。どうぞよろしく」

デスクの引き出しから無造作につまみ上げた名刺を差し出してくる。香良洲も懐から名刺を取り出し、書類だかゴミだか分からない山越しに交換する。

「では、あなたの経歴は鈴木君の紹介通りだと考えていいわけですね」

念を押すと、女はシケモクをくわえた口をにやりと歪《ゆが》めて頷いた。

「ええ」

早稲田を出て朝星新聞に入社したが、せっかくのスクープを政治的配慮でボツにした上司を殴って退社。以後フリージャーナリストとなるが、裏社会への取材の度が過ぎて命を狙われたことも一度ならず二度ならず。その反面、古い親分衆には気に入られて一部の組では顔パスが利く。あちこちから出入り禁止を食らうも平然と活動を続けて今日に至る。頭脳明晰《めいせき》、度胸は折り紙付きだが、その分何をしでかすか分からない。

「それで、大蔵省のエリート様があたしなんかに一体どういったご用件で」

「ほう、エリート様と来ましたか」

「なんならキャリア様と訂正しても構いませんが」

大真面目に言う女に、香良洲は笑った。

「ご存じと思いますが、例のノーパンすき焼き、実はあれに関して調査をお願いしたいのです」

香良洲はタスクフォースの四人組から聞いた話と、元妻の理代子から聞いた話を隠さず絵里に伝えた。

　黙って聞きながら、絵里は時折シケモクを灰皿からつまみ上げ、百円ライターで火を点《つ》けている。どうやら話に興味を持ってくれたようだ。

「……そういうわけで、神庭さんには真殿会長の身辺調査を手始めに、私に代わって各種の調査をお願いしたいのです」

「面白いなあ、それ」

　絵里は真っ黄色に染まった天井に向かって煙を吐きながら、

「そんなネタ、よくあたしなんかに話す気になりましたね」

「お気に召しましたか」

「それでなくてもパンスキは旬のネタですし。でも、ウチは興信所じゃないですよ」

「承知しています。しかし鈴木君の話では、依頼の内容次第ではそうした仕事も請け負っておられるとか」

「そりゃまあ、やらないこともないですけど、その場合は面白いからやるんであって、あたしもジャーナリストである以上、面白いネタはどっかに書いちゃうかもしれませんよ」

「結構です。それくらいでないとお引き受け頂けないでしょうから。実は、朝星の鈴木君にもネタを提供するという条件であなたを紹介してもらったんです」

「お役人様にしてはまたずいぶんと太っ腹ですね」

「ただし、日本の財政政策に影響しかねないことだけは執筆をご遠慮願います」

「タスクフォースの四人については」

「構いませんよ。彼らについて書くだけの値打ちがあると判断されたなら」

「冷たいですね。同期なんじゃなかったんですか」

「互いに出世のライバルを蹴落とすことしか考えていないのが官僚というものですよ。第一、彼らだってそもそもの動機は自分達の保身だ」

「失礼ですが、香良洲さんは出世を望んでおられるようには見えませんが」

絵里の言葉に、香良洲は瞠目《どうもく》した。

「鋭いですね。その通りです」

「誰だって分かりますよ。出世を狙うキャリアなら、こんな所に近寄ったりはしません。しかも極上のネタ付きでしょ。言ってみれば自殺行為じゃないですか」

確かに頭脳明晰だ。野にこそ在るが、これはなかなかの掘り出し物かもしれない。

「どうです、お引き受け頂けますか、神庭さん」

「やりましょう。ただし、一つお願いがあります」

「報酬なら私にできる限りの――」

「違います。もちろんギャラはそれなりに頂きますけど、その、堅苦しい敬語はやめてくれませんか。どうにも居心地が悪くって」

「承知した」

相手の望み通りに口調を変えて立ち上がる。

「成果を期待しているよ、神庭君」

絵里がまたもにやりと笑う。

「お任せを、旦那」

大蔵省内では、周章狼狽《しゅうしょうろうばい》した官僚達が依然として右往左往し続けている。なにしろ一月二十六日の強制捜査の際、地検特捜部は目的の銀行局へ向かうのにわざわざ遠回りとなる正面玄関から入ったのだ。銀行局へは文部省側の入口の方がはるかに近い。大蔵省の象徴とも言うべき中央螺旋《らせん》階段を上っていったのは、大蔵省の権威とプライドを踏みにじるためのパフォーマンスにほかならない。

その効果は絶大で、長年の安寧に浸り切っていた大蔵官僚達は天地が崩壊したに等しい衝撃を受けたのだ。省内に募る恐怖、危機感も当然と言えよう。

神庭絵里に調査を依頼してから二日後、最初の報告が届いた。

天平インターズ会長、真殿晋三郎。年齢五十三。離婚歴二回。子供なし。現在は独身。元西鵬証券社員。顧客とのトラブルにより退社後、芸能プロダクション社員、不動産会社社員、飲食店経営を経て天平インターズ設立。敦煌のほかに姉妹店を七店舗経営。しかし敦煌摘発後は全店舗が休業状態にある。右翼団体『大和愛国会』の下部《しもべ》勘ノ助《かんのすけ》会長、広域暴力団花潟《はながた》組系征心《せいしん》会若頭の薄田暁《すすきだあきら》、宗教法人『顕日真宗』山田幸吉《やまだこうきち》参事、在日韓国人親睦団体『慶辛会』役員の羅《ラ》二根《イグン》らと親密な交流あり——

そうした事柄の記された報告書を、香良洲は庁舎内の自席で読んだ。週刊誌等で報道済みの項目もあるが、関係団体の具体的な記述は初めて見る。

右翼にヤクザに宗教団体。まったく、大した交友関係だ。おそらくそのどれもが敦煌の顧客リストを躍起になって探していることだろう。警察以上に最悪の競争相手だ。これではどこから着手すべきか見当もつかない。

誰かが近寄ってくる気配を感じ、香良洲は報告書を自然な動作でファイルにしまいながら顔を上げた。

小太りの男が片手を上げる。最上であった。

「香良洲君、ちょっといいかな」

「ああ、構わないよ。どっかに出るかい」

最上は周囲を見回し、聞いている者がいないことを確認して声を潜めた。

「いや、ここでいい。少々気になる情報を耳にしたものでね」

昼飯でも誘いにきたような調子で言う。たとえ内心では動揺していても、顔には滅多に出さないのが最上という男だ。

「実は新井《あらい》さんのことなんだ」

「新井さん？　新井将敬《しょうけい》か」

また意外な名前が飛び出した。

自民党の新井将敬議員は、東大経済学部の出身で、七三年入省の大蔵ＯＢでもあった。それが現在、日興證券に利益の提供を執拗に要求していた疑いをかけられている。証券会社が自社売買によって得た利益を、特別な顧客の口座に付け替える『一任勘定取引』である。

昨年十二月に開いた記者会見では、利益供与を受けた事実は認めたものの、自ら要求したという点については頑《かたく》なに否定した。利益供与だけでは犯罪案件を構成しない。検察が立件するには、それが本人による強要の結果であることを証明する必要があった。

「なんでも、法務省と検察庁の間で、ウチの捜査は三月いっぱいで終わらせるという合意があるそうなんだ」

「その話なら僕も聞いたことがある。法務省もずいぶん頑張ってくれたみたいだね。でも、それが新井さんとどう関係するんだい」

「例のパンスキの前に、新井さんの件を先にやれって、法務省が検察に要求したらしい」

「一体どういうことなんだ」

「そこまでは分からない。ただそんな噂を耳にしただけだ。少しは役に立ったか」

「ああ、立ったとも。大いにね」

軽く頷いて最上は去った。

残された香良洲は、腕を組んで考え込んだ。

仮に今の話が本当だとしたら、法務省の狙いは何か。

考えられるのは、新井将敬の立件で時間切れを狙い、大蔵キャリアを守ろうという策だ。その場合、大蔵省側からの仕掛けという線も充分にあり得る。

時間切れでパンスキ捜査が立ち消えになってくれると、大蔵省にとっては実に都合のいい展開だ。

しかし、果たしてそれだけで済むのだろうか――

「あの、香良洲補佐」

気がつくと、目の前に部下の澤井が立っていた。

「主税局との調整案概要です。チェックをお願いします」

「分かった。ご苦労」

手を伸ばして書類を受け取る。

「あの、補佐」

言いにくそうにしていた澤井が、思い切ったように口を開いた。

「なんだか怖い顔してましたけど、何かあったんですか」

笑みを浮かべて快活に答える。

「こんな状況だよ。大蔵官僚で将来が怖くない者なんているわけないだろう」

「そうですよね」

澤井もつられて破顔する。

「でも、補佐だけはそんなのとは無縁だと思ってたもんで」

失礼なことを言って去っていく若い部下の背中を眺めながら、香良洲は心の中で呟いていた。

この先、もっと恐ろしいことが待っているかもしれないぞと。

4

さて、どこから手を付けたものか——

面倒だが、久々に飛び込んできた極上の仕事だ。焦ってヘタを打つわけにはいかない。

絵里は手許《てもと》にある自筆のリストを見る。『敦煌』元従業員とコンパニオンの名前や連絡先等を判明している限り列挙した名簿だ。

一人一人当たってみるか――

しかし警察も暴力団も、これよりずっと正確な名簿を持っているはずだ。顧客リストとやらの奪取に血眼になっている勢力は、皆すでに元従業員やコンパニオン達から情報を搾れるだけ搾り取っているだろう。

それでも搾り滓《かす》の中に思わぬ〈福〉が残っているかもしれない。調査も取材もそういうものだ。

渋谷に近い所では、恵比寿に元従業員が一人住んでいる。

まずはこいつから――

カメラやレコーダーをはじめとする取材道具の詰まったデイパックを背負って事務所を出た絵里は、山手線に乗って恵比寿に直行した。

目当ての男が住むアパートは、裏通りの雑然とした一角にあった。

まっすぐに向かおうとしたとき、アパートから二人組の男が出てくるのが見えた。

あいつらは――

さりげなく手前の角を曲がり、駐《と》まっていた軽トラックの陰に身を隠す。

二人組は絵里に気づかず、駅の方へと歩いていく。

間違いない。勝田《かつた》と三島《みしま》だ。ともに征心会の中堅組員である。どうやら自分と同じことを考えたらしい。

急遽《きゅうきょ》方針転換を決めた絵里は、二人を尾行し始めた。

駅の近くをぶらついた二人は、やがて一軒のスナックに入った。絵里も続いてその店に入る。

二人は奥のテーブルに座ったところだった。

「あらー、勝田さんと三島さんじゃない。お久しぶりー」

わざとらしい大声を上げて二人のテーブルに座る。

勝田はこれ見よがしに舌打ちし、

「うわ、嫌な奴が来やがった。縁起でもねえ。今日は厄日か」

「まあ失礼ねー。こんないい女を捕まえて」

「捕まったのはこっちじゃねえか」三島が真面目な顔で言う。「なんでおめえがこんな所にいるんだよ」

「なんでって、そこで後ろ姿をお見かけして、あれ、もしかしてと思って」

そこへマスターがビールとグラスを運んできた。

「グラス、もう一つお持ちしましょうか」

「お願いしまーす」

二人が断るより先に返答する。勝田はますます嫌そうな顔をして、

「おめえに話すことなんか何もねえよ。帰れ帰れ」

「あ、いきなりそう来る？　ということは、やっぱりなんかあるってことね」

「やっぱりって、何を知ってるんだ」

勝田が早速引っ掛かった。頭の切れる幹部クラスが相手だとこうはいかない。

「最近征心会がノーパン、ノーパンって叫びながら女の子を追い回してるって聞いたもんだから、粋な兄さん達が女に不自由してるわけでもなし、一体なんだろうと思って」

「不自由してると言ったら、おめえ、相手でもしてくれるってのか」

「喜んで、と言いたいとこだけど、あたし、あいにくパンツ穿いてるし」

「ノーパンの女を捜してるんじゃねえよ。俺達はな――」

「やめとけ、勝田」

三島に制止され、勝田が口をつぐむ。だがこれだけ取っ掛かりができれば充分だ。

「分かった、アレでしょ、例のパンスキ。ノーパンすき焼き。ははーん、征心会が追っかけてるのはパンスキの店に勤めてた子か。当たってるでしょ？」

当たっているも何も、そこまではすでに把握している。こちらの狙いはその先だ。

「兄さん達も大変よね。最近の若いヤクザは口だけで使えないし、上は勝手なことばっかり押し付けてくるし。そんな仕事、本来なら下っ端のチンピラに任しときゃいいのにねえ。誰なの、兄さん達みたいに気合いの入った若い衆にそんな仕事やらせてるのは。若頭の薄田さん？　それとも補佐の植木《うえき》さん？」

「てめえ、何が狙いだ」

三島がビールのグラスを置いて凄《すご》む。次いで「ははあ」と頷き、

「そうか、てめえが恵比寿にいたのもそういうことか」

「あたしにもお手伝いできるかなと思って。兄さん達も知ってるでしょ、あたしの腕前。どう、お互い情報交換とか」

二人が顔を見合わせる。もう一押しか。

「あたしがつかんだネタは全部渡すわ。そしたら兄さん達も、組で大いばりできるんじゃない？」

返事はない。こちらの〈実績〉を知っているだけに、迷っているのだ。

「そっちの状況を教えて。でないとあたしも協力のしようがないわ」

「考えとくよ」三島が苦い顔で言った。「こっちから連絡する。今日のところは帰ってくれ」

「分かった。待ってるわ」

これでいい。種は蒔《ま》いた。

「じゃあね」

軽く手を振って出口に向かう。

「ビールごちそうさま。飲んでないけど」

種が芽吹くのは思いのほか早かった。

その夜、事務所に戻ろうと百軒店の老朽ビルに入りかけたとき、すぐ背後で停止する車の音が聞こえた。振り返った途端、絵里の体はバンの車内に引きずり込まれていた。同時に運転手が発進させる。声を上げる暇さえない手際であった。

「しばらくだな、神庭の姐《ねえ》さん」

車内にいた男が落ち着いた声で言う。征心会若頭の薄田であった。

「こちらこそご無沙汰してます」

勝田と三島はこちらの狙い通り、組の上層部に報告したのだ。自分達だけの判断で動いたら、どんな処罰を下されるか分からない。ヤクザと警察はそういうところもよく似ている。

「ご招待はありがたいんですけど、事前にアポを取って頂けるともっと嬉しいかな。こちらにも心の準備ってもんがありますし」

「ヤクザ相手に、相変わらずのクソ度胸だな」

「いえいえ、カシラが紳士だってのはよく存じてますから。でもこの件、薄田さんが直々に仕切ってたんですね」

「それがそうでもねえんだよ」

「え？」

「姐さんがいろいろ嗅ぎ回ってると知って、ぜひ会いたいってお人をお連れしたんだ」

薄田の視線を追って最後列の座席を振り返った絵里は、初めてそこに渋い和服を着た小柄な老人が座っていることに気がついた。

どこかで見た顔だ——

小柄ではあるが、尋常な眼光ではない。身じろぎもせず、その目でじっと絵里を見つめている。

「こちらは花潟組若頭補佐の芥《あくた》さんだ」

芥穣之輔《じょうのすけ》——

絵里は己が途轍もない誤りを犯していたことに気がついた。

征心会の担当幹部を特定するのが狙いであったのだが、まさか征心会を通り越して、上部団体の花潟組が出てこようとは。

迂闊《うかつ》であった。事の重大性を熟慮すれば、もっと早くに気づいて然るべきだった。神戸に本拠を置く花潟組は、言うまでもなく日本最大の暴力組織である。顧客リストに載っている大物の誰が回収を依頼してもおかしくはない。また独自にリストを入手して、政財界に対する魔法の杖にしようと考えたのかもしれない。

「どうした。黙ってねえでご挨拶しねえか」

「あっ、これは失礼しました。ジャーナリストの神庭絵里と申します」

「ジャーナリストねえ」

横で薄田が失笑を漏らすが、構っている場合ではない。

「あの、今名刺を……」

慌てて愛用のデイパックをかき回す。

「そんなもんはいらん。おまはんのことはよう知っとる。おまはん以上にな」

芥が口を開いた。どこまでも乾いたしゃがれ声だった。

「おまはんも例のリスト、探しとるみたいやけど、そんなもん手に入れてどないするつもりや」

逃げようのない局面である。花潟組の芥に対して、下手な言いわけをしようものなら命に関わる。

「それは、いろいろと役に立つこともあるかと思いまして」

「おまはんに使いこなせるようなもんとちゃうで、あれは。第一、握った瞬間に消されてまうわ。それくらい分かっとんねやろ？」

嘘をつけば即座に見抜かれる。それだけは確かであった。

「はい」

「ちゅうことはや、あんたの後ろに誰かがおるちゅうこっちゃ。どや、違うか」

道玄坂を登り切ったバンは、旧山手通りに入った。

「いいえ、その通りです。私は依頼を受けて調べていました」

「誰や」

言うべきか、否か。

「なあ姐さん、あんたの意地もプライドも俺達はよく知ってる。今まで散々手を焼かされてきたからな。だけどよ、ここは吐いた方がいいと思うぜ」

薄田が二枚目の紳士面《ヅラ》で言う。今の場合、本当に心配してくれているように見えるのが癪《しゃく》だった。

「分かりました。その前に、依頼人と話をさせてもらえませんか。いえ、決して時間稼ぎとか、何か仕掛けようとか、そういうことじゃありません。事情を話して、納得してもらおうと思いまして」

芥が意表を突かれたように薄田を見る。

「おい薄田、この女、わしらを舐《な》めとるんか。それとも頭がどないかしてもうとるんか」

「どっちも違うと思いますね。確かに突拍子もないことを言う女ですが、約束だけは守る奴です」

「おまえ、この女に惚《ほ》れとるんか」

「まさか」

薄田が一言のもとに否定する。少し悔しい。

「そうでなければ、この姐さんはとっくに死んでる。そういうことですよ」

「まあええやろ……おい」

芥の合図で、前の助手席から携帯電話が差し出される。受け取らないわけにはいかない。

絵里は記憶していた香良洲の携帯の番号を押した。発信履歴が残ってしまうがやむを得ない。

〈はい、香良洲ですが〉

「あっ、神庭です」

運転手以外の全員が自分を注視する中、絵里は携帯に向かって話しかける。

〈君か。発信番号が違っていたが、二台目の携帯を買ったのかね〉

「いえ、これは借り物でして。実は今、花潟組と征心会の偉い人と一緒におりまして」

〈なかなか面白そうな会合じゃないか〉

「それが、かなりヤバい状況でして。はっきり言って、生きるか死ぬかの瀬戸際です」

〈ほほう〉

「『ほほう』じゃないですよ。バックにいる依頼人の名前を吐けって言われてます。いいですね、言いますよ?」

〈いいよ〉

あまりにあっさりとした返答に、絵里はかえって驚いた。

「ほんとですか」

〈そうしないと君が殺されるんだろう?〉

「いや、そりゃそうなんですけど」

そのとき、隣に座っていた薄田が絵里の手からいきなり携帯をもぎ取った。

「征心会の薄田ってもんだ。誰だい、あんた……ふざけんな、てめえ、俺達をコケにしようってのか……うん、うん……えっ、マジで?」

今度は絵里が薄田を注視する側に回った。

「……嘘だろ? 信じられねえ……ああ、それは本当だ。女は俺達が預かってる……分かった、また連絡する」

通話を切った薄田が、呆然《ぼうぜん》と芥に告げる。

「相手は大蔵省でした」

「なんやと。そうか、大蔵大臣の松永先生か。しかし、あの人にそんな野心があったとは思わんかった。大臣になったばっかりやちゅうのに……」

そこで芥ははっとしたように、

「そうか、大蔵大臣就任もそのための布石やったんやな。橋龍も見かけ以上の策士やないけ」

「いえ、松永さんじゃありません」

「秘書を使《つこ》とるんか。ようある手や」

「そうじゃなくって……」

どうにも歯切れの悪い薄田に、芥が癇癪《かんしゃく》を起こす。

「ほな誰やちゅうねん。はよ言わんかい」

「それがどうも、大蔵省の小役人らしくて」

終業後、香良洲は庁舎を出て先方が指定してきた池袋西口のホテルメトロポリタンに向かった。

絶妙な選択だと思った。赤坂プリンスや帝国ホテルだと、知った顔と出くわすリスクが大きすぎるからだ。

二十四階にあるスイートルームのドアホンを押すと、中からドアが開けられた。ボディガードらしい男の案内に従い、奥へ進むと、絵里が二人のヤクザとともにコーヒーテーブルを囲んでいた。こちらを見てさすがに面目なさそうに身を縮める。

「あんたが香良洲さんかい」

最初に口を開いたのは、四十過ぎくらいのヤクザだった。筋肉質で彫りの深い顔立ちをしている。

「はじめまして、大蔵省大臣官房文書課課長補佐の香良洲と申します。大変失礼ではございますが、名刺交換は遠慮させて頂きますので、どうぞご理解下さいますよう」

挨拶すると、二人のヤクザが顔を見合わせた。

「こらホンモノやで」

やたらと貫禄《かんろく》のある老ヤクザが感心したように言う。

「俺が征心会の薄田だ。こちらにおられるのは花潟組の芥さんだ。まあ、とにかく座ってくれ」

「失礼します」

薄田に促されるまま腰を下ろす。

「早速で悪いが、ちょいとばかり教えてほしいことがある。なにしろこっちとしちゃあ、分からねえことだらけでよ」

「どうぞ、なんなりと」

「香良洲さん、あんた、大蔵省の役人だそうだが、それがなんでこんなヤバい動きをしてるんだい」

「皆さんとおんなじですよ」

「なに？」

「例の顧客リストです。今回の件で、あれはカードゲームで言うオールマイティに近い威力を持っている。それを手に入れたいと思っても不思議はないでしょう」

「不思議だから訊いてんだよ。ここにいる姐さんの話じゃ、あんたは別にパンスキの客でもなんでもなかったそうじゃないか」

「はい」

「だったら自分の名前が出て困るわけでもない。接待を受けまくった次官クラスの悪党なら分かるが、言ってみりゃあ、あんたは中間管理職ってやつだろ。あんたが手に入れてどうするんだい」

「使い途《みち》はいろいろ想定できますね。そう、例えば、次官クラスの悪党を嵌めるとか」

薄田と芥がまたも顔を見合わせる。絵里まであんぐりと口を開けていた。

「正気かい。あんた、正気で次官を嵌めるつもりかい」

「例えば、と言ったじゃないですか。あなたの言葉をお借りしたまでですよ」

正直に答えると、薄田がやにわに気色ばんだ。

「舐めてんのか、おう」

「とんでもない。皆さんの怖さはよく存じております」

「てめえ、いいかげんにしろよ。じゃあなんでここに来るんだよ。ヤクザに呼び出されて一人でやってくる役人がいるか」

「来ないとそこにいる神庭君の命がないとおっしゃったのはそちらじゃないですか」

「そういうときは普通、警察とかに行くもんだろうが」

「驚きましたね、ヤクザの方《かた》から警察に行けなんてご提言を頂くとは」

「そんなに死にてえのか、てめえ」

「待てや、薄田」

激昂《げきこう》しかけた薄田を制し、芥老人が身を乗り出す。

「香良洲はん、あんたがどえらい度胸の持ち主やゆうことはよう分かった。薄田も普段は冷静で頭も切れる方やねんけど、あんたと話しとると、こっちの調子が狂てしもてどないもならんわ。そやから一つずつ訊くで。役人ちゅうのは出世が命や。ごまかさんかてええ。わしも役人とはこれまで大勢と付き合うてきた。もちろん、こっそりとやけどな。あいつら、わしらとの付き合いがばれるのを心底怖がっとったさかい。あんたみたいな立場でこんなことに手ェ出しとったら、出世の目はのうなるで。それでもやるちゅうんはどういうこっちゃ」

「簡単ですよ。出世しても私には面白くもなんともない」

「やっぱりイカレてんじゃねえですか、こいつ」

呆れたように口を挟んだ薄田を無視し、芥は続ける。

「二つめ、訊くで。そやったら、あんたは何がおもろいと思てんねん」

「現在の状況ですね」

「その言い方がよう分からんて言うとんねん」

「失礼しました。顧客リストを巡ってさまざまな大組織が動いていること。こう申してはなんですが、花潟組の力を以てすれば、敦煌オーナーの真殿にリストの在処《ありか》を吐かせるのもたやすいでしょう。なのに未《いま》だに入手できずにいるのはなぜですか」

「あんたが今言うた通りや。わしらの宿敵でもある関東切妻《きりづま》連合をはじめ、日本中の大組織がみんなして狙とるから、真殿にはどうにも手が出せんのや」

「なるほど、勢力の拮抗《きっこう》によりリストが台風の目になっているというわけですね」

「そや。おまけに真殿は、警察に『自分を逮捕したらリストを公表する』て脅しとるらしい。そやから警察も歯嚙《はが》みしながら真殿を監視するしかない。今、真殿にはＶＩＰ並みの警護が付いとるで」

「それで天下の花潟組も周辺の関係者をコツコツ当たるしかなかった、と。面白い」

「おもろいか」

「ええ、面白いですね」

「三つめや」

芥は即座に次の質問を繰り出してくる。老いてこそいるものの、花潟組の若頭補佐だけあって頭の回転が抜群に速い。

「あんたの目的はなんや。肚《はら》割って言うてくれや」

「日本の財政政策です」

「なんやて？」

「日本の将来に関わる指針です。今の大蔵省は間違っている。それこそノーパンに目を奪われていたとしか言いようがありません。また一介の課長補佐が関与できるものでもありません。本来なら、です。官僚が発言権を得ようと思ったら、それこそトップにまで出世するしかない。しかし、そんな悠長なことを言っていられる状況じゃない。早急に手を打つ必要がある。そこへ降って湧いたのがノーパン騒ぎというわけです。私はこれを千載一遇の機会と考えた」

芥と薄田が三たび顔を見合わせる。

「こら、いよいよホンモノやで」

「どっちの意味でですか」

「まともな人間に言えるこっちゃないで」

「だからそれ、褒めてんですかい、それとも呆れてるんですかい」

「どっちやろなあ。どっちとも言えるなあ」

二人の困惑を機と見た香良洲は、さりげなく自分から発言した。

「では、約束通り神庭君を連れて帰ります。お預かり頂いてありがとうございました」

「待てよ」

薄田が鋭く発した。

「あんた、このまま帰れるとでも思ってんのか」

「思ってますよ……ああ、誤解なされませんよう。あなた方の面子《メンツ》を軽んじているわけではありません。ヤクザ業の方は、大物になればなるほど、一般の方よりずっとシビアに損得を計算して動かれますからね。ここで私どもに何かしてもメリットはないはずです。私は単なる小役人ですので、あなた方について口外するつもりはありません。むしろ、口外すれば私自身が損をするだけです。出世には関心がないと言いましたが、さすがに免職や減給になるのは困りますので」

返答はなかった。薄田も芥も考え込んでいる。こちらの言う通りであると理解したのだろう。

「そろそろ失礼しようか、神庭君」

「あっ、はい」

絵里を促して立ち上がる。

「メリットやったらあるで」

威厳と言ってもいいような貫目《かんめ》で引き留めたのは芥であった。

「それもお互いにや。あんたの話はよう分かった。要するに、今の大蔵省が気に食わんちゅうこっちゃな」

「その通りです」

「わしらはそんなもんに興味はない。それがわしらの分ちゅうもんや。けど、目的は違《ちご》てもわしらはお互いに協力できるんとちゃうか。まあ、そない慌てんと座らんかい」

やむなく再び腰を下ろす。今度は絵里と薄田が顔を見合わせている。

「あんた、タダもんやないのう」

「いやいや、ただの小役人ですよ」

「正直言うて、あんたはなんやよう分からん。そやけど並の極道以上に度胸はええ。頭も切れる。どや、役人なんかやめてウチに来《け》えへんか。若頭の舎弟と盃《さかずき》さしたってもええ。大蔵省やねんから金融にも詳しいんやろ。あんたやったら第二の宅見《たくみ》になれるで」

「ホテルで射殺されるのはぞっとしませんなあ」

香良洲は思わず苦笑を浮かべ、

「そちらの業界に転職するには、この歳ではキッすぎますよ」

「そうか、そらそやろな。なにしろキャリアの課長さんやもんな」

「課長補佐です。しがない小役人ですよ。それより、お話の方をお願いします」

「おう、そやな」

芥の眼光が鋭さを増す。

「これも何かの縁や。ここは一つ、お互い協定を結ぼやないか」

「協定と申しますと」

「早い話が情報交換や。わしらにネタ流してくる役人はぎょうさんおる。警察はその筆頭や。けどそんな連中、大概は話にもならんボンクラでな、しょうもないネタばっかりや。あんたは違う。ネタの価値を見分ける目を持っとる。もちろん全部言う必要はない。この件に限っての話でええ」

「その代わり、こちらにも花潟組のつかんだ情報を頂けるということですね」

「ウチだけやない。傘下の組織全部や」

「待って下さい、私はこれでも大蔵官僚ですよ。こともあろうにヤクザと内通だなんて……面白すぎるじゃないですか」

「そう言うてくれると思たわ」

薄田と絵里が並んで絶句しているのが横目に見えた。

「一つだけ念を押しておきますが、私の目的はあくまで大蔵省の変革です。従って、あなた方がその障壁となるようなら――」

「ふざけてんじゃねえぞコラ」

我に返ったように薄田が吼《ほ》える。

「てめえ、俺達が邪魔になったら切るとでも言いたいのかい」

「まあ、そういうことですね」

「ブッ殺すぞ」

「薄田、おまえは黙っとれ」

芥が薄田を一喝する。さすがの迫力だ。

「このお人はわしらが今まで相手にしてきた汚職役人やないで。こっちが礼を尽くしとったら、きっとええようにしてくれる。そやろ、香良洲はん」

こちらを持ち上げているようで、その実は巧妙で冷徹な恫喝《どうかつ》だ。

そうと察して、香良洲はいよいよ苦笑する。

「おっしゃる通りです」

池袋からの帰途、山手線の車中で絵里はしきりと恐縮していた。

「すいません、旦那。あれだけ大口を叩きながら、こんなドジを踏んじゃって」

「なあに、気にするな」

吊革にぶら下がり、香良洲は窓の外の夜景を眺める。

「触れ込み通り、君はなかなか顔が広いね。花潟組や征心会の幹部にも一目置かれているようじゃないか」

「でも、芥さんはさすがに今日が初対面ですよ」

「いやいや、大したもんだ」

「旦那こそ、驚きましたよ、あの駆け引き」

「駆け引きなんかじゃないよ。単なる成り行きさ」

「またそんな。どう考えたって普通じゃないですよ」

「ともかく、君のおかげで思わぬ収穫があった。真殿の現状も分かったし。迂闊に接触していたら厄介なことになるところだった。それに――」

「花潟組との協定ですか」

「ああ」

「でも、ヤクザとの協定なんて、ヤバいにもほどってもんがありますよ。あいつら、とことんまでこっちを利用するに決まってます」

「それが協定ってもんだろう。この件に関してはお互い様さ」

絵里は焦《じ》れったそうに、

「そんなもの、ヤクザが守るわけないじゃないですか」

「だから薄田に言ったじゃないか」

「え、それってまさか」

「そうさ。邪魔になったらきれいさっぱり、美しく切り捨てる。ヤクザと付き合う場合のマナーだよ」

5

二月十八日午後七時、香良洲は再び新橋の半蔵酒房を訪れた。タスクフォース四人組に呼び出されたためである。〈作戦会議〉という名目を告げられたが、用件は分かっている。彼らはその後の進展が気になって仕方がないのだ。

奥の座敷で、香良洲は大体の状況を四人に伝えた。もちろん花潟組との協定などについては伏せている。そこまで話す必要などないどころか、こちらのリスクが増えるだけだからだ。

それでも四人は、身を乗り出すように聞き入っていた。自分達の将来が懸かっているので当然と言えば当然である。ことに敦煌の顧客リストの存在には、大いに興味を抱いたようだった。

「本当にあるのかな、そんなリストが」

半信半疑といった磯ノ目に対し、座高も高い登尾が文字通り見下ろすような視線で言う。

「何を言ってるんだ、あの店は完全会員制だっただろう。会員になるには、別の会員に連れてってもらって、入店時に自分の名刺を渡さなくちゃならない」

「そうだったっけ？」

「忘れたのか、おまえは」

「だって、君達と違って僕は一回しか行ってないから……」

どこまでも言いわけがましい磯ノ目に、最上も横から冷笑を浴びせる。

「だったらよけいに覚えてそうなもんじゃないか」

「店じゃ仲居の女にどの娘《コ》を指名するか、最初に訊かれただろう。あの店はグラマーな娘が多かった。おまえはそれも忘れちまったって言うのか、おい」

登尾の詰問があらぬ方へと逸脱していく。

「そんなことはどうだっていい」

苦々しげに割って入った三枝が、香良洲の方に向き直り、

「店側がそのときに受け取った名刺をずっと保管していたとしたら、そのまま顧客リストになる。問題のリストが存在してもおかしくはない」

「店のシステムがそうなっていたのだとしたら、たぶんそれだろうな」

香良洲は適当に相槌《あいづち》を打つ。

「大変だ」磯ノ目がいよいよ蒼白になった。「名刺が残ってるんなら、そりゃあ言い逃れようのない証拠じゃないか」

「まあそうだろうね。しかし、たとえ名刺そのものでなかったとしても、名前が割れれ

ば同じことだ。裏付けはいくらでもできる」

そこへ注文した刺身盛りが運ばれてきて、一同は暫し口をつぐんだ。

「このままじゃ、僕達も大月さんの二の舞になりかねんなあ」

店員が去るのを待つように、磯ノ目がぽつりと漏らした。その一言に、香良洲を除く全員が顔色を変える。

「冗談じゃない」「そうだ、縁起でもないことを言うな」

三枝と登尾が異口同音に磯ノ目をなじる。

大月とは、一月二十八日に官舎で首吊り自殺を遂げた銀行局の大月金融取引管理官のことである。省内で『ノンキャリアの星』とまで呼ばれていた大月は、日興證券の利益供与事件に絡み、東京地検から出頭要請を受けていた。

「でも僕、同じ銀行局だし、大月さん、いい人だったし」

なおもこぼす磯ノ目に、登尾がますます座高を伸ばす。

「そんなこと関係あるか。大月さんには気の毒だが、地検から呼び出されたらそりゃ死にたくもなるだろうよ」

「だから僕達だっていつ出頭要請が」

「それがあり得ないと言ってるんだ」

「そうかな。俺にはあながちないこととも思えんがね」

手酌で酒を注ぎながら最上が口を挟む。

登尾がそれでなくても馬鹿でかい目を剝《む》いて、

「どういうことだ」

「俺達が反主流派だと見なされてるのは事実だ。どんな濡れ衣を着せられるか知れたもんじゃない。だからこそわざわざ香良洲君に来てもらってるわけじゃないか」

全員の視線が今度は香良洲に注がれる。

最上の発言は、つまるところこういうことだ——早いとこなんとかしろ。

香良洲はそう解釈した。

まったく、勝手なことばかり——

構わずに刺身を醬油に浸す。わさびがあまり利いていない。何から何まで不愉快だ。

「しかし検察も一枚岩じゃないそうだから、この先、何がどうなって行くか——」

「ちょっと待て」

三枝の漏らした一言に、香良洲は箸を置いて聞き返す。

「検察が一枚岩じゃないとはどういうことだ」

「ああ、君は知らなかったのか。そもそも大蔵省に手を付けるに当たっては、検察内部でも意見が割れてたってさ」

「もっと具体的に言ってくれ」

「特捜部はやる気満々だったらしいが、法務省と検察の幹部は接待を賄賂と見なして大蔵省に切り込むのには及び腰だったそうだ。なんたってバブルの頃は、それこそ官僚に対する接待なんか当たり前だったからね。地検の検事も例外じゃない。連中だって接待くらい受けることもある。下手すると返す刀で自分達だって無傷では済まなくなる」

まったくその通りであり、同時にそれだけではない。

国税庁や国税局の幹部は大蔵省のキャリア組である。国税は地検特捜部以上の調査力と人脈を持っているため、検事の資産について調べることなど造作もない。また検事を退官した検察ＯＢの弁護士、いわゆるヤメ検に顧問先の大企業を紹介することによって、国税は検察に貸しを作っているのだ。

「それくらいは地方にいた僕にも分かる。君の話はいつも前置きが長いんだ。要点を頼む」

三枝は少しむっとしたように、

「金融行政を事実上動かしているのは大蔵キャリアだ。それを摘発すれば、行政システムへの影響は避けられない。つまり日本中が混乱すると法務や検察幹部は考えている」

「それだけか」

「いいや。住専の破綻処理以来、ただでさえ世間の目が厳しくなっている上に例のノーパン騒ぎだろ。検察としては誰か大蔵キャリアを逮捕しなければ収拾がつかないと見ているからウチは戦々恐々としているわけだ。問題は誰がターゲットに選ばれるかで、それがもう決まっているらしい。ウチでも手を尽くして誰なのかを探っているんだが、今になってターゲットが変わったっていうんだ」

「おい、そんな重要な話をなんで今まで黙ってたんだ」

「別に黙ってたわけじゃないよ。情報自体があまりにも不確定だし、分かっているのは検察にもいろんな意見があり、方針が確定していないらしいってことだけで――」

「それが大事なんじゃないか。どんな情報でもすぐに教えてくれと言っただろう。君達は本気で大蔵省に残りたいのか。それともどこか民間にでも行きたいのか」

「すまん、もっとはっきりしたことが分かってから伝えようと思っていたんだが、僕の判断が甘かった」

香良洲が語気を強めると三枝は弱々しくうなだれたが、どこか釈然としないようでもあった。

「しかし香良洲君、今の話の一体どこがそんなに重要なんだ?」

「いいかい、現段階で最も必要なのは正確な状況把握だ。検察内部で何かがあった。そこに我々が付け入る隙があるかもしれないし、逆に知っておかねばこちらの致命傷となることだってあるかもしれないじゃないか」

香良洲はそのまま立ち上がって襖を開けた。

「僕はここで失礼する。今の件について、急いで手を打っておきたいからね」

挨拶とも問いかけともつかぬ四人の声を背中で聞き流しつつ、足早に店を出た。

駅に向かって歩きながら携帯電話を取り出し、神庭絵里の番号を押す。

「……ああ神庭君、僕だ。ちょっといいかい」

検察について聞いたばかりの話を手短に伝える。

〈なるほどねえ。ターゲットの変更は単純に検察内部の都合によるものか、それとも外部からの働きかけがあったのか、興味を惹かれるところですね〉

「その通りだ」

香良洲は携帯に近づけた口許を綻ばせる。タスクフォース四人組に比べ、絵里は格段に呑み込みが早い。

〈それで、あたしは何をすればいいんでしょうか〉

「君の知人で、検察とつながりのある記者はいるかい」

〈何人か心当たりがあります。ちょいと当たってみましょう〉

「よろしく頼む」

絵里との通話を終えた香良洲は、次いで別の番号を押す。花輪理代子の番号だ。

〈ただ今電話に出ることができません。御用の方は発信音の後に一分以内でメッセージをどうぞ〉

返答したのは録音された音声だった。

「香良洲だ。君とまた一杯やりたくてね。今度はお互いのためになる話をしようじゃないか。連絡を待っている」

メッセージを残して携帯を懐にしまう。新橋駅の改札が目の前に迫っていた。

翌日の二月十九日、香良洲は庁舎内の自席でほぼ終日通常業務をこなした。退庁時刻も近い午後四時半頃、室内が急に騒然となったので不審に思い顔を上げた。

「どうした」

すると近くで何人かと真っ青になって立ち話をしていた澤井が振り返った。

「あっ、はい、未確認ですが、新井将敬議員が自殺したようなんです」

「そうか」

ペンを置いてため息をつく。

新井さんが、死んだのか――

特に面識があったわけではない。しかし、大蔵省が揺れに揺れているさなかの新井の自死は、ことさらに香良洲の胸を波立たせた。

東京佐川急便事件の際、若手の先頭を切って金丸信自民党副総裁へのヤミ献金を追及していた新井は、議員に当選する以前から利益供与を受けていたという。日興證券新橋支店に設けられた新井の口座で不正な取引が繰り返されていた。それに対する本人の弁明は、誰が聞いても不自然極まりないものだった。自民党は新井議員に離党勧告を出したが、新井は応じる素振りすら見せなかった。なぜ自分だけが。それが議員の本音であったろう。政治銘柄と称し、選挙前に株価操作で資金を稼ぐ政治家はいくらでもいる。そこにバブル時代への反省は微塵もない。

昨日、地検特捜部が証券取引法違反の容疑で新井議員の逮捕状を請求したことは知っていた。午後に特捜部が議員の自宅や事務所などを一斉に家宅捜索したことも。だがこんなにも早く自ら死を選ぼうとは予想していなかった。そのことが、香良洲には新井の嵌まった闇の底知れなさを物語っているようにさえ思えた。

──例のパンスキの前に、新井さんの件を先にやれって、法務省が検察に要求したらしい。

先日最上から聞いた話を思い出す。

この分では、死者はまだまだ増えるだろう──

突然、内ポケットの中で携帯が鳴った。

心の非常ベルが鳴ったような気がして、我ながらみっともないくらい驚いた。取り出して番号を見る。理代子からだった。

「僕だ」

応答すると、元妻の事務的な声が聞こえてきた。

〈新井先生の自殺、聞いた？〉

「ああ、たった今ね」

〈今夜十時、前と同じ京王プラザで。いい？〉

「分かった」

電話は切れた。死んだように沈黙した携帯をデスクの上に置く。周囲の喧噪《けんそう》が一段と高まって聞こえてきた。

約束した時間の十分前に京王プラザホテルに入った香良洲は、スカイラウンジ〈オーロラ〉で理代子を待った。前と同じ、窓際の席だ。

十時ちょうどに理代子が現われた。

「注文は済ませたの？」

いきなり訊かれた。

「いや、まだだ」

「じゃあ、この前と同じものを」

片手を挙げてウエイターを呼び、トム・コリンズを二杯注文する。

「乾杯はやめてよね」

「ああ。いくら僕でも、それくらいは心得てるよ」

運ばれてきたグラスには手を付けず、理代子が口火を切って話し出した。

「今日の昼、衆院議院運営委員会は新井先生の逮捕許諾請求を全会一致で認めたの。先生が自殺したのはちょうどその頃だったらしいわ。現場は宿泊中だったホテルパシフィックメリディアン東京。第一発見者は奥さんで、一旦ホテルを出て午後一時過ぎに部屋へ戻ったところ、首を吊っているご主人の死体を発見したそうよ」

「待ってくれ。どうして今日に限ってわざわざホテルに泊まってたんだ」

理代子は静かに首を振った。

「分からない。もっと分からないのは、警察へ通報されたのは発見されてから二時間以上も経ってからだってこと」

「検察は何をやってたんだ。身柄確保は捜査機関の重要な職責だろう」

「そんなの、私に言われてもね」

「本当に自殺なのか。飛び降りとか、服毒とか、死に方にもいろいろバリエーションてもんがあるだろう。なのに今回はみんな首吊りだ。第一勧銀の元会長といい、金融取引管理官といい――」

「いくらなんでもその言い方は不謹慎よ」

厳しい口調でたしなめられ、さすがに香良洲もうなだれた。

「そうだな。謝る。しかしね、どう言い方を取り繕ってみたところで現実は変わらないんじゃないかな」

「どういうこと」

「死んだ者はそこまでってことさ。自分で死のうと、他人に殺されようと」

「あなた、本当に新井先生が誰かに殺されたと思っているの？」

「いいや。でも疑ってはいるよ。君だってそうだろう？　でなければ、僕に会おうなんて電話はしてこない」

　理代子は答えず、ただ無言でグラスを手に取った。

「新井将敬の死は自殺なのか他殺なのか。僕達がいくら疑ったところで、何か証拠があるわけでもない。第一僕は、刑事でも探偵でもないからね。そりゃあ確かに新井先生に消えてほしいと思っていた何者かが存在してもおかしくはない。でもね、それと同じくらい自殺というのもあり得るんじゃないかと思ってる」

　理代子が視線を上げた。

「そのあたりが聞きたかったんじゃないのかい」

「お見通しってわけね。だったら早く教えて」

「簡単な推論さ。検察が大蔵省の誰をターゲットにするか、すでに決まっていたという。なのになんらかの理由で新井将敬の順番が繰り上がった。そこまでは検察にとっても法務省にとっても既定路線だ。自民党も新井先生を差し出すことに同意したしね。しかし、即座に自殺するとまでは予想していなかった。その結果どうなるか。それでなくても検察の強引なやり方に対する反発が強まっていたところだ。世間の非難が検察に集中する。新井先生の件で三月いっぱい時間が稼げるはずが、そうはいかなくなってしまった。つまり、新井先生の死によって得をする者はどこにもいないというわけさ。それどころか、関係者のほとんどがいよいよ困った事態に追い込まれた」

地検特捜部は、このところ捜索令状なしに銀行や証券会社へ乗り込み、任意で経理資料を押収する強引な捜査を行なっていた。金融関係者の符牒《ふちょう》で言う『任意ガサ』である。名目上あくまで任意とは言え、金融機関側からすれば時節柄拒否できるものではない。断れば何をどう疑われるか知れたものではないからだ。当然ながら、検察に対する反感は加速度的に増大しつつあった。

「凄いわね。まるであなたが企んだみたい」

理代子は感嘆したように言った。またそれは同時に、挑発にも聞こえた。

「君は僕をメフィストフェレスか何かと思ってやしないか」

「まさか。でも、人間よりはそっちの方に近いんじゃないの」

「よしてくれ。たとえ考えついたとしても、実際に人を操る能力なんかない」

「ほら、やっぱり。考えつくだけでも悪魔だわ」

「本物の悪魔は、新井先生を死に追いやった方さ。そりゃあ利益の強要はよくないよ。けれど、他人をゲームの駒のように考えて、自分の好きなように動かそうとする。そっちの方が非人間的だとは思わないか」

「驚いた。あなたでも人間味のあることを言うものね。でも、悪魔は口がうまいって言うし」

「君は本当に僕をなんだと思ってるんだ。これでも元夫なんだぞ」

「言われなくても覚えてるわよ」

「僕に言わせれば、元夫でさえ利用しようとする君の方がよほど悪魔みたいじゃないか。いや、君の背後にいる政治家連中と言った方がこの場合は適切かな」

「さあ、どうかしら」

元妻はそれこそ悪魔めいた笑みを浮かべる。

「誰が誰を利用しているかなんて、最後の最後まで分からないものよ」

「それこそ最後の審判のときまでか」

「やめましょう、そんな話。あいにくと私達は神でも悪魔でもない人間で、みっともなくもがきながら生きていかなくちゃならないの」

「同感だね」

香良洲は理代子とともにトム・コリンズのグラスをゆっくりと干す。

「そろそろ行かなきゃ。参考になったわ。ありがとう」

理代子はグラスを置いて腰を浮かせかけた。

「もう行くのかい。僕はまだ何も聞いてないぜ」

「なんの話？」

「例えば、そうだな、社倫党の先生はこの件をどう捉えているかとか」

「そんな話、どうしてあなたにしなくちゃならないの」

「だって、夫婦は相身互いだろう」

「元夫婦よ」

「ともかく、僕が一方的に話しただけじゃないか。フェアじゃないよ。そもそも呼び出したのは君の方だし」

「来てくれて感謝してるわ」

「それだけかい」

「ええ、それだけ。じゃあね」

優雅に立ち去ろうとした理代子は、ちょうど近寄ってきたウエイターに少し驚いたようだった。

「あら、なんなの」

「あの、お連れ様がおいでです」

「お連れ様?」

ウエイターの背後に、普段と同じジャンパーを着た絵里が立っていた。

「間違いじゃないの? 私達は——」

「いや、いいんだ。待っていたよ」

振り返った理代子に、

「紹介するよ。こちら、神庭絵里さん。実は君からの電話を受けた後、彼女からも電話があってね、会いたいと言うからこの場所を教えたんだ。神庭君、こっちは僕の別れた妻で、花輪理代子」

絵里がいかにも気まずそうに理代子に向かって挨拶する。

「あ、どうも、神庭って言います。はじめまして」

「あらあ、はじめまして、神庭絵里さん、ね。私、錐橋辰江公設秘書の花輪理代子と申します」

興味深そうな、と言うより、もの珍しそうな視線で、理代子は絵里のくせっ毛のてっぺんから汚れたスニーカーの爪先までしげしげと眺め渡している。

その視線の意味するところを感知して、絵里は憤然と相手を見返した。

「勘違いしないでくれよ。神庭君には今度の件でいろいろ手伝ってもらってるんだ」

「あらあら、そうなの。でも、私達が会う席にお呼びするなんて、かえって神庭さんに失礼なんじゃないかしら」

理代子はどこまでも慇懃無礼《いんぎんぶれい》である。

「言ったろう、彼女にはいろいろ手伝ってもらってるって。僕達にとって有益な情報を持ってきてくれるかもしれないと思ってさ」

「まあ、あなたも人が悪いわねえ。だったら早く言ってちょうだいな」

「言ってるじゃないか、最初から。それに君は、たった今帰るって言ったばかりだろう」

「ああ、そうだったわね。じゃあ神庭さん、また今度ゆっくりお話を聞かせて下さいな」

「あ、はい」

「香良洲のこと、よろしくお願いしますね。なにしろこの人、とても変わってるもんですから。私もここまで変わってるとは思いませんでしたわ。それじゃ」

そう言うと、理代子は微妙に優越感の混じる笑みを残して去った。

毒気を抜かれたように理代子の後ろ姿を眺めている絵里に声をかける。

「まあ、座ってくれ」

それまで理代子の座っていた席に腰を下ろした絵里が、呆れたように言う。

「今の、奥さんですか」

「元妻だ」

「えらい美人ですね」

「本人もそう思ってるよ」

「なんか、こう、勘違いされたみたいですけど」

「そうかもしれないね」

「どうもすみません、あたしなんかで」

「君が謝ることはない」

注文を取りに来たウエイターに、絵里はバドワイザーを注文し、

「あたしが言うのもなんですけど……変わった人ですね」

「本人は認めないだろうけどね。絶対に僕の方が変わってるって言うはずだ」

「そりゃそうでしょう」

反射的に言った絵里が、慌てて頭を下げる。

「すみません、つい」

「気にするな。別に間違ってはいない」

「錐橋辰江の秘書だとか」

「その通りだ。僕とは政策的に相容れない陣営だが、それだけに貴重な情報源だ。向こうもそう考えているはずだよ。だからこそ君を紹介しておくのも悪くないと思ったんだが」

「その〈紹介〉ってのが誤解されたようですね。元の奥さんにしてみりゃ、どうしても

気になるところでしょう」

絵里は自分のジャンパーに視線を落とし、

「もうちょっとマシな恰好をしてくりゃよかったですかね」

「どうしてだい」

「どうしてって、そりゃあ……」

「そのスタイルは君にとても似合っている」

「ありがとうございます……って、全然褒められてる気がしないんですけど」

「そうかい？」

「そうですよ。それに場違いじゃないですか、こんな店で」

「君が寛《くつろ》げないようなら、今度からは別の店にしよう。今日はたまたま理代子と会う約束があったものでね」

「そうだ、さっき紹介するとかなんとか言ってましたよね」

いつもの頭の切れを取り戻したのか、絵里が細かいところを衝いてくる。

「理代子さんが言わば敵側の陣営なら、紹介しない方がよかったんじゃないですか」

「そんなことはないよ。向こうが君に接触してきたら好都合だ」

「あたしから情報が漏れるとは思わなかったんですか」

「君はそれほど迂闊じゃない。むしろ僕は、君が情報を奪取してくれることを期待してたんだ」

絵里は呆れたように、

「あたしをスパイにするつもりだったんですか」

「場合によってはね。彼女なら君の優秀さにすぐ気づくと思ったんだ。しかし、その前に君のチャーミングさに気づいてしまったようだ。僕の計算違いだった」

「どちらかというとバカにされてたような気がするんですけど」

「そんなことはない」

「本気で言ってんですか、それ」

「もちろんだ」

運ばれてきたバドワイザーを一気に飲んで、絵里はナプキンで口を拭う。

「飲む前から悪酔いしてるみたいな気分ですよ」

「大丈夫かい」

「こんな変わった夫婦は初めてだ」

「元夫婦だ」

「ある意味、とんでもなくお似合いだと思うんですけど、またどうして別れちゃったりしたんですか」

「別れたと言うより、捨てられたんだな、僕が」

「えっ、どうして」

「僕が役所でしくじって左遷されたからさ。その時点で出世レースからはコースアウトだ」

「そりゃまた、ずいぶん分かりやすい理由ですね」

「うん。だからこっちにも反論の余地はなかった」

絵里は大きな眼を夜の猫の如く真ん丸にしてこちらを見つめる。

「ほんとに変わってるなあ。あたしも変わってるってよく言われますけど、お二人に比べるともう全然修業が足りませんね」

「それより神庭君、いいかげん本題に入ろうじゃないか。君が今夜会いたいと言ってきたのにはそれなりの理由があるんだろう？」

「そうだ、そうでした」

絵里は我に返ったように身を乗り出し、

「ご依頼の検察の件、その筋に詳しい何人かに当たってみたんですがね、面白いことが分かりました。検察は一連の大蔵スキャンダルを、不良債権処理を巡る実態解明の捜査と位置付け、早くから大蔵キャリアルート、金融検査官ルート、政界ルートに絞って調べを進めていたそうなんです。先月末に金融検査官が二人逮捕されたのはこの二番目のルートになります。なにしろ金融検査官は賄賂の立証が簡単と言うか、分かりやすいですからね。問題は一番目の大蔵キャリアルートでして、検察が当初から最終的なターゲットとして大物キャリアに目を付けてたってのはご存じかと思いますが、それがどうやら幕辺主計局長だったらしいんです」

今度は香良洲が目を見開く番だった。

「これほどのネタが知られずに終わったのは、ごくごく早い段階で法務省から圧力が掛かり、検察の現場もターゲットの変更を了承したからっていうんです」

幕辺は政界からの信任も厚く、金融システム維持のための主力と見なされている。銀行局長時代に金融業界とも太いパイプを構築していた。決してあり得ない話ではない。

「それだけじゃありません。例の、大蔵官僚より先に新井将敬をやれって話、あれを法務省にせっつかせたのは、他でもない、幕辺一派なんですって」

「証拠は。証拠はあるのか」

我知らず質《ただ》していた。

「ありません。だけど検察の筋に限りなく近い記者から仕入れたネタです。そいつの臆測も混じってるとは思いますが、書けないことを本当に悔しがってました。そうでなきゃ、こんな大ネタ、話してくれたりはしませんよ」

内心で呻きつつ聞いていた香良洲は、大きく息をついてから言った。

「お代わりはどうだね、神庭君」

「じゃ、ビールをもう一本お願いします」

「遠慮するな。ワインでもいいぞ」

「いえ、あたしはビール党なんで」

香良洲はウエイターにバドワイザーを二本と追加のグラスを頼む。

すぐに運ばれてきたバドワイザーを、絵里のグラスに注いでやる。

「おっと、すいませんねえ」

それを受けた絵里は、声を潜めるようにして続ける。

「そこへ来て今日の事件だ。新井将敬が自殺しちゃったでしょう？　ほんとに自殺かどうかは知れたもんじゃありませんが、アレでもう検察は大騒ぎで。世論をかわすには、やっぱり大蔵キャリアを摘発するしかないって話になったらしくて」

ありそうな話だ、と香良洲は思った。いや、検察という組織の性質を考えれば、ありそうというより実際にその通りだと考える方が自然である。

「感謝するよ、神庭君。君は僕の見込んだ以上の人だった」

「そりゃどうも」

恐縮したように首をすくめた絵里が、上目遣いにこちらを見て、おずおずと切り出す。

「あの、お褒め頂いたついでと言っちゃなんですが、こちらからもちょっと質問していいですか」

「構わんよ」

「さっきご紹介頂いた奥さん、いえ、元奥さんですけど、旦那はその、今でもあったりするんですか」

「何がだね」

「その……未練、とか」

思いも寄らぬ質問だった。

「驚いたな」

絵里は慌てて頭を下げる。

「すいません、プライベートなこと訊いちゃって。いえ、ちょっと気になったりなんかしたもんですから」

「考えたこともなかったが……どうだろうな」

香良洲は腕組みをして真剣に考え込んだ。

「あっ、いいんです、いいんです、そんな真面目にならなくても」

「いや、待ってくれ、もう少し考えさせてくれ。要するに、僕が理代子を今でも愛しているかどうか、だね」

「まあ、そういうことですけど」

「これは難しい質問だ。うん、相当に難しい。どうだろう、しばらく宿題にさせてくれないか」

「うわあ、逃げましたね」

「そんなことはない。普段答弁したことのない内容だからとまどってるだけだ」

「そりゃあ確かにお役所じゃ訊かれないでしょうけど」

「君さえ許してくれるなら、近日中に答弁の概要をまとめておくよ」

「そんな、あたしが許すも何も……はあ、分かりました、それでいいです」

「よし、では今日のところはそういうことで。引き続きよろしく頼むよ、神庭君」

「それはお任せを……でも……」

絵里はなぜか俯いて、何かをごまかすように繰り返した。

「ホントに変わってますねえ、旦那って」

6

香良洲はただちに、三枝らタスクフォース四人組に対し警告と指令を発した。

「検察は大蔵キャリア摘発へと方針を再転換した可能性が高い。またそれには幕辺主計局長の関与が疑われる。各自充分注意すると同時に、一層の情報収集に努めてほしい」

四人は跳び上がって――電話なので実際にどうだったかは分からないが――驚いていた。そして全員が最大限努力すると明言した。

二月二十四日。庁舎内で執務中に電話がかかってきた。理財局総務課の登尾からだった。

〈幕辺さんと関係あるかどうかは分からんが、一つ情報が入った。これから会えるか〉

「庁舎内か」

〈そうだ〉

「じゃあ大丈夫だ」

〈よし、一階北玄関横の共用会議室で待っている〉

「分かった、すぐに行く」

指定された会議室に入り、ドアを閉めると、登尾がいきなり切り出した。

「さっき入ったばかりの情報なんだが、警察は敦煌オーナーの逮捕状を取ったらしい」

「そうか。ならば間もなく逮捕というわけだな」

「それが、どうもそうはいかないようなんだ」

「どうして」

「うん、それなんだがね、どうにもはっきりしないらしくて……」

自分から呼び出しておきながら、登尾の歯切れがどうにも悪い。

「君の情報源は一体どこなんだい」

「ここだけの秘密にしてくれよ」

「分かってる」

「高校の同級生でね、警察に勤めてる男がいるんだ」

「警察情報か」

警察ほど内部情報が漏れ放題の官庁はないと言っても過言ではないが、それにしても

――

「分からんな。いくら同級生といっても、こんなときに警察官が大蔵官僚にそんな情報を流してくれるなんて」

「実は、そいつも敦煌の常連だったんだ。それでお互い……」

「なるほど、ノーパン相憐《あわ》れむとでもいったところか」

呆れるしかない話であったが、腑《ふ》には落ちた。

「俺の友人なんだぞ。そんな言い方は不愉快だ」

「すまん。パンスキの類は友を呼ぶというやつだな」

「いいかげんにしろ。おかげで貴重な情報が手に入ったんだ」

いつもの如く居丈高に言う登尾に、

「そいつも我が身可愛さで藁《わら》にもすがる思いなんだろう。それはそれで構わない。しか

し、だったらもう少し詳しい状況を教えてくれてもよさそうなもんじゃないか」

「うん、俺もそう思って問い質したんだが、なにぶん部署が違ってて、どうにもよく分からないらしい。とにかく、伝えるだけは伝えたからな」

体格に比して小心な登尾は、それだけ言うと一人で先に会議室を出ていった。

残された香良洲は、椅子の一つに腰を下ろし、今の話を頭の中で検討する。

突然、内ポケットの携帯電話に着信があった。

取り出すと、絵里の番号が表示されていた。すぐに応答する。

「香良洲だ」

〈神庭です。警察は真殿会長の逮捕状を取ったそうで〉

「それは僕も聞いたところだ」

〈ところが、真殿が昨日から行方不明らしいんです〉

真殿は事情聴取を受けていたが、警察に勾留されていたわけではない。

「警察には所在確認の義務があるはずだろう」

同じことをつい最近誰かに言ったような気がする。

そうだ、理代子にだ。新井将敬の自殺について聞いたときだ。

しかし、これで二つの情報がつながった。

「逮捕状は取ったが、被疑者に逃げられたということだな。警察も泡を食うはずだ」

〈泡を食うどころか、泡を吹きながらあちこち捜し回ってるようですよ。あたしもこれから当たってみます〉

「頼む」

携帯を切って文書課の自席に戻る。やりかけだった仕事を片づけてから、鞄《かばん》を持って立ち上がった。

「お先に失礼させてもらうよ」

部下達にそう言い残し、帰途に就いた。

日比谷線の茅場町駅を出て自宅マンションに向かっている途中、不意に声をかけられた。

「おい、課長補佐」

振り向くと、すぐ横に駐まっていたバンから征心会の薄田が顔を出している。

「待ってたんだ。乗ってくれ」

「えっ」

面食らって思わず尋ねる。

「これって、いわゆる拉致というやつですか」

「人聞きの悪いことを言うんじゃねえ。おめえとは協定を結んだ仲じゃねえか。いいから早く乗れ。誰かに見られたら困るのはお互い様だろうがよ」

一瞬考えてから、香良洲は開かれたドアから中に入った。同時にバンが走り出す。

「驚かせてすまんなあ、香良洲はん」

後部座席に乗っていたのは、花潟組の芥老人と――絵里だ。

「なんで君までいるんだい」

絵里は間が悪そうに首をすくめ、

「またラチられちゃいまして……ホント面目ない」

「拉致じゃねえだろ。丁寧にお迎えしただろうがよ」

「いやあ、アレは充分ラチですって」

絵里は香良洲に向き直り、

「いえね、真殿会長の行方を捜してあちこち当たってたら、この人達に出くわしまして、成り行きでそのままラチられたってわけでして」

「拉致じゃねえって言ってんだろ」

絵里と薄田のやり取りに構わず、芥が話しかけてくる。

「サツが真殿のフダ（逮捕令状）を取りよった。取ったんはどこやったかいな」

「生安（生活安全部）の保安課です」

薄田が補足する。

「ところがや、肝心の真殿がおらんようになってもて、サツはもう大慌てや」

「そこまでは私も聞いております。主にそちらにいる神庭君から」

老人はつくづく頭が痛いといった表情で、

「実はな、真殿はわしらのとこに駆け込んできたんや。匿《かくも》うてくれちゅうてな」

「えっ、すると」

思わず声を上げていた。

「真殿会長の身柄は、現在あなた方が押さえておられるということですか」

「そうやねん」

「分かりませんね」

香良洲は芥と薄田を交互に見つめ、

「真殿は花潟組を頼ってきたということですよね。つまり例の顧客リストが手に入ったわけだ。こうなるともう、僕なんかに用があるとは思えませんが」

「それがやな、真殿はリストを持っとらへんかったんや」

絵里が「えっ」と声を上げ、隣に座る老人の方を見る。

「あいつが言うには、側近の一人で倉橋《くらはし》ちゅう男にリストを持ち逃げされたんやて。つまり最大の安全保障を盗まれてビビってもうた真殿は、身ィ一つでわしらのところに駆け込んできたちゅうわけや」

「しかしリストを奪われたとしても、載っていた名前くらいは覚えてるんじゃないですか」

「それはわしらも聞けるだけ聞き出した……薄田」

老人の目配せで、薄田が数枚の紙片を差し出した。

受け取ってざっと目を走らせる。

そこには大蔵官僚を中心に、香良洲の知っている名前がいくつも列挙されていた。タスクフォース四人組の名前もある。他省庁の大物幹部の名前も。

「凄いメンバーですね。これがパンスキ愛好者のリストでなく、勉強会の類いであったなら、日本の未来は安泰なんですがねえ」

「もちろん全部やない。真殿が覚えてた分だけで、実際のリストにはその何倍もの名前があって、とても覚え切れんかったちゅう話や」

「ほう、そんなに……しかし、これだけでも充分に衝撃的な面子ですよ」

芥はいよいよ頭が痛そうに、

「あんたやったら分かるやろ。名前だけあってもしょうがあらへん。現物がいるんや。証拠の現物がな。そやないと、サツも逮捕でけへんし、シラ切られてしまいやで」

「おっしゃる通りだと思います」

マスコミに名前が出るのは痛いだろう。しかし、その程度で参るようでは官庁のトップには立てない。ことに大蔵省のワルにはなれない。雲の上に住まうキャリア官僚とは、一般の感覚では理解できないほどの鉄面皮で、その硬度はダイヤモンド並みだ。下に行けば行くほど硬度が落ちるから、名前を公表されてダメージを受けるのは、せいぜいタスクフォース四人組や、ノンキャリ職員くらいだろう。

「だいぶ分かってきましたよ。つまり、花潟組はオールマイティの切り札どころか、なんの役にも立たない真殿というブタをつかまされたというわけだ。面子やしがらみがあるから放り出すわけにもいかないし、いつまでも抱えたままでは花潟組がよけいなダメージを負ってしまう」

遠慮のない言い方に薄田が怒気を孕むが、なんとか自制したようだ。

「この問題の対応策は、一にかかって倉橋なる男の発見にあるでしょうね」

「わしもそう思てあちこち手を尽くしてはみたんやが、花潟のネットワークを以てしても未だ発見できてへん。あれほどのブツを扱えるとしたら関東切妻連合か、それに匹敵するくらいの大組織や。それで様子を探らせとるんやけど、なんの動きもないらしい」

「真殿会長は、確か右翼や宗教関係者とも接点があったはずでは」

「どこも単なる付き合い程度や。第一、右翼やったらわしらでどうにでもでける。念のためそっちの方もチェックはさせとるけどな」

少し考え込んでから、香良洲は慎重に言った。

「まさか、倉橋は学会員とかじゃないでしょうね？」

老ヤクザはかぶりを振って、

「確かに学会は政界にも関わる一大勢力や。わしらかて迂闊には触《さわ》れん。けど倉橋は学会でもないし、なんかの宗教に嵌まっとるちゅうこともない。ましてやオウムみたいなんとは関わりもあらへん。実利一本槍の合理主義者やいうこっちゃ」

絵里まで首を捻りながら、

「ヤクザでもない、警察でもない、宗教でもない。それでいて、花潟組に楯突《たてつ》こうっていう実力を持つ……そんな組織、日本にあるんでしょうかね？」

「見当もつかねえ」

苦々しげに呻く薄田に、絵里がはっとしたように、

「まさか、外国のマフィアとかじゃ……」

「もしそうだとしたら面倒なことになるな。チャイニーズ・マフィアや韓国系の組織も洗ってはいるんだが、今のところはどこも引っ掛かってきてねえ」

「そこでや、香良洲はん」

芥が身を乗り出して言う。

「あんたの知恵をわしらに貸してもらいたいんや」

「知恵を貸せと申されましてもねえ」

香良洲もさすがに困惑して、

「現状で私にできることなど……こう申してはなんですが、そちらの方がこのような事態に対処するノウハウと実行力をお持ちなのでは」

「いくら天下の花潟組でも、こんなん初めての経験や。正直言うて、今の執行部にはあんたほど知識があって切れるもんは一人もおらん。花潟が天下を取るまでに、軍師と呼ばれた大幹部は何人かおったが、みんな死んでしまいよった」

束《つか》の間《ま》、芥は往時を偲《しの》ぶように目を伏せたが、

「なあ香良洲はん、あんた、わしらと協定結んだはずやったな。忘れたとは言わせへんで」

再び香良洲を見据えた眼光には極道の本性が覗いている。

「はい、その通りです」

「そやったら、あんたの考えを聞かせてんか。そないにカタならんでもええ。どんなことでも構へん、今のわしらは、参考になるような意見が欲しいだけなんや。外部のアドバイザーちゅうやっちゃ」

「分かりました。少々お待ち下さい」

香良洲は一分ばかり黙考してから、明瞭に述べた。

「そうですね、現在判明している状況からしますと、真殿を保護していても花潟組にメリットはありません。それどころか、マスコミに嗅ぎつけられたら世論の集中砲火を浴

びるだけです。また警察との関係をいたずらに悪化させるのも得策とは言えません。何か適当な口実を設けて早々に放り出してはいかがでしょう」

「おい、それじゃあ俺達の面子ってもんが立たねえじゃねえか」

例によって薄田が異論を唱える。

「そこが頭の使いどころです。逮捕状が出ている以上、真殿の逮捕は避けられません。加えて、顧客リストを持っていないのであれば、真殿が狙われる理由もありません。真殿会長には保釈後の安全を保証し——まあ、これは実際には何もしなくても安全なわけですが——密かに警察と連絡を取って身柄を引き渡す。警察も真剣に真殿の行方を捜しているでしょうから、見つけられるのは時間の問題です。ならばその前に、先手を打ってこちらから真殿を差し出すのです。そうすれば警察に恩を売りつつ、皆様の利益と体面も保たれる、と」

「なるほど」

反射的に首肯した薄田が、慌てて取り繕うように言う。

「まあまあの案じゃねえか」

「それくらいやったらわしらにかて思いつく」

老人は依然険しい顔で、

「あんたにはもうちょっと突っ込んだ提案をしてほしいんや。そやないと、わざわざカタギのあんたと協定を結んだ意味があらへん」

「ごもっともです」

甘い相手ではないことくらい承知している。香良洲は芥の虚を衝くように核心の質問を繰り出す。

「先日自殺した新井将敬議員について何かご存じではありませんか」

「新井の件がなんぞ関係してる言うんか」

「無論です」

根拠はないが、自信ありげに頷いてみせる。

「あれは自殺やのうて他殺ちゃうかいう説は週刊誌かなんかで見たけど、もしほんまにそうやったら、少なくともわしの耳に入っとるはずや……おい薄田、おまえ、なんぞ聞いとるか」

「いえ。ニュースは組の事務所で見ましたが、もしあれが殺しなら、殺《や》ったのは警察じゃねえかって皆でワイワイ盛り上がったくらいで」

どうやら嘘ではないようだ——

それこそがこちらの欲しかった情報なのだ。二人のやり取りをじっと観察しながら、香良洲は心の中であらゆる角度から分析を加える。

結論——少なくとも、新井の死に暴力団は関係していない。

「まあ、わしが何を知っとったとしても、死んでも言えんようなことやったら、相手が誰やろうと最初から口にもせえへんけどな……で、それがどない関係するちゅうねん」

「私の方でつかんでいる情報、これは未確認のものも含めてですが、検察が大蔵省の捜査を後回しにしてまで新井議員の立件を優先したのは、どうやら法務省からの圧力があったせいらしいのです」

「ふん、それで？」

芥は驚きもしない。

「もし新井議員の死に何者かの意図が関与しているとなれば、一連の大蔵スキャンダル、ことにノーパンの事案にも関わっている可能性が高い。となると、倉橋がリストを持ち逃げするという大胆な行動に出た背景を探る手がかりになるかと思ったのです」

老人は黙った。なんとか切り抜けられたようだ。

もっとも、自分が口にした言いわけの半分は嘘ではない。花潟組から新井将敬の死に関する情報が得られていれば、即応して最適と思われる対策に変更するつもりであった。

「それは分かった。ほな、そろそろ肝心のアドバイスをもらおか」

歳に似合わぬ迫力でぐいぐいと攻めてくる。花潟組若頭補佐の役職は、やはり伊達ではないらしい。

「こちらには警察の情報源があります」

「サツのネタ元やったらこっちにもぎょうさんおるで」

「おそれながら、もう少し確度の高い情報源です」

「ほたら大蔵省のパイプかなんかか」

「まあ、そのようなものですよ」

実は登尾の友人のことである。

「そやったら信用でけそうやな」

「その情報源を使って、私は関係のありそうな情報の収集に努めます。そちらは併行して、リストを扱えそうな大組織の動向を監視して下さい。何かあったら、お互い連絡を取り合うということで。それから神庭君」

「えっ、あたし？」

それまで他人事のように話を聞いていた絵里が、そう高くない自らの鼻の頭を指差した。

「そうだ、君は倉橋の身辺を当たってくれ。真殿の側近でありながらリストを持ち逃げするとは、よほどの動機があったに違いない。すでに花潟組系の組織、ことに薄田さんの征心会が動いているだろうが、強面《こわもて》の兄さん達ではつかめないようなこともあるはずだ。双方、効果的に連携して動いてほしい」

「はあ、分かりました、やってみます」

てきぱきと指示していく。実際はどれも当てにはしていないが、軍師らしいアドバイスをしているというパフォーマンスが重要だ。

これにはさすがの芥も勢いに呑まれたようで、

「当面はそれで行くしかないやろな……おおきに香良洲はん、助かったわ」

「いえ、お役に立てたなら何よりです」

薄田が運転手に命令する。

「適当な場所で車を停めろ」

「へい」

言われた通り、運転手が少し先でバンを路肩に寄せて停める。同時にドアが開けられた。

「じゃあ、連絡を待ってるぜ」

歩道に降ろされた香良洲と絵里は、去っていくバンを案山子《かかし》のように見送った。

「また助かりましたね」

やがて絵里がぽつりと言う。

「だけど、旦那はほんとに凄いですね。咄嗟《とっさ》にあれだけのことが言えるなんて」

「うん、本当に全部咄嗟の方便だけどね」

「えっ」

「でも、君に頼んだことは実際にお願いするよ」

「そりゃあもちろん……でもあの、旦那……」

「ところで、ここはどの辺だろうかね」

「さあ、両国のあたりみたいですけど」

「駅はどっちかな。いや、車を拾った方が早いか」

「でもタクシー、全然走ってないですよ」

「まあ、そのうち来るだろう」

二人並んで夜道をとぼとぼ歩きながら、香良洲は今さらながらに疲労感を覚えていた。

「ヤクザ相手に話すというのは、次官を相手にするより疲れるものだな」

「え、なんか言いました？」

「いや、なんでもない。独り言だ」

車道沿いにいくら歩いてもタクシーは来ない。

前方から歩いてきたジャージ姿の力士に、駅までの道を丁重に尋ねた。

7

香良洲が花潟組と絵里に指示した行動計画は、幸か不幸か、実行される暇さえなかった。二日後、予想外にすぎる事態が出来したのだ。

寝耳に水。青天の霹靂《へきれき》。そんなたとえでは生ぬるい。かつて想像すらしたこともなかったような、まったく異次元の事態だ。

「香良洲補佐っ」

自席での執務中に部下の澤井が飛んできた。

「大変です、大変です」

ご丁寧に二回繰り返す。まるで昔の素人演劇である。

「なんだね、仕事中に」

「それが大変なんですっ」

澤井がまたも繰り返す。周囲を見ると、部屋全体に異様な光景が広がっていた。職員達がそれぞれの上司である課長補佐を中心にあちこちで固まっている。どうやらパソコンを覗いているようだ。また企画官は血相を変えてどこかへ電話をかけていた。

「補佐のパソコンはネットに……いや、それよりこっちに来て下さいっ」

「一体どうしたって言うんだ」

立ち上がって澤井の席まで移動する。

「これを見て下さいっ」

彼が示しているのは、自分のパソコン画面であった。

「もしや君は、勤務中にインターネットでも見ていたのかね。それは服務規程で言うところの――」

「いいから早くっ」

普段は薄ぼんやりとしている澤井の、あまりの迫力に気圧《けお》されて、香良洲は腰を屈《かが》めてディスプレイに表示されている文章を読んだ。

サイト名は『ウェブ談林』。記事タイトルは『ノーパンすき焼き店「敦煌」顧客リスト』。

［巷《ちまた》で話題となっているノーパンすき焼き「敦煌」の顧客リストを私どもが入手致しましたので、謹んでここに公表致します。同店では、昨年末までの十二年間、政財官界、各方面の顧客一万人以上の名簿をフロッピーディスクに保存しておりました。その名簿の中から官界人の一部をプリントアウトしましたので、そのまま掲載することと致しました］

文字を追う途中から顔色の変わるのが自分でも分かった。

日本銀行を筆頭に、大蔵省、厚生省、農水省、通産省、運輸省、郵政省、建設省など、各省庁に属する役人の名前が列挙されている。とても数えてはいられないが、総勢で約二百名分はあるだろうか。

大蔵省からは六人の実名が挙げられていた。歴代の次官が四人と、退官した銀行局長と関税局長が一人ずつ。現役官僚の名前がないところを見ると、本当にリストのごく一部を抜粋したものらしい。

そして記事の末尾にはこう記されていた。

［匿名により提供された情報であるため、内容の確認は不可能でした。万一掲載内容に異議がある場合は、文書の形でのみ受け付けます。それをウェブ上で公開し、なんら反論なき場合は、二週間後に当該人物の名前を記事より削除します。これは私どもが裏取引を疑われぬようにするためのやむを得ぬ措置であります。ご理解のほどお願い申し上げます］

完璧なリークであった。面憎《つらにく》いほど抜かりがない。

インターネットによる公表など、誰が想像し得ただろうか。

香良洲が質問を発する前に、澤井が勢い込んで教えてくれた。

「このページは、総会屋の談林同志会が去年の春頃からやってるもので、雑誌形式の『談林』のインターネット版らしいです」

「君はよくそんなこと知ってたな。前からこのページを見てたのか」

「いいえ、私もさっき教えられて初めて見たんです」

大真面目に言う。嘘やごまかしではなく、本当のようだった。

「ウチだけでなく、他省庁でもすでに大騒ぎになっているそうです」

澤井の背後で、榊《さかき》文書課長が奥の課長室から飛び出してきていずこかへと走り去るのが見えた。誰かに緊急招集されたのだろう。

香良洲の周囲には、いつの間にか部下達のほとんどが集まっていた。一人残らず真っ青な顔色をしているため、室内が水玉模様に塗り替えられたようにさえ見える。

『談林同志会』。その名は香良洲もよく知っていた。日本最大とも言われる総会屋グループで、鉄の規律と強固な結束を誇る集団である。

奴らだったのか――

まったくの盲点であった。並の総会屋なら、花潟組や関東切妻連合に抗すべくもない。しかし談林同志会のみは、それらの大組織と渡り合えるだけの実力を持っていた。武力ではない。それまで蓄えられた膨大な情報が彼らの武器なのだ。

「どうしましょう、補佐」「ウチはこれから一体どうなるんでしょう」「香良洲補佐っ」

部下達がすがりつくように寄ってきて口々に喚《わめ》いている。まさに阿鼻叫喚の図と言うよりない。

突然、香良洲のポケットが恐怖に怯《おび》えたように震え出した。携帯の着信であった。

取り出して応答する。

「はい、香良洲です」

〈わしや、芥や〉

「申しわけありません、そのままでしばらくお待ち下さいませ」

低頭しながら丁寧な口調で応じ、部下達に携帯を指で示しながら急ぎ部屋を出る。

廊下には同じく携帯を手にして走っていく者達が溢《あふ》れていた。おかげで自分の姿がまったく目立たない。空いている会議室に飛び込んで応答する。

「お待たせしました。どうぞお願いします」

〈例のリストな、もう広まっとるぞ。知っとるか〉

「ええ。私もたった今知って驚いているところです」

〈倉橋がリストを持ち込んだんは談林同志会やったんや。あそこだけはわしらかてそう簡単には手が出せへん。下手な極道よりも気合い入っとるしな〉

電話の向こうで、百戦錬磨のはずの老ヤクザが呻いた。

〈パソコンやで、パソコン。知っとるか〉

「それはまあ、知っておりますが」

〈インターネットか淫売ネットか知らんけど、わしが見当つかんはずや。そんなもん、昔はあらへんかった。若いもんの話では、いっぺんパソコンに出たが最後、世界中から見られるんやて〉

「原理的にはその通りです」

〈今から談林の連中を皆殺しにしてもあかんのやて。手遅れなんやて〉

〈ややこしい世の中になったもんやなあ。ドス振り回してカチコミかけて、それで喧嘩《けんか》の勝ち負けが決まっとった頃が懐かしいわ〉

「その通りです」

返答に困っていると、自分と同様に携帯で話しながら誰かが入ってきた。主計局法規課の課長補佐だった。互いに目礼し、距離を取って通話を続ける。

〈聞いとるんか、香良洲はん〉

「はい、聞いております」

〈不幸中の幸いちゅうか、そのなんとかネットに載ったんはごく一部や。全部やあらへん。わしはこれから談林の綱形甲太郎《つながたこうたろう》と会《お》うてみるつもりや〉

綱形甲太郎は独自の経済哲学で組織を統率する、談林同志会の総帥である。

「リストの残りを回収するおつもりですね」

〈おう。そこでや、会談の段取りはこっちでつけるさかい、あんたにも同席してほしいねや〉

「ええっ」

〈なんちゅうても相手は金融のバケモンみたいな総会屋の親玉や。大蔵省のあんたがいてくれるとわしらも心強い〉

それは困る、とは言いかねた。なにしろ相手は花潟組の大幹部である。しかし応じたが最後、どんな無茶を要求されるか知れたものではない。そもそも、談林の綱形に現役大蔵官僚である自分の関与を知られるのは極めてまずい。

「こちらも情報が入ったばかりで混乱しております。一旦状況を整理してから、改めて連絡します」

〈ほな早いとこ頼むで〉

なんとかごまかして電話を切る。携帯を手に新たに駆け込んできた者が二人、それぞれ会議室の隅で通話を始めている。

廊下に出ると、混迷の極にある省内の様子が見て取れた。

血相を変えた官僚達が脇目もふらずに行き交っているかと思えば、壁に向かって何やらしきりと話しかけている者もいる。まるでこの世の終わりでも到来したかのような様相を呈していた。

こうなると大蔵省も脆《もろ》いものだ――

愛惜と憫笑《びんしょう》の入り交じる思いで眺めていると、澤井が息急《せ》き切って駆け寄ってきた。

「香良洲補佐、こちらでしたか」

「どうした」

「課長が文書課の全員を呼んでいます。何か話があるみたいです」

急ぎ文書課のフロアに戻ると、室内を見渡せる位置に立っていた文書課長の榊がじろりと睨んだ。

神妙な態度を装って自席に戻り、榊課長に向かって直立する。

全課員が揃ったのを確認し、課長が口を開いた。

「えー、諸君もすでに知っていることと思うが、本日、ノーパンすき焼き店の顧客リストと称するものが総会屋のホームページに掲載された。その真偽に関しては、現在調査中であり、警察庁、警視庁も鋭意捜査に当たっていると聞いている。しかし、興味本位のマスコミが例によって扇情的に書き立てることは想像に難くないため、マスコミの取材等に対しては、必ず広報室を通すようくれぐれも——」

中身のまったくない空疎な訓示と露骨な口止めであった。今職員達が聞きたいのはそんな話ではない。耐え難い苛立《いらだ》ちに誰かが歯ぎしりする音すら聞こえてきた。

しかし徹底した上意下達が原則の官界にあって、上司の話を遮る者はいない。香良洲もまた、いたずらに費やされる時間を気にしながら、課長の話が終わるのを待つしかなかった。

その後も似たような会議や意味のないミーティングが延々と続いた。その日の大蔵省は実質的に機能していなかったと言っていい。

香良洲がやっと解放されたのは、午後九時に近い頃だった。

自席で部下に買ってきてもらったサンドイッチをかじっていたとき、携帯が鳴った。

芥が痺《しび》れを切らしたのかと思って表示を見ると、発信者は絵里だった。サンドイッチをデスクに置いて応答ボタンを押す。

「香良洲だ」

〈ああ旦那、大変なことになりましたねえ〉

「大変どころの騒ぎじゃないよ」

答えながら周囲を見回す。近くに聞いている者はいない。

〈こうなっちゃあ今さらのような気もしますが、倉橋のこと、調べてみました〉

「続けてくれ」

〈倉橋求《もとむ》、四十四歳。独身、家族なし。元は仏壇屋の営業マン。十年前に赤坂のバーで真殿会長と出会い意気投合。以後、会長の腹心として天平インターズの言わば大番頭みたいなポジションにいたらしいです。しかし株や投機をやるようになってからは、会社の金に手を付けてるんじゃないかって疑われてて、会長ともうまくいかなくなってたみたいです。なにしろ株に嵌まってますから、談林同志会の綱形総師に心酔してて、総師の著書を大量に買い込んだりしてたそうです〉

「なるほど、それで持ち逃げした顧客リストを談林に持ち込んだってわけか」

〈どうやらそのようで〉

「言わば棚ボタ的に手に入れたリストを、わざわざタダで見られるホームページで公開した綱形の狙いはなんだろうな」

〈さあ、そこまでは……〉

「考えられる仮説としては、商品見本といったところかな」

〈あ、なるほど、だから一部だけ先行公開したわけですね。続きが欲しかったら、あるいは、続きを公開されたくなかったら、こっちが開く入札に応じろと〉

「さすが神庭君、察しがいいね」

〈そんな、よして下さいよ〉

不意に閃《ひらめ》いた。

「そうだ、神庭君、君を見込んで頼みがある」

〈なんでも言って下さいよ〉

調子よく応じる絵里に、香良洲は無慈悲に告げた。

「実はね……」


「なんであたしがこんな目に……」

芥老人と並んで花潟組のベンツに揺られながら、絵里は口に出して呟いていた。

「なんか言うたか」

老ヤクザが横目でじろりと睨んでくる。

「いえ、何も言ってません」

我ながらぎこちない作り笑いで慌てて否定する。助手席に座った薄田が、バックミラーの中で目を閉じる。「やれやれ」とでも言うように。

やれやれと言いたいのはこっちの方だ――

今度は口に出さずにこぼしたが、いくらぼやいてみてももう遅い。香良洲に押し切られてしまった自分が悪いのだ。

よりにもよって、芥と綱形の会談の場に香良洲の代理として立ち会う羽目になろうとは。

「香良洲はんの話では、おまはんは香良洲はんの秘策をレクチャーされとるそうやけど、ほんまかいな」

「ほんまです、いえ、本当です」

「そんなわけないでしょう」

助手席の薄田が苦々しげに言う。

「香良洲の野郎、この姐さんに押し付けて逃げやがったんですよ」

「そやけど、香良洲はん自身がこの段階で顔を晒《さら》すと先々動きにくいちゅうのもその通りや」

「確かに一理はあるかもしれませんが、二理や三理はねえと思いますがねえ」

どこまでも懐疑的な薄田に対し、芥は凄みを利かせて言う。

「万一しくじったら、姐さんだけやのうて香良洲本人にも一緒に責任を取ってもらうだけや。あいつもそれくらいは分かっとって代理をよこしたんやろう」

〈それくらいは分かっとって〉って――じゃあ、分かってなかったのはあたしだけ？

絵里の頭の中はもう一面の雪景色である。耳から吹き出た吹雪で全身が凍えそうだった。

ベンツはやがて平和台にある倉庫のような建物の前で停まった。閉ざされたシャッターの横に掲げられた看板には、『おろしや運輸』と記されている。

「この会社、今は談林の所有物なんだってよ」

振り返った薄田が絵里に告げる。

「しかも間にまた別の会社を嚙ませてるそうだ。密談には持ってこいってわけさ」

シャッターがすぐに開けられ、ベンツは建物の中へと進む。花潟組と征心会の組員を満載した二台のセダンもその後に続いた。

内部は何もないがらんとした空間だった。かつては確かに運送会社だったのであろうが、廃業してからだいぶ経つらしく、黒ずんだコンクリートが黴《かび》臭い湿気と冷気とを放っている。

「お運びを頂き恐縮です」

車から降りた一行を、スーツ姿の中年男性四人が恭しく出迎える。服装と髪型だけは堅気のようだが、屈強な組員達に少しも劣らぬ気迫を発散していた。

「総帥がお待ちです。さ、どうぞ」

四人の案内で長い階段を上り、廊下を進む。突き当たりにドアがあった。

一同が中に入ると、一番上等なスーツを着た男が言った。

「芥様、薄田様、神庭様はあちらへ。後の方はこの部屋でお待ち下さい」

「なんやとコラ」

護衛の組員が気色ばむが、芥の一睨みでおとなしく下がった。

上等なスーツの男が、部屋の奥にあった扉を開ける。

「どうぞ中へ」

「なんや、悪党の隠れ家みたいやのう」

どう考えても一番の悪党である芥が、大幹部らしい度胸を見せて真っ先に奥の部屋へと入る。絵里もやむなく薄田の背中に隠れるようにして後に続いた。

驚いた。廃屋同然であったそこまでの内装と違い、その部屋だけはまるで大企業の応接室のような改装が施されている。

豪華な応接セットの前にロマンスグレーの紳士が立っていた。落ち着いた英国調の身だしなみが一分の隙もなく似合っている。

この人があの――

絵里はもう息を呑むばかりである。

「ようこそおいで下さいました。さ、どうぞお座り下さい」

綱形は三人にソファを勧め、自らも腰を下ろす。

「久しぶりやのう、綱形」

「芥さんもお元気そうで何よりです」

そんな会話を交わしているところを見ると、二人は以前からの顔見知りであるらしい。

考えてみれば当然で、裏社会に名を轟《とどろ》かせる者同士、互いに面識のない方がおかしいくらいだ。

「こっちにおるんは征心会若頭の薄田。こっちの嬢ちゃんはアドバイザーの神庭や」

「はじめまして。談林同志会の綱形です」

挨拶する綱形に、絵里は慌てて名刺を差し出す。

「あの、はじめまして、ジャーナリストの神庭絵里と申します。よろしくお願い致します」

「おや、これはご丁寧に」

苦笑とも失笑ともつかぬ笑みを見せて、綱形は名刺を受け取った。

薄田は無言で足を組み、綱形を睨《ね》め付けている。

「こうしてお会いするのは大歓迎ですが、マスコミに嗅ぎつけられると痛くもない腹を探られることになりかねない。それでこんな所までお運びを頂いた次第です。どうぞご容赦下さい」

丁寧に詫《わ》びる綱形の言葉を、芥は気忙しげに遮った。

「そんなことはどうでもええ。お互い忙しい身や。早速本題に入ろやないけ」

「結構です。お願いします」

綱形はあくまで紳士的な態度を崩さない。それは絵里の知る総会屋像とはかけ離れたものであった。

総会屋とは本来、株主としての権利を濫用して企業等から不当な利益を得る集団である。そもそも一連の大蔵スキャンダルの発端は、第一勧業銀行による総会屋への利益供与事件であったはずだ。

綱形の率いる談林同志会が、そうした集団とは一線を画する存在であるとは聞いていたが――

「よっしゃ。ほな、手っ取り早う言《ゆ》わせてもらうわ」

絵里の困惑をよそに、芥は無造作に切り出した。

「例のリストの残り、何も言わんとわしらに渡してくれや」

「できません」

綱形が即答する。花潟組の芥に対し、信じられない態度であった。

室内に重い静寂がのしかかる。

「なんでやねん」

芥は静かに聞き返す。静かで、全身の細胞を凍らせる響きだ。

「我々は情報提供者の信頼を裏切るわけには参りません」

「情報提供者て、倉橋やろ？　そいつ自身が主人の真殿を裏切っとんねんで」

「そうした事情は我々には関係ありません」

「関係ねえわけねえだろうがよ」

凄む薄田を横目で制し、芥は続けた。

「あんたら、タダでコンピューターに載せよってからに、狙いはなんやねん。襦袢《じゅばん》の裾だけ見せといて、残りを高うに売りつけよちゅう肚やったら、わしらが言い値で買うたるさかい、遠慮のう言うてくれや」

「申しわけありません。どなたにもお売りするつもりはございません」

「切妻連合にもかい」

「もちろんです」

「学会や社倫党も欲しがっとるちゅうで」

「政界にはなおのことお渡しできませんな」

綱形は不敵に微笑んだ。

そのやり取りを傍観しているだけで、絵里は今にも息が詰まりそうだった。

「おい、こっちは力ずくでもらっていくことだってできるんだぜ。そのつもりで兵隊も連れてきてんだからよ」

「どうぞ、こちらも覚悟はできております。対応策もね」

薄田の脅しに対しても、綱形は動じる素振りさえ見せない。

「リストは別の場所に保管してあります。厳密には場所ではなく、インターネット上ですが」

「どういうこっちゃ」

芥が薄田を振り返る。

「つまり、コンピューターの中ってこってすよ」

「なんや、ほたらそのコンピューターをカチ割ったらしまいやないかい」

「いや、それがそうはいかねえんで」

「ほなどういうこっちゃねん」

無理もない。それでなくても古いタイプの極道である芥老人には、インターネットの概念は到底理解し難いものだろう。

「私をはじめ関係者の身に何かあれば、敦煌の顧客リストだけでなく、我々がこれまでに蓄積した秘密データが世界中に拡散されるシステムになっています。そうなれば、花潟組も大きなダメージを受けることになる」

薄田の顔色が変わった。

「そいつは、もしかしてイトマンのアレとか住専のアレのことかい」

「その通りですが、ほかにもいろいろとね」

綱形が意味ありげにほのめかす。

アレとかイロイロとかじゃなくて、もっと具体的にお願いします――絵里は思わず歯嚙みするが、もちろん口に出して言うわけにはいかない。

「なんやよう分からんが、ともかく分かった」

芥がソファに身を沈める。

「綱形、総会屋のおどれがなんでそこまでせなならんのや。よかったら、わしに教えてくれるか」

「総会屋だからです」

その瞬間、綱形がちらりと自分を見たような気がして、絵里は身をすくませた。

「ご承知の通り、八一年の商法改正によって総会屋に対する締め付けはあらゆる意味で厳しいものとなりました。我々が生き残るためには、従来の在り方を脱し、新しい総会屋を目指さなければならない。しかし、どうやって？　社会から拒絶されたなら、徹底して社会に背を向けるのも一つの手でしょう。しかし私は、社会に受け容れられる道を採るべきだと考えました。すなわち、ビジネスを通じて企業と正常な関係を結んでいく道です。ビジネスにおいて株や証券は不可欠だ。我々はその流れを整理し、企業にとって、また社会にとって、有益な情報を提供する。そうすることによって、今まで陰の存在であった我々が表の社会に出ることができるのだと」

綱形の話は自信に溢れ、説得力に満ちていた。この人物に心酔した男達が集まってくるのも分かるような気がした。

「こうして口にするのはたやすいのですが、実現には長い時間がかかりました。いえ、今もその途中でしかありません。そんな折です、インターネットという新しい技術を知ったのは。まだまだ社会全体に普及しているとは言えませんが、知れば知るほど、可能性に満ちた新しいメディアであると確信するようになったのです。これまでも我々は、他の同業者と違って情報誌『談林』を無償で企業に配布していました。しかしインターネットを使えば、かつてないくらい効率的に情報を収集できると気づいたのです。速報性においても桁違いだ。そこで思い切って『談林』をウェブ上に移し、ホームページ『ウェブ談林』を開設したのです。結果は大成功でした。リスクが少ないため、多くの内部告発がEメールで寄せられました。トウフバンクの経営問題もその一つです」

思い出した。トウフバンク創業者による独善的経営体質が社会問題化したのは、ウェブ談林が一通の内部告発メールを掲載したことがきっかけだった。一気に一〇〇万アクセスに達したと言われるほどの反響に、トウフバンク傘下の検索サイトはウェブ談林が検索結果に表示されないようにしたくらいである。

曲がりなりにもジャーナリストとして、当時すでに中古のパソコンを導入していた絵里は、急にウェブ談林が表示されなくなった理由が分からず、てっきり電器屋で値切りすぎたせいかと思ったものだ。

「もうお分かりでしょう。談林同志会はすでにスキャンダルや不正行為をネタに企業にたかるハイエナではない。一般株主の立場から、企業や社会についての情報を提供していく。この原則を堅持しない限り、我々に未来はない。だからこそ我々は、今回の顧客リストも守り抜く。たとえ命を捨ててもです。大蔵省の腐敗は底なしだ。今これを白日の下に晒さねば、我々だけでなく、日本の未来が大変なことになってしまう」

期せずして、綱形は香良洲と同じ結論に達していた。ただし、リストの使い方に関するビジョンはかなり異なるようであったが。

そこで絵里は我に返った。

香良洲に授けられた〈策〉を無理やりにでも披露しておかねば、自分と香良洲の立場がまずいものとなる。

「あの、お話の趣旨はよく分かりました。そういうことでしたら、こちらからご提案したいことがあるんですけど……」

おずおずと手を挙げながら言ってみる。

「どうぞどうぞ」

綱形が穏やかな笑顔を向けてきた。

「貴会と日本の未来のために、顧客リストは誰にも売却できない、しかし情報公開はする、ということですよね？」

「そうです」

「でしたら、リストのデータを分割してリースしてみてはいかがでしょうか」

意表を突かれたのだろう、綱形のみならず、芥と薄田も首を傾げている。

「つまりですね、端的に申しますと、データを必要とする個人もしくは団体に、必要とする部分のみを有料で提供するのです。しかも期限付きで。期限内に公開しようがしまいが、借り主の自由です。レンタル期限が過ぎれば、権利は貴会に戻ってくる。借り主が公開しなかった場合、貴会はそこで改めて公開すればいい。どうでしょう、これならば貴会の目的が達せられた上、金銭的にもメリットがあると存じます。少なくともデメリットはありません」

暫し考え込んでいた薄田が、急に顔を綻ばせ、

「おお、いいんじゃねえか、それ」

しかし綱形はにこやかに笑いながら一蹴した。

「これは面白いことを思いつきましたね。情報のレンタルですか。なるほどねえ。でも、デメリットはあるんじゃないですか」

「どういったものでしょうか」

「『悪党の悪知恵には限りがない』ってことですよ」

「はあ?」

「一旦データを渡したら、どのように悪用されるか知れたものじゃない。想像をはるかに超えるような手を打ってくる。特に権力者はね。我々はそんな例を嫌と言うほど体験してきました。ですのでこの場合、大金を払ってでもレンタルしたいと言ってくる客など、信用できるもんじゃありません」

「そうですか……」

肩を落とした絵里を慰めるように、

「だが着眼点はいい。なかなかのものだ。神庭さんでしたか、勉強させて頂きました」

「よっしゃ、分かった。時間を取らせて悪かったな、綱形」

芥が両膝に手をついて立ち上がる。

「ご期待に添えず申しわけございません」

どこまでも丁重な所作で綱形が深々と低頭する。

絵里と薄田も芥に従い、おろしや運輸を後にした。

「本当にあれでよかったんですかい」

帰途、ベンツの車内で薄田が芥に問いかけた。

「リストの在処が分かってるってのに……こっちは連中をバラしてでもぶんどるつもりだったんですけどね」

「それでなんとかなる話やないちゅうとったやないけ」

「そりゃまあ、そうですが……なんだか、ウチが舐められてるみたいじゃないですかい」

不服そうな薄田に、

「綱形の話は一本ぴしっと筋が通っとった。あれはちょっとやそっとでぐらつくような覚悟やないで。相当なもんや」

「まあ、花潟に喧嘩売ってるようなもんでしたからね」

「ほんまに命懸けとんのやろ。そやったらそれでええ。ほっといたれ。少なくとも切妻や学会に流れる心配はない。それだけでもよしとするしかあらへんわ」

それから芥は、横に座った絵里に向かって言った。

「おまはんの提案、あれが香良洲はんの策なんやろ」

「ええ、まあ」

絵里は曖昧に頷いた。結果として功を奏しなかった引け目はあるが、今回は与えられた役を果たしたという事実に意味がある。

「綱形も言うとったが、惜しかったな。香良洲はん本人がおったら、もう一つ切り返せたやろうけど、まあ構へんわ」

「はあ、すいません」

「真殿のガラ（身柄）はどうします？」

「香良洲はんに言われた通り、警察に渡したれ。よう言い聞かせてからな」

すでに興味を失っているのか、一転してそっけない口調であった。

「へい」

返答する薄田にも倦怠感《けんたいかん》が滲《にじ》んでいる。

本来は関係ないはずの絵里自身はなおさらだ。

ぼんやりと横を見る。車窓の外には寒風に震える寒々とした光景が広がっているばかりであった。

8

「日銀が四人、大蔵省が六人か……ずいぶん出し惜しみしたもんねえ。どうせ名簿を公開するなら、景気よく一度にやっちゃえばいいのに」

自らの事務所で、錐橋辰江衆院議員はパソコン画面を凝視しながら呟いた。

「ですが先生、万一我が党の誰かが含まれてたりしたら……」

公設秘書の理代子は自席のパソコンから顔を上げて応じる。

「やめてよ、縁起でもない」

「でも、絶対にないって言い切れますか」

「全然言い切れないから怖いんじゃない」

社倫党幹事長代理でもある錐橋議員は、心底忌まわしげに身を震わせた。

「永沢《ながさわ》先生とか媚山《びやま》先生とか、いかにも行ってそうじゃない、パンスキに。全身から『わしゃスケベです』みたいな空気、四六時中放出してさー」

「せめてフェロモンとか言ってあげたらどうですか」

「そんないいもんじゃないでしょ。本人は『英雄色を好む』とか思ってそうだけど、英雄はパンスキなんて行かないっての」

室内に女性しかいない気安さからか、もう言いたい放題である。

「しかし談林同志会も思い切ったことをしたもんねえ。せっかくの大ネタをつかみながら、タダで公表するなんて」

「まったくです」

「それもインターネットを使うなんて、さすが綱形総帥、やっぱりただの総会屋じゃなかったわね」

議員の顔が、噂好きの女性のものから、したたかな政治家のそれへと変わる。

「たった六人だけど、大蔵省はもう大騒ぎでしょうね」

「ええ、今回はOBばかりでしたが、いつ現役が掲載されるか、みんな生きた心地もしないといったとこじゃないでしょうか」

「ところでどうなの、あなたの元旦那は」

「あいつですかあ」

いきなり問われ、理代子は間を外すようにとぼけてみせる。

「あの人ならパンスキには行ってないですよ。なにしろ地方に飛ばされてましたから」

「そうじゃないわよ」

さりげなく尋ねているかのような議員の口振りに、冷たい鋭さが覗いている。

「その後、どういう動きをしてるかってこと」

「新井先生がお亡くなりになったとき、少し探りを入れてみたんですが、どうやら香良洲は新井将敬自殺説に傾いてるようですね」

「新井先生の件は、自殺であろうが他殺であろうが、どっちでもいいの。事態がこうなってはね」

　錐橋議員がいよいよ冷徹な本性を覗かせる。

「状況は刻々と変化してる。それが分からないあなたじゃないでしょう？　私が訊きたいのは、顧客リストのリークを受けて香良洲がどう動いているかよ」

「私もまだそこまでは把握してません」

「あら、何よそれ。大蔵省には香良洲がいる、彼は絶対なんかやるとか、散々のろけてたのはどこのどなただったかしら」

「やめて下さいよ。前言を撤回するようですが、あんな男、そこまで過大評価する必要なんてありませんから」

　その返答は、議員の別の興味を刺激したようだった。

「あらあ、もしかして、探りに行ったときにでもなんかあったんじゃない、元旦那と」

　ゴシップ好きも錐橋辰江の特質だが、その点においてもさすがに勘が冴えている。

　彼女の前では理代子もごまかし通せるとは思っていない。

「実は、京王プラザのバーで会ったとき、他の女も呼んでたんですよ」

「えっ、それって、もしかして新しい彼女？」

「香良洲は仕事を手伝ってもらってるとか言ってましたけど。だから私にも紹介しておきたいって」

「ほら、やっぱり」

議員は嬉しそうに立ち上がって手を打った。

「そういうのが一番危ないのよ。デキてるに決まってるじゃない」

「そうでしょうか」

「そうよ、絶対。議員生命を懸けたっていいわ」

いくらなんでもそれは軽率にすぎるのでは、と思ったがわざわざ言ったりはしない。それでなくても錐橋議員は他人の忠告を聞かないタイプだし、自らの経験則には絶対の自信を持っていた。その性格がいずれ命取りになるのではないかと理代子は密かに危惧してもいる。

「で、どんな子だったの」

「それがですね、なんだか変な女でしたよ。ホテルのバーに汚いジャンパーなんか着てきたりして」

「ウソ、信じらんない」

「歳は私と同じくらいか、少し下って感じでしたけど、全体的にチンチクリンていうか、髪の毛なんかもチリチリで」

「元妻のあなたと正反対のタイプね。なるほどなるほど」

何やら議員は一人勝手に納得している。

「でも、そこがかわいいと言えば言えなくもないというかなんというか」

「どっちなのよ」

「かわいいですね。子犬か野良猫みたいで」

「なにその微妙な表現」

「ともかくですね、この非常時にですよ、あんなのと付き合って喜んでるとしたら、もう最低ですよね。比べられること自体不愉快ですわ」

「女としてもう勝負にもならないと。圧勝だと」

「そこまでは言ってませんけど」

「言ってるわよ」

「では================はっきり申し上げまして、元夫があんな女に走ってるのを見ると、情けないのを通り越して、なんだか憐れみを感じますわ」

「それでこそ理代子ちゃん。あなたのそういう高飛車なところ、私、もう大好き」

勝手に満足したらしく、議員は再び腰を下ろしていつもの顔に戻る。

「さて、冗談はこれくらいにして――」

まったく冗談には聞こえなかったが、それもまた口には出さない。

「香良洲の方は引き続きお願いするわ。あなたの個人的なアレコレは抜きにしても、大蔵省の情報源として香良洲は絶好の存在だから」

「なんにせよ、ノーパンの一件が大蔵省の腐れ官僚を叩く絶好の機会であることに違いはないわ。我が党としては、連立相手の自民党に徹底調査を求める方針で行こうと思うの。それと国会での大臣質問や、関連局長とかの参考人招致。予算委員会での集中審議を求めるってのもいいわね。槌谷先生は党内で独自に調査チームを編成してはどうかとまでおっしゃってるの」

「承知しました」

錐橋特有の多面的な攻撃案が次々と繰り出される。本領発揮というところか。

「しかし、それでは自民党からの反発を招きかねませんよ」

「何言ってるの理代子ちゃん、あなたらしくもない。それこそが狙いなんじゃないの」

「ああ、そういうことですか」

つまり彼女は、自民党を取引の場に引きずり出そうと画策しているのだ。

「なるほど、さすがは先生、お見事です」

にやりと笑って持ち上げると、相手も狐のような微笑みを返してきた。

「連立離脱をちらつかせながらやると効くと思うの、この交渉は。大蔵省や財界がいろいろやらかしてくれたおかげで、万全のはずだった五五年体制がポシャっちゃったわけじゃない。向こうとしては、これ以上の変革は避けたいってのが本音のはずよ」

「そこをブスリと突くわけですね」

「そう。詳しい手筈《てはず》は槌谷先生と打ち合わせしてから決めるとして、あなたにも大いに働いてもらうことになると思うわ、理代子ちゃん。覚悟してね」

「任せといて下さい」

「そのためにも、ね」

「分かっております。せいぜい香良洲を有効活用することと致します。私の個人的なアレコレは抜きにして」

「頼んだわよ」

「はい」

議員はいよいよ狡猾《こうかつ》そうな笑みを満面に浮かべる。

今の自分もきっと同じ笑顔をしているのだろう。

それはちょっと――というか、だいぶ嫌だ、と理代子は思った。


幕辺靖《やすし》主計局長は、庁舎二階の局長室で敦煌の顧客リストに目を通していた。

談林同志会がホームページにアップした記事をプリントアウトしたものである。もう何度読んだか分からない。掲載された二百八人全員の名が頭に入っていると言っていい。

それでも手に取らずにはいられなかった。

そこに名前の載っている人間は、八割方知っている。それも直接面識のある者が大半だ。

厚生省のあの人も、農水省のあの人も、それから通産省のあの人まで――

中には店の出口で顔を合わせた人物さえいる。自分と同行した人物も。

ホームページには〈異論があるなら受け付ける〉という趣旨の断り書きがある。実に頭のいいやり方だと思う。

現在のところ、「自分はあんな店には行っていない」と抗議した者がいるという話は聞かない。

すべて事実だからだ。下手に抗議して事実が明らかにされることを恐れているのだ。

総会屋風情が――

長年にわたって銀行や企業を食い物にしてきた総会屋が、今は大蔵省を天下の晒し者にしている。それは大蔵官僚の本流を歩んできたと自負する幕辺にとって、到底許し難いことだった。

談林同志会の綱形か――いい気になっていられるのも今のうちだ――

大蔵省はOB六人に限られ、現役の名前は出なかった。まさに不幸中の幸いとしか言いようはない。

しかし、このままではいつ残りの名前が出るか知れたものではない。早急に手を打たねばならなかった。

　護送船団方式が事実上崩壊した今、大蔵省の伝統はなんとしても守り抜かねばならない。その伝統を担うのが、ほかならぬ自分なのだから。

　口許に、この上なく苦い笑みが浮かんでくる。

　九五年の秋頃から、大蔵省解体案はすでに政界の話題となっていた。九六年一月末、大蔵省の「財政・金融分離」を主張する加藤紘一と、住専問題徹底糾明を主張する梶山静六が密会し、大蔵省改革について話し合った。こうした政界の動きに対して、大蔵省は密かに抵抗を開始。だが二年近くに及ぶ暗闘の末、大蔵省は敗北した。

　九七年六月に金融監督庁設置法が国会で成立。それは大蔵省から金融検査及び監督機能を分離独立させるというものだった。

　橋本龍太郎総理への執拗な働きかけにより、金融行政における企画立案機能は大蔵省に残された。世間はこれを「橋本行革の敗北」と評したが、それでも大蔵官僚の挫折感には相当なものがあった。

　金融監督庁の発足まであと四カ月足らず。国家の根幹を動かしているのは自分達だという誇りを失いつつある省内を、なんとしてでもまとめあげねばならないのだ。そしてそれを為《な》し得る人間は、今の省内に自分を措いてほかにない。

　都立日比谷高校を経て東大法学部卒。入学時も卒業時も、国家公務員試験も司法試験も、すべてトップで合格した。入省後は主計畑を中心に、非の打ち所のないコースを辿《たど》った。

予算編成権を持つ主計局には、全大蔵官僚の中でも最優秀とされる人材が集められている。庁舎の二階に陣取る、いわゆる『二階族』の中心だ。

二階への階段を駆け上がる過程において、主に金融界からの接待を通じて将来有益と思われる人脈も築き上げた。何もかもが、必要欠くべからざる〈手順〉であり、〈儀式〉であった。

当然だ。それが自分の背負う運命であるから。選ばれた者の運命。もちろんそれは、ただ向こうからやってくるものではない。早くから自覚し、自ら選び、全力でつかみ取った〈運命〉なのだ。

必要な条件と技量は偉大な先輩達からすべて学んだ。すなわち、ワルとしての処し方だ。それができない者に、大蔵次官は務まらない。その厳しさに耐えられないと思った者は早々に大蔵省から去っていく。それが掟だ。

優秀なだけで覚悟のないまま出世を続ける者も中にはいる。そういう相手は全力で蹴落とす。それがワルの務めである。万一そんな人物がトップに立つような事態になれば、大蔵省全体に災いをもたらすことが目に見えているからだ。

必要なときには、誰であろうと容赦なく切り捨てる。省内は言うまでもなく、他省庁の人間であっても、誰であってもだ。

そうだ、それがたとえ政治家であっても。

法務省とのパイプを使って、検察に新井将敬議員の捜査を優先させるように仕向けたのは成功だった。それが功を奏して大蔵官僚は捜査の手から逃れられる見込みとなった。

なのに、新井議員があんなにもあっけなく自ら命を絶とうとは。

弱者の精神は理解し難い――幕辺は心の中でそう呟く。

おかげで大蔵官僚に対する捜査が一層厳しさを増してしまった。そこへ持ってきて、今度はインターネットを使った総会屋のリークである。

たとえ何を犠牲にしても、この危機は乗り切ってみせる。

明治以来の長きにわたる大蔵省の歴史において、その覚悟が今ほど求められている時代もなかったのではないか。そう考えると、大いなる圧迫感に息が苦しくなってくる。

だが、やらねばならない。なんとしても。大蔵省のために。

幕辺はおもむろに立ち上がった。山越《やまこし》総理秘書官との面会の時間が迫っていたからである。

用件は分からない。先ほど急に会いたいと連絡が入ったのだ。

不審に思ったが、相手が総理秘書官の中でも首席と言える政務の秘書官では応じるしかない。

一つだけはっきりしていることがある。それは、間違ってもいい話ではないということだ。

次長の難波だけを伴い、幕辺は指定された時間に赤坂プリンスの一室に入った。

すでに待っていた山越が、難波に向かって隣室を示す。

「悪いがあなたはあちらでお待ち願えませんか。とても微妙な案件ですので、幕辺局長と二人だけで話したいのです」

難波次長は幕辺の最側近とも言うべき存在である。そのことは山越も承知しているはずだった。そうと気づいて室内を見渡せば、山越の随行員もいつの間にか姿を消している。

躊躇《ちゅうちょ》するようにこちらを見た難波に、幕辺は頷いてみせる。

一礼して難波は隣室へと去った。広い室内に、自分と山越の二人だけが残された。

「早速ですが、本題に入らせて頂きます」

アームチェアに座った山越は、険しい表情で切り出した。

「今日ご足労願いましたのは、総理のお考えをお伝えするためです」

「お待ち下さい」

幕辺は鷹揚《おうよう》に相手の発言を遮った。

「それならば、私ではなく、直接次官にお伝えになった方が適切ではありませんか」

「そこなのですよ、幕辺さん」

総理の懐刀と噂される山越は、無表情のまま口だけを動かす。

「オフィシャルな形では言えないからこそ、事務次官ではなく、また総理ご自身ではなく、私があなたにお伝えしているのです。それは同時に、総理があなたを評価されているということでもあります」

幕辺は黙るしかなかった。

政治家特有のやり口だ。こういう局面は慣れているし、向こうもまた、それを百も承知で自分を呼び出したのだ。

元来、総理官邸は人事において大蔵省と常に対立関係にある。何かというと政治主導で人事を決めたがる官邸に対し、大蔵省は常に全力で抵抗してきた。その長い歴史を知る幕辺は、己の能力を以てすれば双方の機微をうまく調整することも可能であると密かに自負していた。

「総理は事態の早期解決を望んでおられます。大蔵省の改革を主導なされたのは言うまでもなく総理ですが、このような形での混乱は総理の本意ではありません。連立相手の社倫党も、この件を徹底的に追及してくることでしょう」

「同感です」

「そこで幕辺さん、あなたに一刻も早く収拾案を作成して頂きたい。これは総理のみならず、政府自民党の総意でもあります」

「承知致しました。しかし、山越さん」

「なんでしょう」

「本題と言いながら、あなたはまだその片鱗《へんりん》も見せて下さらない。と申しますより、今のお話の裏側にでもそっと隠されていたのかもしれませんが」

「さすがは幕辺局長だ」

山越は顔面の筋肉を一本たりとも動かすことなく言った。

「未だ公開されていないリストの残り。さる筋からの情報で、その部分に社倫党議員の名前が記されているらしいのです」

「さる筋とは」

一片の遠慮もなく尋ねる。

「そうですね、ノーパン接待を受けた我が党の議員とだけ申し上げておきましょう」

「なるほど」

つまりはパンスキ仲間というわけだ。

「事態を収拾すると見せかけて、社倫党に表には出せない貸しを作る。これが総理の狙いです。それをやれるのは、幕辺さん、あなたしかいない」

「確かに」

ようやく得心がいった。

「確かに私しかいませんな」

9

文書課の自席で仕事をしているふりをしながら、香良洲は次の一手を考えあぐねていた。

綱形総帥と芥若頭補佐との会談については、絵里からその一部始終の報告を受けている。聞くだに息詰まるやり取りで、絵里にはとんでもない負担をかけたと柄にもなく反省したものである。

問題は綱形がリストの残りをいつ公開するのか、だ。新聞や雑誌と違い、インターネットのサイト上になら、パソコンさえあればいつどこからでもアップできる。綱形の予見した通り、これからはそうした形のリークが主流となるだろう。一総会屋が、まさに時代の先を行っていたのだ。

インターネットか――厄介な時代になったものだ――

暫し自席で感慨に耽《ふけ》る。

技術の進化する速度は、一般人の想像をはるかに超えている。近い将来、世界は本質的な変化を余儀なくされるだろう。それは当然、政治、行政の世界とも無縁ではあり得ない。ことに金融界は情報が命だ。科学技術の面から考えても、旧態依然とした発想のままでは早晩行き詰まるに違いない。やはり大蔵省は変わらねばならないのだ、根底から、徹底的に。

そうでなければ、この先、日本は――

頭を振って、とめどない想念を追い払う。

リストの残り。そこに記されている膨大な官僚の名前。それらが公開される時期によって、対応の仕方が大きく変わってくる。

また、残りが一度に公開されるのか、それとも前回と同じく少しずつ公開されるのか。

後者だとすると、次に公開されるのは一体誰か。

やはりこれは、綱形総帥に直接探りを入れるしかないか――

それに問題はもう一つ、社倫党の動きだ。

突破口は理代子に開いてもらうか、それとも――

「香良洲補佐」

澤井の声で我に返った。

「なんだね」

外面を瞬時に取り繕い、目の前に立っていた部下を見据える。

澤井は、もう何がなんだか分からないといった顔で答えた。

「幕辺主計局長が呼んでおられます」

幕辺だと――もしや先手を取られたか――

「そうか。すぐに行く」

何食わぬ顔で立ち上がった。


「失礼します」

香良洲は局長室のドアをノックしてから入室した。

「おお、香良洲君か」

執務中だったらしい幕辺は、机から顔を上げてこちらを見た。

「まあ座ってくれ」

自らも席を立ち、率先して応接セットのソファに移動する。香良洲は幕辺の向かいに腰を下ろした。

「どうだい、本庁の空気は。田舎の税務署よりは活気があっていいだろう」

「局長は、ひょっとして私をからかっておられるのですか」

表情を極力殺して問い返す。

「どうしてだい」

「例のノーパンすき焼きで省全体が生きるか死ぬかの瀬戸際です。いっそ田舎の呑気《のんき》さが懐かしいくらいですよ」

膝を打って幕辺は笑った。

「さすがは聡明で知られた香良洲君だ。すまんすまん。少し君を試してみたのさ」

「試す、とは」

「君のことだ、大蔵省なんぞむしろ潰れた方がいいとでも思ってるんじゃないかと思ってね」

快活で磊落《らいらく》な笑いの中に、とんでもない本音が覗いている。加えて憎み切れない愛嬌も。

確かに〈ワル〉だ――香良洲は改めて思う。幕辺こそ、将来の次官たるべき有力な資質の持ち主であることは疑いを容れない。

「はっきりおっしゃって頂いて結構ですよ、変人と。ええ、私は確かに変人と言われています。しかしいくら変人であっても、私とて大蔵官僚の一人です。大蔵省の将来については人並みに、いえ、人一倍憂慮しております」

嘘ではない。ただし、憂慮の方向は幕辺とは正反対だ。

「それを聞いて安心した。君の言う通り、大蔵省は現在未曾有の危機を迎えている。いまここで舵取《かじと》りを少しでも誤れば、我々だけでなく、日本の将来にとんでもない禍根を残してしまう」

「おっしゃる通りです」

「そこでだ、実は君を見込んで頼みたいことがある。こんなときに君が本庁に戻っていたのは、大蔵省にとって不幸中の幸いだった」

あなたにとっては「不幸中の不幸」かもしれませんよ――

「なんなりとお申し付け下さい。私でお役に立つならば」

「ここだけの話だが、総理秘書官の山越さんから私宛てに内々の要請があった。一刻も早く事態の収拾案をまとめるようにと」

どうやら幕辺は官邸からも高く評価されているようだ。

「私の見るところ、連立相手の社倫党はおそらく独自に調査を開始するだろう。執行部の面々の性格を考えても、連中は必ずやる」

図らずもその推測は、香良洲の見立てとも一致していた。

「香良洲君、君には社倫党の調査に応じるよう、省内の根回しを頼みたい。あれこれ検討してみたんだが、文書課の君が最も適任だろうと考えたのだ」

なんだって――

幕辺の命令は、香良洲の予期した方向性とはまったく異なるものだった。

「お言葉ですが局長、社倫党はここぞとばかりに大蔵省叩きに走ることでしょう。にもかかわらず、それに協力しろとは一体……」

大蔵省を擁護しようとする一職員の態度を装う。もちろん演技だ。

「だからだよ」

幕辺がワルにふさわしい笑みを浮かべる。

「君の言う通り、独自調査やヒアリングとは名ばかりで、社倫党は職員を呼び出して罵《ば》詈《り》雑言《ぞうごん》でも浴びせかけるつもりだろう」

その光景は容易にイメージできる。幕辺の読みは実に正しい。

「要するに、連中は日頃の鬱憤を晴らしたいだけなのさ。ならばいい。充分に晴らさせてやろうじゃないか。連中が独自調査に呼び出そうと考える人間のリストを、こちらで作成してこっそり流してやる。そのリストの作成と漏洩《ろうえい》工作を君に頼みたいんだよ」

「そういうことですか」

香良洲は充分に得心したような顔を作り、幕辺の真意を絵解きしてみせる。

「私をご指名になった意味がよく分かりました。パンスキ接待を受けていないことが明らかな人間の作ったリストの方が信用性が高い。そしてもう一点、私が文書課であることの意味」

対面に座する主計局長が細い目を見開いた。

「つまりは生贄のリストですね。そしてその生贄とは、必ずしも本当にパンスキの客である必要はない。もちろんパンスキの客であればベストでしょうが、これからの大蔵省にとって、不要な人材を差し出せばいいわけですから」

幕辺は満足そうに頷いて、

「どうやら私の人選は間違っていなかったようだ。それどころか香良洲君、恥ずかしながら、異才と言われた君の価値を今さらながらに思い知ったよ」

「恐縮です」

「入省以来、散々常識外れなことをやらかしたのも、その頭脳のゆえだろう。だが君も知っての通り、大蔵省のトップに登りつめるには規格外と言えるほどの発想こそが必要だ。香良洲君、白状するが、私もまだまだ君を過小評価していたようだ。間違いない。君こそ将来のワルの器だ」

明らかに褒められているのだが、あまりそんな気がしないのは、言っているのがほかならぬ幕辺であるせいか、それともワルという呼称のせいか。

「局長にそう言って頂けるだけで光栄です」

「いいかね香良洲君、君は一度出世コースから外れた身だ。また省内には依然として異端分子を本能的に嫌う者も多い。君が本流に戻ったと周囲の皆に納得させるのは並大抵のことではない。だが、今度の件をうまくさばいた暁には、誰もが君を見直すことになるだろう。もちろん私も、今後君を引き上げていくことを約束する」

「ありがとうございます」

「だが、しくじったらそこまでだぞ。それでなくても大蔵省の存亡がかかった火急の折だ。いくら私でも君をかばうことはできなくなる。その点をよく頭に入れて事に当たってほしい」

アメとムチというわけか。確かにワルには必須の政治手法だ。

「心得ております。では早速に」

「文書課長には官房長を通じて話をしておく。頼んだぞ」

一礼して退室する。

要するに、幕辺は官邸からの要望と社倫党からの外圧に乗じて、自分の反対派を一掃する肚なのだ。さすがは次期次官の筆頭候補《ワル》というところか。

面白いことになった――

タスクフォース四人組から依頼されたまさにその対極のことを、敵である幕辺主計局長その人から命令されようとは。

考えようによっては、これで省内を気兼ねなく堂々と動けるようになった。なにしろ主計局長直々の仰せなのだ。

局長の命令に従うふりをしながら、その実、局長を嵌める工作を進める。これ以上はないくらい刺激的な状況だ。

だがそれは、言うまでもなく断崖絶壁に渡された剃刀《かみそり》の刃の上を歩むに等しい無謀な行為だ。一歩誤ると、全身を両断されて谷底へと落下する。

「どうしたんですか、補佐」

文書課に戻ると、澤井が薄気味悪そうに言った。

「何かいいことでもあったんですか」

「いいこと？」

「ええ、なんだかえらく楽しそうですけど」

一瞬の間を置いて、香良洲は答えた。

「そうだ、楽しいんだよ、僕は今ね」

退室する香良洲を見送り、幕辺は中断していた執務を再開した。

香良洲圭一か――

確かに切れる。それも思っていた以上に。殊勝なふりをしていたが、しかし決して心を許すべき相手ではないということもよく分かった。

香良洲とは、その名に反してカラスではない。本質的に黒か白か、どこまでも判別できぬ曖昧で混沌《こんとん》とした体色の主だ。

まあいい、それでも構わない。常識の反対を行こうとする香良洲の変人ぶりは承知の上で起用した。

きっと奴は、こちらの要求以上の仕事を完璧に仕上げてくるだろう。それほどまでに有能な男だ。使わない手はない。

溜まった書類をチェックしながら、幕辺は己の頬が自ずと緩んでくるのを自覚した。

そして頭の中のチェック項目に印を付ける。

香良洲圭一。要注意。利用後は要排除。

こちらとしては、香良洲の作成したリストの末尾に、彼の名前を付け加えればいいだけだ。

10

その夜、香良洲は新橋の半蔵酒房にタスクフォース四人組を秘密裏に招集した。

幕辺から受けた密命について四人に話すと、予想の通り、彼らは卒倒せんばかりになって驚いていた。

「それで香良洲君、君は当然、その命令を断ったんだろうね？」

歯の根も合わぬといった様子で震えながら、磯ノ目が問う。

「もちろん、引き受けたさ」

四人が一斉に「えーっ」と女学生のような声を上げた。

「なぜだっ。なぜその場で断らんのだっ」

真っ赤になって詰問する登尾に対し、香良洲はごく冷静に問い返す。

「じゃあ君ならその場で断ったと言うのかい」

「馬鹿を言うな。主計局長の命令を断る大蔵官僚なんているものか」

自信満々に即答した登尾を、磯ノ目、三枝、最上の三人がしらけ切った目で見つめる。さすがに呆れているようだ。

「つまりはそういうわけだ。あそこで断っていたら、僕の処遇はともかく、少なくとも幕辺さんの疑いを招いただろう。となると、僕の採るべき道は一つだった。だけど決してそれだけじゃない」

そこで一旦口を閉ざすと、三枝が焦れったそうに促した。

「君の深謀遠慮は信頼している。だからもったいぶらないで続きを頼む」

「うん、これは実に面白いことになった。予想外にもほどがある。そこで僕は考えたのさ。この命令を逆用して、幕辺さんの手のうちを探ることができるんじゃないかとね」

「つまり二重スパイとなって幕辺の手下になったふりをしたわけだな」

最上が例によって本質をまとめてくれる。

「そういうわけさ。だから僕は、命じられた通り『大蔵省にとって不要な人物のリスト』を作成する。公務員としてね」

「そのリストに、俺達は入らないんだろうね」

不安そうな磯ノ目に、悠揚と断言してやる。

「入るさ、もちろん」

またも四人同時に驚倒した。

「どういうことだ香良洲っ」

「君は本当に裏切り者になるつもりなのか」

「このカラス野郎っ」

三枝、最上、登尾の順に罵倒の声を上げる。

「静かにしたまえ。誰かに聞かれたらどうするんだ」

落ち着いた態度でたしなめてから、香良洲はおもむろに説明する。

「僕が作るのは、幕辺さんの望む『反幕辺派のリスト』と、『幕辺の取り巻き連中のリスト』、この二種類だ。つまり前者はダミーというわけだ」

最上がまたもまとめに入る。

「なるほど、社倫党に渡すのは僕らの名前が入っていないリストなんだな」

「いや、そっちの方にも入れようかと思っている」

「なんだってーっ」

四人が三たびのけ反った。

「少しは落ち着きたまえ。いちいちそんなに驚いてちゃ身が保《も》たんだろう」

「君がいちいち驚かせるからじゃないか」

磯ノ目がもっともな言い分で以て抗議する。

「我が大蔵省において、遺憾ながらタスクフォースの四天王様は誰もが知る反主流派の有名人だ。そこに君達の名前がなかったら幕辺さんが怪しむ危険が大きくなる。無用なリスクは回避するに越したことはない。要するに君達は最終的に処分を免れればいいわけだろう？　だったら、そうと割り切って社倫党の錐橋センセイや槌谷センセイにイビられてみるのもいいんじゃないか。名だたる女傑の先生方から、もう死にたくなるくらいの悪口雑言をありったけ浴びせられてさ。案外、新鮮な発見があるかもしれないぞ。場合によってはこちらからムチなんかをお渡しするのもいいんじゃないかな。君達、好きなんだろ、目新しいプレイが」

「やめてくれ。想像しちまったじゃないか」

心底恐ろしそうに発したのは登尾だった。

「まあ、そこらへんは冗談として……」

実は全然冗談ではないのだが、香良洲は続けた。

「さっき僕は二種類と言ったが、相手によって渡すリストを変えていくつもりだから、厳密には数パターン必要かな。そこで君達にも協力を頼みたい。省内の年次や人間関係、姻戚関係を洗って幕辺さんと意見が合わなそうな職員をピックアップするんだ。できれば省内全課の各種会議のメモなんかも調べてほしい。この作業は各部局にまたがるから、一人でも多くの協力がいる」

「今度こそ分かったぞ」

最上がしたり顔で丸々とした頬をさらに膨らませる。

「その作業は、裏を返せば反幕辺派を選別することでもある」

「そういうことだ」

香良洲はその夜入店してから初めての笑みを見せた。

「反幕辺派と思われる人物がいたとして、もし当該期間にパンスキに行った可能性があるならば、その履歴が経費精算等から見つからないとか、そういった偽の情報を幕辺サイドに流す。これこそが兵法、古来伝わる攪乱《かくらん》作戦の要諦だ」

四人はようやく納得したようだった。

「分かった。明日からでも早速手分けしてやってみるよ」

率先して同意した三枝に、

「一つ注意してほしいのは、幕辺さんもまた同じ作業をやるだろうということだ。あの人がこんな大変且つ重要な任務を僕だけに命じたと考えるのは楽観的にすぎるからね。同じことを側近に命じているかもしれないし、幕辺派の誰かが気を利かせてすでに動いているかもしれない」

「くれぐれも敵に気づかれないようにやれってことだな。だが、そうなるとかなり難しい仕事だぞ」

慎重派の三枝は、箸の先で寒ブリの身をゆっくりとほぐしながら考え込んでいる。

「だからこそ君達に頼んでるんだ。そもそもの発端はそっちからの依頼じゃないか。大蔵省に無事残れるかどうかの瀬戸際なんだろう。覚悟を決めてやってくれ」

「で、君はどうするんだ」

「もちろん僕も君達同様、リストアップに励むつもりだ。なにしろ文書課だからね。引っ掛かりそうな記録を片っ端から当たってみるよ。例えば、そうだな、会計課の経費精算のリストを突き合わせてパンスキに行ったかどうかを裏付ける証拠みたいなものがあるか調べよう。それ以外にもやるべきことはいろいろある。まず、幕辺さんに言われた通り、省内の根回しだ。社倫党から呼び出しがあったら四の五の言わずに応じろってな。君達も同僚から相談を受けるようなことがあったら、『やっぱり、事を荒立てないためにも政治家にはアタマ下げといた方がいいんじゃないかなあ』とかなんとか、適当に言って勧めてくれ」

四人が同意するのを確認し、自分の飲み代だけを残して店を出る。用件さえ済めばあの四人組と飲んでいても仕方がない。やるべきことは本当にいくらでもあるのだ。

徒歩で有楽町に移動する。ガード下の焼き鳥屋『鳥九郎《とりくろう》』に一歩入ると、店内に充満していた煙が目に染みた。サラリーマンの愚痴や笑いが渦巻く昔ながらの有楽町らしい店だった。

「あっ、こっちです」

先に来てカウンターに座っていた絵里が手を挙げる。

その隣に陣取って絵里と同じビールを注文し、取り急ぎ四人組にしたのと同じ話を繰り返す。

「へえ、幕辺が旦那にねえ。こいつはいよいよ面白くなってきましたね」

「君ならそう言ってくれると思ったよ」

「あの、冗談、て言うか、皮肉のつもりで言ったんですけど」

「なんだ、そうかい」

「当たり前でしょう」

絵里は一気に飲み干したジョッキをテーブルに置き、

「並のヤクザや総会屋なら大概慣れてますけど、あれほどの面子に挟まれて、あたしがどんなに怖い思いをしたことか」

「そうだった、いや、すまない。あれに関してはまったく僕が悪かった。情報が不足していたせいもあるが、綱形甲太郎がそこまで気骨のある人物とは思わなかった。次からは僕が直接出向くことにする」

「えっ、旦那が？」

「そうだ。それくらいしないと綱形は動かせない。相手にとって不足なしだ」

「だけど、旦那が顔を晒したりしたら、それこそ役所での将来が……」

「おや、君が僕の出世を心配してくれるとはね」

香良洲は我ながら意地の悪い微笑を浮かべ、

「だったら、次もまた君に代理を務めてもらうことにするか」

「もう、勘弁して下さいよ」

「ごめんごめん。本来ならお詫びの印に高級フレンチでもと思ったんだが」

「それこそ勘弁して下さい。それじゃお詫びというよりむしろ罰ゲームですよ。あたしは焼き鳥屋の方が性に合ってるんで」

「君がいいならそれでいいんだが」

愉快な気分でビールのお代わりを注文する。タスクフォース四人組と飲んでいるよりは格段に気分がいい。

思えば子供の頃から、自分は無能な人間を好まなかった。その自分が話していて心地好いということは、やはり絵里は頭がいいのだ。

「神庭君、君は早稲田でマスコミだったね」

「ええ。早稲田は多いですよ、あたしみたいなの。もっとも、使えないバカも山ほどいますけど」

「東大に行こうとか思わなかったのか」

「まさか。そこまでデキはよくないですよ。第一、偏差値的に無理でしたし」

「やはり偏差値と人間の質は関係ないということかな」

「なんです、それ?」

自分が褒められているとは気づいていないらしい。

「あたしは最初っからジャーナリスト志望でしたし。その場合、なんとなく早稲田ってカンジがするじゃないですか」

「まあね。でも、せっかく入った新聞社を飛び出したらおんなじじゃないか」

絵里は「へへへ」と笑ってジョッキを傾ける。

「そこがあたしのバカなところで。けれど、バカはバカでも使える方のバカじゃないですかね。自分で言うとアレですけど」

「いやいや、君はバカどころか群を抜いて有能だ。大蔵省に欲しいくらいだよ」

「マジで?」

「ああ、本気も本気、大蔵省の未来のために、一つ前向きに考えてくれないかな。年齢制限はあるが、中途採用もないわけじゃないし」

「それって、最大最悪の罰ゲームみたいなもんじゃないですか。絶対行きたくないですよ、あんなとこ」

「大蔵省がそんなに嫌かい」

「そりゃもう……あっ、いや、その」

ビールを噴きつつ慌てて打ち消そうとする絵里に、

「構わんさ。今や大蔵官僚と言えばノーパン好きの変態揃いというのが世間一般の通念だからね。まあ、全員とは言わないが実際そうだったわけだから弁解の余地もないが」

「はあ、すいません」

「残念だが、あきらめるとしよう。だが君には引き続きいろいろとお願いしたいことがあるんだ」

「ようやく本題ってわけですか」

絵里がさりげなくも鋭い視線を投げかけてくる。その呼吸がまた頼もしい。

「うん。さっき話した通り、幕辺は社倫党による大蔵官僚叩きを利用して自らの反対派を一掃しようとしている。こっちはさらにそれを逆用しようというわけだが、この件に関しては、中心にどうも気になる柱がある」

「社倫党、ですか」

「そうだ」

「それだったら、元の奥さんに頼めばいいんじゃないですか。なんてったって、錐橋辰江の秘書なんだし」

「それは僕も考えた。確かに理代子はこちらのジョーカーでもあるが、同時に敵のエースでもある。このゲームにおいて、いつ裏返るか、あるいはそのまま通るのか、予測するのは難しい。だったら使うのは最後の最後と決めたんだ」

「なんだかカッコよく言ってますけど、要するに、元の奥さんはナニ考えてんだか分からないから扱いにくいと」

身も蓋もない言い方で要約してくれる。最上などより数等辛辣だ。

「まあ、そうなんだけどね。とにかく、社倫党だって政権与党だ。接待の対象であることには違いはない。助平な爺さんが自民党だけに集中していると考えるのは相当に無理がある」

「永沢泰蔵《たいぞう》とか媚山瓶次郎《びんじろう》とか、いかにも好きそうですもんね」

香良洲の想定していた名前を、絵里はずばりと口にした。しかしそれがこの二人のパブリックイメージであるから、さほど驚くには当たらない。

「綱形の握っているリストの残りを今すぐ入手するというのは現実的じゃない。そこで金融機関から接待を受けていた中に社倫党の議員がいなかったかどうか、君に調べてもらいたいんだ」

「それなら簡単ですよ。『噂の真相』に出入りしているライターにでも訊けばいい。伝手《つ て》はありますから。でも、知ってたらもうとっくに載せてるはずだし、もっと問題なのは、商売敵にそれを教えてくれるかどうかですね」

「そうだろうな」

ため息を漏らしてカウンターに肘をつく。

『噂の真相』が把握していながら一行情報の欄にさえ載せないということは、それなりの事情があるのか、ほかによほど大きな狙いがあるのか、そのどちらかだろう。

「でもまあ、なんとかやってみますよ」

二杯目のジョッキを干して、絵里は自信ありげに微笑んだ。

「もう一杯いこう。君の微笑みに乾杯だ」

そう言うと、焼き鳥を頬張ろうとした絵里が呆れたように、

「そんな石原裕次郎みたいなセリフ、リアルで口にする人なんて初めて見ました」

「石原裕次郎って、石原慎太郎元議員の弟の？」

「うわあ、そっちの方が先に出ますか」

「何か変な言い方をしたかな、僕」

「ほんとに変人ですね、旦那って。もしかして、奥さんにもそんなセリフ言ってたんですか」

「記憶にはないが、言っている可能性は否定できない」

「奥さん、どんなリアクションしてました？」

「どんなって、特に記憶にないな」

「ダメでしょう、そういうところはしっかり覚えとかないと」

「そういうもんかな」

「そうですよ。だから離婚されちゃうんですよ」

「違うよ。僕が離婚されたのは——」

「左遷されたせいだって言うんでしょ。もちろんそれがきっかけなのは確かなんでしょうけど、普段から奥さんのこと、もっとよく見てたら——」

そんなことを言いかけている途中で、なぜか絵里は頭を抱えてカウンターに突っ伏した。

「……ああ、いつもはあたしの方が説教される側なのに、なんであたしが旦那にこんなことをぐだぐだ説明してんだろ」

「君はもしかして、僕と理代子を復縁させようと思ってるんじゃないかね」

「逆ですよ」

呻くように答えた絵里が、突然身を起こし、

「あっ、いや、待って下さい、違います、間違えました、ノーカン、ナシ、今のはナシで」

「なんだかよく分からないが、君がそう言うならナシということで」

絵里は心底ほっとしたように、

「よかった、旦那がそういう人で」

「そういう人とは？」

「ええと、そうですね、変わった人ってことにしといて下さい」

「なんだ、話が最初に戻っただけじゃないか」

変わった女だ、と訝《いぶか》しみつつ香良洲は焼き鳥の串を取り上げる。

よかった、よかったと、それから絵里は独り言のようにしきりと繰り返していた。

どういうわけか、その夜のビールは香良洲にとって、愛飲するドイツビールのドルトムンダーよりも美味だった。

11

赤坂の高級中華料理店『銀輪飯店』の特別室で、香良洲は円卓に着いていた。向かいには苦虫をつまみ代わりに噛み潰したような芥と仏頂面の薄田。隣には小さくなりながらも小籠包《ショーロンポー》を頬張っている絵里。壁際には護衛の組員が三人、こちらに対して睨みを利かせている。

寛ぎとはほど遠い宴席であったが、芥からの呼び出しであればおいそれと断るわけにもいかない――というより、「断る」という選択肢は最初から存在しない。もっとも、その店を指定したのは香良洲であったが。

議題は無論「今後の方針」、ことに「綱形甲太郎の握るリストについて」である。

「……で、どないしたらええのんか、あんたの考えを聞かせてんか」

コースの前菜が終わるよりも早く、芥老人が切り出してきた。

単刀直入にもほどがある――そう思いつつも、香良洲は〈官僚答弁〉に徹しようと心に決めた。なにしろ本職の官僚であるから迷いもなければ淀《よど》みもない。

「先日の会談の模様につきましては、ここにおります神庭君から概要を伺っております。現在は詳細に検討しつつ、対策を模索中でありまして……」

「国会答弁を聞いてんじゃねえんだ」

薄田が声を荒らげた。

「ばれましたか」

「当たり前だ」

「しょうがありませんね。では、率直に申し上げましょう。綱形甲太郎の性格及び信念を考慮するに、打つ手はないとしか申し上げようはありません」

「てめえ、ほんとは俺達を舐めてんじゃねえのか？」

「とんでもない」

「だったらもう少しまともな答弁してみろよ。このままじゃ国民、じゃなかった、組員が納得しねえぞ」

「分かりました」速攻で決断する。「私自身が綱形総帥に当たってみます」

ほう、と芥が意外そうに目を細めた。

「あんた、それやってもたら身分がばれてまうけど、構へんのか、それで」

「やむを得ないでしょう。それくらいは覚悟しなければ事態の打開はないものと心得ます」

その言葉は、少なくともヤクザ達には有効であるはずだ。

「またそれと並行して、社倫党の情報収集を進めております」

「社倫党？　なんでや」

香良洲は社倫党が大蔵省に揺さぶりを掛けようとしている状況について説明した。幕辺からの密命や省内工作についてまでは言及せず、巧妙にぼかす。いくら協定を結んでいるとは言え広域暴力団の大幹部にそこまで内情を明かすわけにはいかない。

「なるほど、日頃偉そうなインテリ面した役人どもを好き放題イビったろて、社倫党のおばはん連中の考えそうなこっちゃ」

インテリの役人である香良洲を前に、芥はなんの斟酌《しんしゃく》もなくもっともらしい顔で言う。

歴史的経緯を鑑みても、花潟組は社倫党より自民党との関係の方がはるかに深い。

その老大幹部が、蟹《かに》肉入りフカヒレスープを啜りながらこともなげに告げた。

「それやったら、わしらの方で調べたるわ」

「本当ですか」

「今の話からすると、あんたは永沢のジジイと媚山のオッサンに目ェ付けとんのやろ」

「その通りです」

「そこまで絞り込んどるんやったら簡単や。確かにあいつらはスケベもええとこやからな。周辺を洗《あろ》たらなんぼでもネタが挙がって来よるやろ。少なくともそこの姐さんが調べるよりわしらの方が仕事は早いで」

北京ダックで口を一杯にした絵里が、こちらを見てコクコクと首を上下させている。

「分かりました。ぜひよろしくお願いします」

「こらオモロなってきたなあ。ノーパンのスケベリストがアカンようになっても、社倫党に一泡吹かせたろちゅう両面作戦や。さすがやで香良洲はん」

来たときとは一転して喜色を露わにした老人は、健啖家《けんたんか》らしく活アワビとナマコの姿煮込みを口に運んでいる。それが余人の及ばぬ気力精力の秘訣《ひけつ》らしい。

その後は和やかな歓談のうちに会食は終わった。薄田と絵里は、デザートのツバメの巣のせ完熟マンゴープリンがことのほか気に入ったようで、「こいつはうめえ」「ホントおいしいです」と異口同音に発しながら夢中で頬張っていた。絵里はともかく、薄田が甘い物好きとは意外であった。

ともあれ、護衛の三人を後ろに従え特別室を出た一同は、機嫌よく談笑しながら正面玄関に向かったのであった。

豪華なカーペットの敷かれた通路を抜け、途中にあるホールに至ったちょうどそのとき——

「あら、圭一さん」

聞き慣れた声に呼びかけられて、香良洲は驚いて振り向いた。

別の部屋に続く廊下の手前に、元妻の理代子が目を見開いて立っている。

「どうして君が——」

そう言いかけて、香良洲はさらなる衝撃に見舞われ先を続けられなくなった。

理代子の後ろから顔を出したのは、まぎれもなく社倫党の錐橋辰江議員その人であった。二人の背後には、連れらしきスーツの男達が三人控えている。

「どうしたの、理代子ちゃん」

議員から怪訝そうに尋ねられ、理代子は間が悪そうに紹介する。

「あの、こちらが元夫の香良洲です」

「あーっ、この人が。あらー、そうなのー」

見られた――

裏社会最大組織である花潟組の大幹部と一緒にいるところを、よりにもよって、社倫党の議員に目撃されてしまったのだ。

香良洲も絵里も、芥も薄田も、声を失ってその場に立ち尽くす。

「どーもどーも、社倫党の錐橋辰江です。理代子ちゃんからいつもお話は伺っておりますよー」

硬直している香良洲に歩み寄ってきた議員が、何やら含み笑いを漏らしながら挨拶してくる。

「大蔵省大臣官房文書課の香良洲と申します」

反射的に一礼するが、議員は皆まで言うなといった様子で、

「だから聞いてますって、奥さん、いえ、元の奥さんから。理代子ちゃんてホントに優秀だから、いつも助かってるんですよ。今日もね、後援会の皆さんとの打ち合わせはどこがいいかしらって訊いたら、すぐにこのお店を手配してくれて。なんでも、香良洲さんとの思い出のお店なんですってねえ。もうとってもおいしくて。特にデザートのプリンが最高ね」

「はあ……」

「で、香良洲さんはまたどうしてこちらに？　もしかして、大蔵省の皆さんが大好きな接待かな。でも、このお店のウエイトレスさんはみんなパンツ穿いてたし。いや、別に確かめたわけじゃありませんけど」

人を人とも思わぬというか、噂以上に傍若無人な言動であった。しかも本人はおそらく無自覚だ。

その強烈さに、香良洲も花潟組の面々も絶句したままである。

「先生、そちらの女性が、ほら……」

議員の袖を引くようにして、理代子が絵里の方を示した。

「ああ、あなたが、あの……」

名前が思い出せなかったのか、言い淀んだ議員に代わり、

「神庭絵里さんでしたわね。奇遇だわ、こんな所でまたお会いできるなんて」

理代子に話しかけられ、絵里が裏返った声で返答する。

「あっ、はい、神庭です、いつぞやはどうも」

すると理代子は何やら「ははあ」と腑に落ちたように頷いている。

「ああ、そういうことなの」

「え、何がです？」

聞き返した絵里に、

「ご親族が集まってお式のご相談とか？　まあ、結構なことですわねえ」

「えっ――」

再び絶句してしまった絵里を押しのけ、香良洲は理代子の前に出た。

「さすがだね。実はその通り、と言いたいところだが、半分は違う」

「どういうこと？」

「確かに今日は彼女のご親族と会食だったんだが、まだ話はそんな段階まで進んでないってことさ」

「いいわよ、この期に及んで弁解しなくても。第一、あなたとはもう他人なんだし」

「いえ、あたし達はホントにそんな仲じゃ――」

前に出ようとした絵里の襟首をつかんで後ろに引き戻し、すかさず芥老人を紹介する。

「こちらが彼女のお祖父様《じいさま》で、今日のためにわざわざ関西から上京してこられたんだ」

「芥でおます。いつも孫がお世話になっとります」

老人がかろうじて調子を合わせる。

芥も薄田も〈その筋〉では有名人だが、錐橋議員達は顔も名前も知らないようだ。

突然、議員が過剰に女らしい声を上げた。

「香良洲さん、あの、こちらの方は」

「ああ、この方は彼女の兄君で薄田さん。名字が違うのは腹違いのせいでして」

「そう、薄田さんとおっしゃるの」

棒立ちの薄田を、議員はどこかうっとりと見上げている。

「錐橋辰江と申します。政治家をやっております。これを機にどうぞお見知りおきを」

薄田は元来が苦み走った渋い二枚目だ。どうやら議員の好みのタイプであったらしい。

「そうだ、せっかくだからここで記念写真を撮りましょう」

香良洲は絵里のデイパックから勝手に取材用のカメラを取り出し、護衛の組員に無理やり押し付けるように渡した。そして錐橋議員に向かい、

「先生、よろしければどうかご一緒にお願いします」

その意図をすばやく察した芥も口を添える。

「お願いしますわ、先生。偉い政治家の先生と一緒に写ってもらえたら、わざわざ東京まで来た甲斐《かい》があるちゅうもんでっさかい」

「まあまあ、そんな、私でよろしかったら」

ほほほ、と笑いながら議員はいそいそと薄田の隣に立つ。

「では、行きますぜ……『チーズ』」

カメラを持った組員が野太い声で発する。恐ろしく獰猛《どうもう》な『チーズ』であった。

その瞬間に薄田の腕を取った議員は満面の笑みを浮かべている。香良洲と芥は白々しい笑い、絵里は強張《こわば》ったような笑い。理代子はどこか憮然《ぶぜん》として、薄田はあんぐりと口を開け、その他の組員は凍りついたまま、みんな一枚の写真に収まった。

「はい、オッケーです」

撮影した組員の声に、それぞれ「ありがとうございました」と散開する。

香良洲は芥と顔を見合わせてほくそ笑んだ。

これで、「錐橋議員が高級飲食店で暴力団幹部と一緒に写った」写真がまんまと手に入ったのだから。

12

赤坂銀輪飯店で思わぬ窮地に陥ったが、なんとか切り抜けたばかりか、香良洲はそれを逆用して予想だにせぬカードを手に入れた。

自宅マンションのリビングで寛ぎながら、現像した写真をつくづくと眺める。

自分と芥の作り笑いはともかく、錐橋辰江の嬉しそうな顔はどうだ。その横に立つ薄田の呆然とした間抜け面と好対照を成している。

どこか悔しそうな理代子は、絵里の方を睨んでいるようにも見えた。

ともかく、対社倫党という意味において、この写真は最強の威力を発揮するだろう。

同じ物は芥にも渡してある。できることなら花潟組には渡したくなかったが、撮影した状況が状況である。渡さないわけにもいかなかった。

だが芥なら、これほどの重要物件をそう軽々しく表に出すことはあるまいと信頼できた。またそれゆえに、逆に芥からの信頼を裏切ることはできない。

夜更けのマンションで、香良洲は独り、決意を固めた。

サイドテーブルに置いてあった携帯を取り上げ、発信する。相手は征心会の薄田だ。

「どうも、夜分恐れ入ります。大蔵省の香良洲です。早速で申しわけありませんが、綱形総帥との面談につきまして、段取りの方をお願いします」

「ほんとにいいのかい、香良洲さんよ」

征心会が用意した車の中で、薄田が香良洲に話しかける。

「あんたは大蔵省の役人っていう自分の身許を総会屋に知られることになるんだぜ」

「この前申し上げた通りです」

香良洲は平然と答える。

「それくらいのリスクを冒さねば、綱形ほどの人物を動かすことはできないでしょう」

「分からねえな」

薄田はどうにも納得しかねるようだった。

「俺だったらそんな真似《まね》は絶対にしねえ。あんた、東大出てんだろ?」

「はい」

「東大を出て今じゃ大蔵省の偉いさんだ。そりゃあ今はノーパン騒ぎで大蔵省のイメージは最悪だが、役所が消えてなくなるわけじゃねえ。俺もやり直せるもんなら、いっぺんでいいからあんた達みてえな人生を経験してみてえもんだ」

思わぬ述懐が飛び出した。

世に言う〈イケイケ〉の武闘派だと思っていた薄田に、そんな願望があったとは。

「現実問題として今から東大に入るのは難しいかもしれませんが、別の職業に転職すること自体は可能だと思いますね」

「俺にサラリーマンでもやれってのか」

「別にサラリーマンとは限りません。失礼ですが、薄田さんは天下の錐橋辰江議員も一目惚れするくらいの男ぶりでいらっしゃる。そのルックスだけでも信用度が上がると言っても過言では――」

「やめてくれ」

薄田はなぜか急に寒気を感じたように、

「何もそんな、別に一目惚れと決まったわけじゃないだろう。証拠でもあんのかよ」

「そんなものはありませんが、いや、あれはそうとしか思えませんね。実際、あのあと理代子を通して薄田さんの連絡先を訊かれたくらいですから」

「まさか、組の事務所を教えたんじゃないだろうな」

「それこそまさかですよ。適当にごまかしておきました。仕事についても訊かれたんで、ビジネスコンサルタントだと言っておきました」

「そりゃあいい。組と組の間の調整役だからな。あながち嘘とも言えねえし」

「錐橋先生はああいうお人柄ですので、並の男性には到底抑えられるものではありません。案外、薄田さんとは相性が――」

「それ以上言いやがると叩っ殺すぞ」

言葉の内容に反して、薄田の口調は極めて弱々しいものだった。心なしか、顔色も青ざめて見える。

「それよりよう、あんたは元の女房と神庭の姐さんと、一体どっちを取るってんだい。

はっきり聞かせてもらおうじゃねえか」

まるで反撃でもするかのように、薄田が逆に訊いてきた。

「おっしゃることの前提がよく分かりませんね。私は妻に捨てられた立場ですし、神庭君とは薄田さんもご存じの通り、あの場で咄嗟に――」

「とぼけんじゃねえよ。あのときの、なんてったっけ、てめえの元女房の……」

「理代子」

「そう、理代子が姐さんを見る目付き、ありゃあ普通じゃなかったぜ。鬼気迫るっていうかよ、姐さんを取って喰《く》いかねねえ迫力だった。それを考えると、まだまだあんたに未練たっぷりなんじゃねえのかい」

「嬉しいことを言ってくれますね」

「全然嬉しくもなさそうに、よくそんな台詞《せりふ》が吐けるもんだな」

薄田が呆れたように言う。

「理代子はね、上昇志向の塊なんですよ。おまけに他人の物ならなんでも欲しくなるという。神庭君を僕の交際相手だと勘違いしたものだから、あんなふうになってるだけでしょう。いつものパターンですよ」

「そうかい。少なくとも神庭の姐さんの方は、だいぶ本気のようだったぜ」

「それは買い被《かぶ》りというものですよ。僕はそんなにモテる方じゃないと言われますので」

「誰に言われるんだい」

「理代子です」

こちらをまじまじと見つめた薄田は、「ああ」とか「うう」とか呻いた末に、「ダメだこりゃ」と呟いたきり、もう何も言わなくなった。

　車はやがて平和台のおろしや運輸に着いた。以前芥と薄田が綱形と会談したときと同じ場所である。

「薄田様、お待ちしておりました。こちらへどうぞ」

　降車した香良洲と薄田は、高級スーツを着た男に二階へと案内された。

　奥の部屋で待っていた綱形は、香良洲を一目見るなり言った。

「今日は特別のお客様をお連れ下さるということでしたが、まさか官界の方とは思いませんでしたよ」

「はじめまして、香良洲と申します」

　香良洲は驚きつつも挨拶し、

「どうして私が官僚だとお分かりになったのですか」

　すると綱形は温厚そうな笑みを浮かべ、

「政界、財界、官界。この三界の住人は皆独特の顔をしていらっしゃいます。それくらいの見分けがつかないようでは、総会屋として一流とは言えませんよ」

「なるほど、三界とは、いずれも業の深い世界ということですね」

「お気に障ったらお許し下さい。まあどうぞおかけになって」

「失礼します」

薄田とともに来客用のソファに腰を下ろした香良洲に、綱形はさらに言った。

「薄田さんとご一緒されたということは、例のリストの件……そうなると、まず考えられるのは大蔵省の方でしょうか」

「その通りです。文書課の課長補佐を務めております」

「お名前をもう一度お願いします」

「香良洲圭一です」

右手の人差し指をこめかみに当て、綱形は何事かじっと集中しているようだった。

「私の記憶している限り、例のリストにその名前はありませんでした。つまりあなたは、敦煌の顧客ではない」

「ええ、その店には入ったこともありません」

「これはこれは、大蔵省には珍しい清廉な方だ」

「そうとは限りませんよ。私は最近まで地方に飛ばされておりましてね、単にそうした役得に与《あずか》る機会がなかっただけでして」

「なるほど、しかし自ら好んで総会屋と接触しようとする官僚も珍しいのではありませんかな」

「綱形さん、あなたは脱総会屋の理念を掲げておられると聞き及びますが」

「ええ」

「では、あなたと私が接触しようとなんの問題もない。違いますか」

「しかし世間はそうは取らない。少なくともあなたの上司はね。私どもとこうして密会していると知られれば、官界でのあなたの出世の目はなくなる」

「それがどうしたと言うんですか、日本の将来が懸かっているというこの局面で」

「ほう」

綱形が瞠目する。

「正直に申し上げましょう。綱形さん、あなたという人物に対して、下手な小細工は通用しないどころか逆効果だ。そこで私は正面から行くことにしたのです」

「伺いましょう」

「大蔵省は腐敗している。それは確かだ。認めましょう。しかし、金融の世界は二十四時間、止まることの許されぬ世界です。その腐った面々で日本の経済政策を回していかなければならない。ここまでは分かって頂けますね」

「ええ」

「同じ腐った林檎であっても、腐り方には大きな差がある。そして、より腐った方がより大きな力を持っている。それが大蔵省の現実だ。問題はより腐った方が、今回の一連の事件を利用して、さらに腐敗を進めようとしていることです。これまで積極的に腐っていこうとするのが大蔵省の伝統であったのは事実です。清濁併せ呑むの美名の下にね。しかしこれからの時代は違う。そうであってはならないのです。腐敗の進行はここでなんとしても断ち切らねばならない。それが私の偽らざる考えです」

そこで一旦口を閉じる。

しばらく黙していた綱形は、思慮深げにゆっくりと口を開いた。

「香良洲さん、あなたは巧妙に具体的人名を挙げることを避けておられますが、要するに、幕辺主計局長と考えを異にする勢力に属する方なのですね」

見事に本質を衝かれ、香良洲は慄然とする。

「はい」

肯定するのがやっとであった。

「心配なさらぬように。私はあなたが単なる勢力争いのために動いているとは考えておりません。もしそうであったなら、これほどのリスクを冒すはずはないでしょうから」

そう言ってくれたのは、綱形の器のゆえだろう。だがもとより、そんな厚意に甘えるつもりで来てはいない。

「恐れ入ります」

深く頭を下げてから本題を切り出す。

「私がこちらへ参りました目的は一つです。綱形総帥、あなたが持っておられるリストをお渡し願いたい。いえ、総帥があれをどこにも渡さぬおつもりであることは伺っております。しかし、そこにある名前をすべて公表されると、大蔵省と日本の金融政策は壊滅する。幕辺主計局長はリストにある名前を恣意的に利用しようと考えているからです。それだけはなんとしても阻止せねば、日本は将来を誤ってしまう。ご不審に思われたことと推察しますが、官僚である私が花潟組や征心会と行動を共にしたりしているのもその一念からにほかなりません」

「確かに幕辺さんならそうするでしょう」

「えっ、では」

「早合点はしないで下さい。あなたが日本の将来を案じて行動しているという点については疑ってはおりません。しかし、悲しいことに、私が今まで生きてきた世界では、人間の純粋な善意や理想といったものは、ただの幻想でしかなかった。実態が伴わぬどころか、空疎なスローガン以下だった」

返す言葉もないとはこのことだった。今綱形の話した内容は、そのまま香良洲の考えでもあったからである。

「あなたは『正面から行く』とおっしゃいましたね。『腐敗の進行はここでなんとしても断ち切らねばならない』とも」

「はい」

「その言葉すら、私には信じることができません。なぜなら香良洲さん、あなたはどうにも切れすぎる。そういう人は真に捨て身にはなり切れないというのが、経験から得た私の処世訓でもありますので」

さすがだ――

舌を巻くしかない。予想も覚悟もしていたが、綱形甲太郎はそれをはるかに上回るほど〈手強《てごわ》い〉相手であった。

「ここでお引き取りを願うことは簡単だ。しかし、それもまた談林同志会結成の趣旨に反する。香良洲さん、あなたは単に蛮勇を示そうとして『正面から行く』などとおっしゃったわけではないのでしょう？　何か策をご用意なさっているのではないですかな」

「お察しの通りです」

ここに至って、香良洲は〈策〉を出す決意を固めた。むしろ、絶好のタイミングと言うべきか。

「数カ月後には金融監督庁が発足します。その機に乗じて、大蔵省は徹底した金融支配体制の強化を目論《もくろ》んでいる。もちろんそれは、大蔵省だけでなく政府全体の既得権益の保全と強化を意図したものにほかなりませんが、その中には、本来は法務省マターである商法改正を利用し、自分達以外のイレギュラーな異分子を排除しようという狙いもある。すなわち、総会屋の完全なる殲滅《せんめつ》です」

そう言って、香良洲は眼前に座する総会屋の首魁《しゅかい》を見つめた。

すべてハッタリである。

もっとも、何もかもがデタラメというわけでもない。大筋では大体その通りになるであろうと予測はできるが、現段階で香良洲は知り得る立場にはない。当然断言などできるはずもない。

そこを信じさせるのが、大蔵省大臣官房文書課課長補佐という肩書なのである。この肩書だけは嘘ではない。そして香良洲が役人であると看破した綱形が、自らそれを疑うとは考えにくい。そこに心理的油断が生じ得ると香良洲は見た。

綱形はじっとこちらを見つめている。

さあ、どう出るか――

こちらのハッタリに乗ってきさえすれば交渉の余地が生まれる。そもそも談林同志会結成の趣旨は、総会屋組織の近代化と生き残りを図ることにあるのだから。

政府が総会屋の掃討を狙っていると知れば、綱形はなんらかの対抗策を取ろうとするだろう。香良洲はそこに賭けたのだ。

「先日いらっしゃったジャーナリストの神庭さん、あの人も面白い提案をしてくれました。情報をレンタルするという大変ユニークな案でしたが、もしかしてあれはあなたの考案によるものではありませんか」

「ご賢察の通りです」

「やはりそうでしたか。発想と申しますか、斬り込み方の筋が似ていると思った」

穏やかに微笑んで、綱形は部下の運んできたコーヒーカップを手に取った。

「挽《ひ》き立てです。冷めないうちに、さあ、どうぞ」

香良洲と薄田にも勧めてから、うまそうにカップを口に運んだ。目の前に置かれたカップからは、確かに芳醇《ほうじゅん》な深い香りが漂ってくる。きっと高価な豆を厳選して挽いているのだろう。

「しかし、今回のご提案はどうでしょうかね」

香良洲がコーヒーを口に含んだ瞬間を見澄ましたように、綱形は次の一打を放ってきた。

「あなたを疑うつもりはありません。むしろ、覚悟のほどに感服しておるくらいです。まあ聞いて下さい。政府の方針が先ほどあなたがお教え下さった通りのものであるとするならば、ここであなたにリストをお預けしたとしても、打てる手はどうしても限られてくる。どんな種類の手であるか、あえて具体的には申しませんがね。そしてそれは、総会屋潰しの回避には決してつながらない。むしろ、総会屋の社会的抹殺を加速させるだけだ。つまり、我々にとってメリットは何もないどころか、むしろ有害であるとさえ言える。違いますか」

　香良洲は瞬時に己の敗北を悟った。間髪を容れず作戦を変更する。

「私の考えが足りませんでした。もしお許しを頂けるものならば、もう少しだけお付き合いを願えればと存じます」

　その作戦は、裏社会の住人に対して使用するには極めて危険なものであった。ことに総会屋相手には。しかし談林同志会が本当に綱形の語るような理想を持つとするならば、かえって有効であるかもしれないと直感した。すなわち、本音の一手である。

「幕辺局長は大蔵省の伝統を受け継ぐ人物です。その悪しき伝統こそが、大蔵省をここまで腐らせてしまった。今ここでその流れを断ち切らねば、抜本的な改革などもとよりあり得ない。確かに私は幕辺局長にとっては獅子身中の虫たらんとする者です。獅子が倒れれば腹の中の虫も死ぬ。だが私は局長と刺し違えるわけにはいかない。そうです、お言葉の通り、私は捨て身にはなれません。なるわけにはいかないのです。なぜなら、幕辺さんがいなくなっても別のワルが跡を継ぐだけだ。伝統とはそれだけ強靱なものなのです。私は生き延びて大蔵省に歯止めをかけ続けねばならない。それは総会屋も同じではないでしょうか。社会には穢《けが》れを背負う者が必要だ。綱形総師、いくらあなたが総会屋という職業の健全化を標榜《ひょうぼう》しても、どこかで暗い部分が残るのは避けられない。いいえ、総帥の理想に異を唱えているのではないのです。例えば人体は、完全な無菌状態では機能しない。雑多な細菌を受け容れているからこそ、健康に生きていけるのです。それは人間、ひいては人間社会全体にも言えることであると考えます。誰かがどこかで手を汚さねばならない。ならば私は、自らの手を差し出そうと決めました。どうか、ご再考をお願いします」

一息に言い切って、深々と低頭する。片言隻語に至るまで嘘偽りは一切ない。これで容れられなければやむを得ない。自分の力が綱形甲太郎に及ばなかったというだけだ。

「お話は分かりました」

綱形は落ち着いた口調で言った。その声は、さらに深みを増していた。

「結論から申し上げましょう。リストはお渡しできません」

隣に座っていた薄田が色をなす気配がした。

香良洲は対面する綱形を見つめ、じっと次の言葉を待つ。彼の語調には、単なる拒絶ではない響きがあったからだ。

「私のもとへリストを持ち込んだ倉橋君、敦煌のオーナーである真殿会長の下にいた人物ですが、彼は今、病院にいます。癌《がん》なのです。余命三カ月と言われています。投資とは冷静な観察力、全方位的な情報収集能力、不断の忍耐力、細心の注意に基づく分析眼、つまりは精神力の戦いでもあります。その多大なストレスは時として重大な疾患を招く。

彼の場合がまさにそれでした」

そんな話を切り出されようとは想像もしていなかった。

リスト持ち出しの実行犯である倉橋のことを忘れていた分だけ、意外の感を強くした。

「生来真面目な質《たち》であった彼は、自身の所属する天平インターズが経営する店に、日本経済を担うべき大蔵官僚が出入りして日夜破廉恥な行為に耽っている事実に内心義憤を感じていた。事件が発覚した後も自ら名乗り出る者など一人もいない。それでなくてもバブル崩壊や住専問題以降、日本の経済政策に疑念を抱いていた彼は、自らの病を知ると、意を決して談林同志会の門を叩いた。恩人である真殿会長を裏切るかのような行為に走った裏には、そういう経緯があったのです」

総帥は再びカップを取ってコーヒーを口に運ぶ。どこまでも静謐《せいひつ》な佇《たたず》まいであった。

「一昨日、私が見舞いに訪れたとき、病床で彼はこう言いました。『あれこれと申しましたが、日本の経済を動かしているのは大蔵省です。いくら恥知らずではあっても、全員がいなくなると日本は立ち行かない。それは決して私の本意ではありません』と」

そして瞑目し、哀惜の意と強い意志とを滲ませる表情で続けた。

「私は彼と約束しました。これ以上、リストの公開はしないと。前回公表した分だけで、大蔵省はじめ各省庁には充分な衝撃が走ったことでしょう。それにより、政財官界に警鐘を鳴らすというリスト公開の目的はすでに達せられた、そう思うことにしたのです」

気がつくと、目を開けた綱形がじっとこちらを見据えていた。

「それは香良洲さん、あなた方に対する期待でもあるのですよ」

返答には重い覚悟を要したが、香良洲は答えた。

「確《しか》と承りました」

綱形は満足そうに頷いて、

「リストはすでに破棄しました。データをすべて消去したのです。しかし、そこに載っていた名前の大半は私の頭の中に残っています。常軌を逸した接待汚職が再び跋扈《ばっこ》するようならば、私は相応の行動に出るつもりです」

香良洲はコーヒーの残りを飲み干して、カップを置いた。

「久々においしいコーヒーを頂きました」

総帥は嬉しそうに破顔して、

「お気に召したようで何よりです」

「本日はお時間を割いて頂き、ありがとうございました。そろそろ失礼致します」

そう言いながら立ち上がると、同じく立ち上がった綱形が手を差し出してきた。

「お会いできてよかった」

その手を固く握り返す。

「私もです」

「だが、もう二度とお目にかかることはない」

「おそらくは」

「残念だが、それが健全な社会というものでしょう。我々は互いにそれぞれの道を往くのみだ」

「貴会のご発展を陰ながらお祈りしております」

「では私は、日本経済の行く末をしっかりと見守っていくことと致しましょう。生きてこの世に在るうちは」

「それは私からもお願いします」

面談は終わった。

ドアを出るとき、足を止めて振り返ると、綱形は微《かす》かな微笑を浮かべていた。

「えれぇ恐ろしい戦争だったな」

帰りの車中で、薄田が感に堪えぬようにそう漏らした。

「戦争ですか」

「ああ」

「そう言えるかもしれませんね」

実際に、香良洲は全身の強張りと激しい消耗を感じていた。

「綱形甲太郎か。俺もこの世界じゃあいいかげん顔の売れてる方だと思っていたが、俺なんかじゃ歯も立たねえ。あんただからこそ相手ができたんだ」

「それは違うと思いますね」

「どういうこった」

「私も総帥の足許で遊んでもらっただけかもしれませんよ」

「そんなこたぁ……」

何かを言いかけて、薄田は思い直したように両手を頭の後ろで組んだ。

「どうでもいいや。ともかく、リストはもうどこにも存在しねえ。そう考えていいんだろ」

「ええ、それだけは確かです」

「少なくとも、これで俺達の案件は片づいたってこった。狙った通りの結果じゃねえが、今となっちゃあ、肩の荷が下りた気分だぜ。こんなややこしい仕事には金輪際関わりたくもねえ」

「だといいんですけどね」

「ああ？　何が言いてえんだ」

「例えば、社倫党の錐橋先生からデートのお誘いがあったりなんかしたらどうします？」

薄田は「ひっ」と息を呑んでから、威厳を取り繕うように言った。

「次にそれを言ったら、てめえは東京湾の底に住所変更することになるぜ」

「それは遠慮したいものですね」

疲労のせいで歯止めが利かなくなっているのか、香良洲は我ながら正直な意見を口にした。

「役所の手続きは非常識なくらい面倒ですから」

議員会館内の専用事務室で、雇用主である錐橋議員が焦れったそうに言ってきた。

「ねえ理代子ちゃん」

「なんでしょう」

理代子は執務中の自席から顔を上げずに返答する。

「この前のアレ、その後どうなってるの」

「アレって、なんのことですか」

分かりすぎるくらいに分かっているが、わざととぼけて返事する。あれ以来、どういうわけか虫の居所が悪いせいだ。自分でも制御できなくて困っている。克己心に秀でた花輪理代子ともあろう者が。

「もう、分かってるクセに。理代子ちゃん、いつからそんなに意地悪になったの。あっ、前からだったわね。ごめんなさい」

一人で怒って一人で謝っている。それがすべてナチュラルなのだから付き合いにくいことこの上ない。これで政治家としての能力がなければ、この人はどういう人生を送っていたことやら――

「ちょっと理代子ちゃん、聞いてるの」

いつの間にか机の前にまで来ていた議員が、こちらの顔を覗き込むようにして言う。

「聞いてますよ」

理代子は驚いて顔を上げ、

「それで、一体どっちのアレなんですか。薄田さんの方ですか、それとも――」

「やっぱり分かってるんじゃない」

「伊達に先生のお側《そば》でお仕えしてるわけじゃございませんので」

「そんなのはいいから、ちゃんと連絡してくれたの？」

「はあ、香良洲の話では、ビジネスコンサルタントをやっている方らしく……ずいぶんとお忙しいみたいで」

「そんなの、国政を担う私の方が忙しいに決まってるじゃない。その私が時間を作るって言ってんだから、先方にもちゃんとスケジュールを空けてもらわないと。そこらへん、どうなってるの、有能な秘書の花輪理代子さん」

「おそれながら先生、デートの調整までは公設秘書の職分では……」

「まっ、デートだなんて、私、そんなこと一言も言ってないわよ」

「ほとんど言ってるも同然ですよ」

「私はね、今後の金融政策についてビジネスコンサルタントの意見を聞いてみたいだけなの」

「ビジネスコンサルタントって今知ったばっかりじゃないですか」

「いいの、そんな細かいことは。ともかくそれで？」

「香良洲に聞いても、『自分は神庭君とはまだそこまでの仲ではないし、ましてや兄上のことまでは』と、こうですよ」

「何それ。親族と会食までしといて、白々しいにもほどがあるわね」

「ですよねー」

「分かった、任せて、理代子ちゃん。香良洲はいずれその件に関しても締め上げてやるから」

「いえ、私は別に」

「ともかく、薄田さんの案件は引き続きよろしくね」

何が案件だ、公私混同もいいところではないか──

「はい、承知しました」

「頼んだわよ」

自席に戻りかけた議員が、思い出したように足を止めて振り返った。

その顔は、貪欲な政治家のものへと一変している。

「それで、もう一件のアレは」

「大蔵省への独自ヒアリングの件ですね。今夜にでも香良洲に会って〈調整〉する予定ですので、今少しお待ち下さい」

抜け目なく答えると、議員は冷酷な狐の顔で声を立てず静かに笑った。

13

幕辺は内線電話を取り上げ、難波次長に局長室へ来るよう伝えた。

受話器を置き、重厚な椅子の背もたれに身を預ける。

〈官庁の中の官庁〉たる大蔵省は、今も戦前に建てられた庁舎を使用している。内部全体が常に薄暗く、冷たい湿気に満ちて黴臭い。廊下は板張りで、窓には鉄格子が嵌まっている。鉄の扉は厚く重く、予算編成のいかなる秘密をも漏らさない。

この庁舎こそが、大蔵省の伝統と威厳の象徴なのだ。

そして自分の率いる主計局は、三人の次長、十三人の主計官、そして五人の課長を擁する総勢三百数十人の精鋭集団であり、日夜国家のために骨身を削っている。『三個師団九個連隊』と恐れられ、「局あって省なし」「主計に非《あら》ずんば人に非ず」とまで言われるのはそのゆえだ。

　それを検察は、これ見よがしに踏みにじった。

　予算編成こそ国政の要である。そんなことすらわきまえず、いたずらに功名に走った検察こそ唾棄すべき国家の敵だ。しかし今は分が悪い。何もかもノーパンのせいだ。もっと正確に言うと、「ノーパン」という言葉のせいだ。単なる接待汚職であったなら、世論もここまで大蔵省を敵視することはなかったに違いない。

　いや、敵視ならまだいい。嫉《ねた》まれることにも慣れている。しかし、嘲笑だけは耐え難い。これまでの人生において、他人に嘲笑《あざわら》われ、馬鹿にされる経験をしたことなど一度とてなかったからだ。

　大蔵省の人事は大まかに言って十年前から決まっている。十年分の蓄積が、計算が、伝統が、今まさに根底から覆されようとしているのだ。

　これ以上、大蔵省の権威を貶めるようなことがあってはならない。自分の次官就任は既定路線だ。大蔵省の人事は大蔵省が決める。他の誰にも容喙《ようかい》させるつもりはない。

「失礼します」

　難波次長が入室してきた。幕辺は応接セットのソファに移動し、自らの側近と相対する。

「先日、山越さんから受けた密命についてはすでに話した通りだ」

よけいな前置きは抜きで切り出した。難波も充分に心得ているから黙って聞いている。

「敦煌の顧客リストに載っているという社倫党議員の名前。大方は永沢さんか媚山さんだろうが、それはこちらで裏を取ってから温存する。自民党にもすぐには渡さない。ウチにとっては大事な交渉材料だからな。それより面倒なのは社倫党に流すリストの作成だ。私はそれを香良洲に任せた」

「香良洲……文書課の香良洲ですか」

意外そうに難波が発した。

「そうだ」

「確かに彼は優秀な人物ですが……大丈夫ですかね」

彼が何を心配しているのか、手に取るように分かる。

「あれだけの男だ。ただ捨てるのは惜しい。資源は可能な限り有効に利用してから処分したい」

それだけで難波はすべてを察したようだった。

「なまじ切れる男だけに、奴はかなりの程度、正確なリストを作ってくるだろう。最低でも七〇パーセントはこちらの意に沿ったリストだ」

「つまり、残りの三〇パーセントに欺瞞《ぎまん》があると」

「ああ。香良洲はそれでこちらを欺けると思っているに違いない。難波君、君に頼みたいのは、香良洲と並行して同じ作業を進めておいてもらいたいということだ。奴に気づかれることなく、な」

「それは……」

「難しいと言いたいのだろう。分かっている。だがこちらとしては奴ほど厳密に調べる必要はない。彼の用意したリストがどういう性格のものか、大雑把に判定できる程度の材料があればいいんだ。加えて、私が彼に命じたのは数日前だ。この時間差の意味が分かるかね」

難波は薄い笑みを浮かべ、

「香良洲を安心させるためですね。なるほど、それなら彼に気づかれずに進められそうです」

「最も信頼できる部下を何人か使え。複数の線から調べた方が香良洲に悟られる危険は減る」

「その上、正確度も増すというわけですね」

「その通りだ。この件に関して働いてくれた者達は当然将来において大蔵省でより大きな仕事を担ってもらうことになる」

「今のお言葉を伝えれば、みんな奮い立ってくれることでしょう」

そう言いながら難波がきびきびと立ち上がる。

「では、早速」

「頼んだぞ」

一礼して退室していく難波を見送り、幕辺は独り笑みを浮かべた。

難波には香良洲ほどのキレも華もないが、充分に及第点だ。何より、最も重要な忠誠心が彼にはある。

今の大蔵省が必要としているのは、利口なカラスではない。従順なハトなのだ。

「見れば見るほど、変な写真ね」

恵比寿ガーデンプレイスのフレンチレストラン『タイユバン・ロブション』で、理代子は銀輪飯店で撮影した写真を見ながら言った。

「そうかい？　とてもよく撮れてるじゃないか。ここまで素敵な笑顔の錐橋先生なんて、選挙に当選したときでもなかなか見られないぜ」

「先生はいいとして、私、なんだか変な顔してない？」

「そんなことないよ。凄くきれいだ」

このときばかりは嘘をつく。確かに理代子は、相当に〈変な〉表情で写っている。

「ほんとに？」

「もちろん」

「まあ、ともかくこの写真はありがたく頂いておきます。先生が喜ぶわ」

「錐橋先生のお役に立てて僕も嬉しいよ」

「気楽に言ってくれるけど、『あのときのお写真、いつになったらもらえるの』って、それはもううるさかったんだから」

「いやあ、僕としてはますます嬉しいね。なんだか善行を施したような気分だよ」

理代子は写真を封筒に戻してバッグにしまい、憂鬱そうに訊いてきた。

「それで、薄田さんへの連絡は」

「よく分からないなあ。君がどうして神庭君の兄上に興味を持つんだい」

理代子は怒気も露わに香良洲を睨む。

「ふざけないで。何度も説明したでしょう」

「ごめんごめん」

「私もいいかげん頭が痛いの。錐橋先生、言い出したら聞かない人だから」

「分かるよ。大変だねえ、君も」

「分かって頂けて嬉しいわ」

まるで嬉しくなさそうに言って、フォアグラ入りパンケーキの包み焼きを口に運ぶ。

「なにこれ、おいしい」

今度は言葉と表情とが見事なまでに一致していた。

「錐橋先生の男性のご趣味に対しては、もとより僕にはなんの意見もないが、薄田氏とは意外にお似合いなんじゃないかと思うけどね」

「私だってどうでもいいわよ、そんなこと。相手がヤクザとか犯罪者とかじゃない限り」

ワインのグラスを傾けていた香良洲は思わず咽《む》せそうになって、慌ててナプキンで口を押さえた。

「どうしたの？」

「いや、別に……ちょっとワインが気管に入ったらしい」

「飲み過ぎなんじゃないの」

「そうかもしれない。なにしろ今夜は君に会えて舞い上がってるものだからね」

理代子は冷笑を浮かべただけで、そんな軽口には取り合おうともしなかった。

「薄田さんはビジネスコンサルタントだそうだけど、お仕事の内容をもう少し詳しく教えてちょうだい。そうね、できれば具体的な取引相手なんかも」

「さあ、僕もそこまでよく知らないんだ。なにしろこの前が初対面だからね」

「神庭さんに訊けばいいじゃない。かわいい再婚相手なんでしょう？」

「それが、前にも言った通り、彼女と兄上とは腹違いでね。今まで連絡を取り合うこともあまりなかったそうだ」

「ふうん、いろいろと事情がありそうね」

「そうそう、そうなんだ。それと、言っとくけど、神庭君と再婚するとまだ決まったわけじゃない」

「あなたはまだそんな――」

声を荒らげかけた理代子は、メインである黒毛和牛のウェリントンを運んできたウエイターに気づき、後の言葉を呑み込んだ。

ビーフ・ウェリントンとは、パテで牛肉を包み、さらにパイ生地でくるんで焼き上げた料理である。その名の通りイギリス発祥のメニューだが、フレンチでもコースのメインに供される。

料理の説明を終えたウエイターが去るのを待って、気を取り直したように理代子が続ける。

「とにかく、薄田さんの連絡先だけでも早く教えて。それさえ分かれば、お仕事のことや経歴なんかも、後はこっちで調べられるから」

それが一番困るとはどうにも言えない。

「分かった。早急に神庭君に訊いておくよ」

その場しのぎの返答をする。当分はこの調子でかわすしかないだろう。

理代子はナイフを優雅に使って形の崩れやすいビーフ・ウェリントンを完璧に美しく切りながら、

「それと、あなたにもう一つお願いがあるの」

「なんだい」

「社倫党は、大蔵省の接待汚職に関して近々に独自のヒアリングを行なう予定なの」

「へえ……」

まったく予想通りの展開である。が、精一杯に驚いた顔をしてみせる。

「問題は、誰を呼び出すべきかと――」

「ちょっと待ってくれ。もしや、僕にその選別をやれって言うんじゃないだろうね」

「相変わらずのご明察」

予想通りではあったが、向こうから持ちかけてくるとまでは思っていなかった。

「冗談だろう。僕だって大蔵官僚の一人だ。その僕が、同僚を売るような真似ができると思うのかい」

「あら、いつもは大蔵省の役人なんか、俗物揃いの無能揃いと馬鹿にしてるくせに、こういうときだけ仲間意識を持つってわけ？　それって、なんか変じゃない？」

「それとこれとは話が違うと言ってるのさ。言うなれば信義の問題だからね」

「ますます変ね。変人の国から変人を広めに来たような香良洲圭一が、こともあろうに信義だなんて」

ワイングラスを取り上げ、一口含む。理代子が見つめているのを意識しながら。

間の演出はこれくらいでいいだろう——

「じゃあ言おうか。仮にそれを引き受けたとして、僕になんのメリットがあるって言うんだい。僕を除く省内の誰も彼もがなんらかの接待を受けている現状で、僕が同僚を政治家に売る。どう考えても、デメリットしかないじゃないか」

「メリットはこちらで必ず用意するわ。例えば、そうね、あなたにとって都合のいい人物は除外していいとか。逆のパターンで、都合の悪い人物を優先的に召喚リストに載せるってのもアリね。もちろん、あなたがそのリストを作成したってことは絶対に秘密。これならどう？」

自信ありげに理代子が微笑む。

「そうだなあ……」

ここでまたも間を持たせると、理代子は駄目押しするように攻めてきた。

「将来的にあなたの思い描く大蔵省を構築するためにも、この機会を逃すべきじゃないと思うけど？　だって、あなたの方針に賛同する人間を優遇することができるんだから。社倫党だって、あなたの協力には必ず報いてくれるはずよ」

まるで理代子自身が政治家になったような言い方であった。

朱に交われば、というやつか――

社倫党の独自ヒアリングに差し出す生贄リストの作成。同じことを、幕辺局長と社倫党の双方から頼まれようとは。

幕辺から依頼された時点では、なんらかの手段を講じてリストを密かに社倫党に流す予定であったが、思いもかけず、その手間が省けたということだ。

「分かったよ」

「引き受けてくれるのね」

「ああ。君に頼まれると嫌とは言えない。知ってるだろう?」

「ええ、知ってるわ。あなたがしゃあしゃあと嘘をつける人でなしってことをね。でも……」

「でも、なんだい」

すると理代子は心なしか照れたように、

「そこが頼もしいの」

へえ、と香良洲は心の中で嘆声を漏らす。

これは、ひょっとするとまだまだ脈はあるんじゃないか――

14

〈社倫党のスケベ議員、分かったで〉

霞が関の路上を歩いていたとき、芥老人から着信があった。立ち止まって応答すると、老人は挨拶抜きでそう切り出した。

「やはり永沢先生でしたか、それとも媚山先生でしたか」

〈それがちゃうねんて。わしもてっきりそやろ思たんやけどな。ノーパンすき焼きて、見るからにあいつらの大好物やないかい。どう考えても行かんはずあらへん。そやけど全然違とってん〉

あの二人が本当に行ってもいなかったとは。道理で『噂の真相』も書かないはずだ。

〈たぶん接待する方も、あいつら連れてったらもう手に負えんとでも思たんちゃうか。実際あいつら、ノーパンすき焼きのニュース見て、『そんなええ店あるんやったら、なんで誰も教えてくれへんかったんや』ゆうて、えらい文句垂れとったそうやで〉

「で、一体どなただったんですか」

痺れを切らして促すと、老人は携帯の向こうで声を潜め、

〈驚いたらあかんで。清河正悟《きよかわせいご》や〉

「えっ」

直前に警告されていたにもかかわらず、香良洲は驚きの声を上げてしまった。

「まさか、あの清河先生がノーパンに?」

自分の大声に慌てて周囲を見回す。幸いこちらを見ている者はいなかった。

急いで道の端へと移動し、

「そんな、何かの間違いでは」

清河正悟と言えば、『政界きっての紳士』『ミスター清廉潔白』『歩く修身教科書』など数々の異名を取っている人物である。ノーパンすき焼き店の客のイメージから最も遠い人物と言っても過言ではない。

〈最初はわしもそう思たんやけど、わしらの調査網は警察みたいなザルやないで。ちゃあんとウラも取れとるわ。聖人君子みたいなツラしよってからに、清河はな、筋金入りの変態やねんて。過去に金で口封じされたホステスやカタギの素人が何人も出てきよった〉

「そんな証人がいるんなら、週刊誌や何かがとっくに嗅ぎつけていても……」

話している途中で気がついた。ヤクザの〈調査〉は、記者の取材とはわけが違う。今まで口を閉ざしていた女達も、無理やりその口をこじ開けられたのだろう。

〈女の告白テープや、清河が女に書かせた念書のコピーはそっちにも届けとくわ。わし

らとしては、当面使うつもりはあらへん。あんたのええように使てくれてええ〉

「感謝します」

〈もっとも、モノがモノやさかい、あんたも滅多なことでは使えんやろけどな〉

その通りだ。表沙汰にすれば、必ずこちらに反動がある。

「承知しております。ありがとうございました」

礼を述べて携帯を切る。

清河正悟か――

これでまた一枚、対社倫党のカードが手に入った。

ある意味、永沢泰蔵や媚山瓶次郎よりも強力なカードである。その二人がノーパンすき焼き店に出入りしていたとしても、世間の顰蹙《ひんしゅく》を買いこそすれ、驚く者はいないだろうが、清河正悟は違う。清潔感を売りにしているだけに、社倫党のダメージは大きいだろう。

問題は老ヤクザが忠告してくれた通り、このカードの切り方だ。

香良洲は思案を巡らせながら再び歩き出した。

こと社倫党となると、四年前のことを思い出さずにはいられない。

一九九四年。すなわち税制改正の年だ。

当時は自民党、社会党、新党さきがけの連立による村山富市政権下にあった。社会党は社倫党の前身の一つである。

与党となった途端、社会党はそれまでとは正反対の「消費税を三パーセントから五パーセントへ増税する方針」を打ち出した。その背後には、大蔵省の強固な意志と周到な計画とがあったのだ。

一般に、建設族、運輸族などのいわゆる『族議員』は、許認可権を持つ省庁に口利きをして特定の業界団体等に利益を誘導するなど、社会悪的な存在としてのイメージを根強くまとっている。しかし〈税調のドン〉と呼ばれた山中貞則《やまなかさだのり》議員を筆頭とする自民党税制調査会に属する税制族は、複雑を極める税制の仕組みに精通していた。彼らの目を欺くことは至難の業であったが、九四年の自社さ政権下の与党税制調査会においては、世代交代の掛け声の下、こうした目利きとも言える族議員が排除された。

政権運営の経験に乏しい社会党の政治家など、大蔵省の老獪《ろうかい》な手に掛かれば子供も同然である。村山内閣は消費税五パーセント増税を含む税制改革関連法を成立させた。果たして彼らに、大蔵省の掌《てのひら》の上で踊らされているという自覚があったかどうか。そうわべは政治家を立てながら、その実、彼らを自分達の思い通りに操ってみせる。それこそが大蔵省の伝統芸であり、真骨頂なのだ。

そして清河正悟こそ、村山内閣において社会党と大蔵省とのパイプ役を自任していた人物でもあった。

敦煌の顧客でもあった幕辺局長が、清河の性癖を知らないとは考えにくい。万一の場合、幕辺は今回も清河を利用しようとするに違いない。

だが、敵が清河というカードを使うとすれば、一体どういう使い方をするというのか。現段階では予測すらできなかった。幕辺自身もノーパン仲間である以上、正面からの恫喝は両刃《もろは》の剣となる危険を孕んでいるのは自明である。それが分からぬ幕辺ではあるまい。

日本国の予算編成権は大蔵省主計局が握ってきた。相手が誰であろうと、主計局が首を縦に振らぬ限り予算は決まらない。だからこそ、主計局は大蔵一家における長であり続けたのだ。

それも九五年以降に発覚した住専処理問題をはじめとする数々の金融不祥事により、大蔵省解体論に基づく財政・金融分離、予定調和人事の崩壊と、主計局の時代はまさに終焉の時を迎えようとしている。

座してその時を待つ幕辺ではない。きっとなんらかの手を打ってくるはずだ。

大蔵省の主流派たる幕辺局長は、当然消費税の増税を画策しているものと思われる。

香良洲は決意を新たにする——いかなる状況になろうとも、消費税の引き上げだけは認めるわけにはいかない。

なぜならば、消費税とは恒久的増税のロジックを内包するものにほかならないからだ。

昨年の五パーセントへの増税は、必ずや今後の日本に終わりのないデフレ不況をもたらすだろう。

これ以上の愚挙はなんとしても阻止せねばならない。たとえどんな手を使ってでも。

三月十九日、ノーパンすき焼き店『敦煌』を経営していた天平インターズの真殿晋三郎会長が警視庁に出頭、風営法違反の容疑で逮捕された。

花潟組に因果を含められてのことであるが、出頭の理由を尋ねられた真殿は、ただ「社会的道義的責任を果たそうと思ったから」と述べるにとどまった。

真殿は敦煌の顧客リストをいかなる形態においても所持しておらず、その原本はついにどこからも発見されることはなかった。

同日夜、例によって新橋の半蔵酒房でタスクフォース四人組と落ち合った香良洲は、それぞれの調査の結果を突き合わせた。

想像はしていたが、敦煌で接待を受けた者は呆れるほどに多かった。同店以外での接待を含めると、大蔵省幹部のほぼ全員が該当すると言ってもいい。

「凄いなあ、理財局の森田さんも主税局の馬場さんもいるじゃないの。それに有田さんも関さんも——」

他人事のように呟いているのは磯ノ目だ。

「みんなやることはやってるんだなあ」

感心している三枝に、なぜか登尾が威張って言う。

「当たり前だろう。ウチは官庁の中の官庁なんだからな」

「しかし、こうして見るとやはり銀行局や証券局が多いな」最上が冷静な分析を述べる。

「それだけ銀行や証券会社のMOF担が頑張ったってことだろうけど」

ＭＯＦとはミニストリー・オブ・ファイナンスの略で大蔵省を指す。つまりＭＯＦ担とは、各金融機関の大蔵省専門担当員を意味する業界用語である。

彼らは大蔵省に日参し、許認可事項についての情報を引き出したり、金融検査の日程について調べ上げたりする。そのために連日連夜にわたって過激なまでの接待に励んでいるのだ。そうした秘密工作に専従する極めて重要度の高い特殊任務要員であるため、業界ではスパイや隠密になぞらえられることも多い。

一方で、大蔵省側も彼らを通して銀行の内部事情を探り、時には不良債権の処理等について相談したりもする。こうした大蔵省側の要求に対してどれだけ適切且つ迅速な対応が取れるかがそのままＭＯＦ担の評価ともなる。

当然ながら各金融機関は最も優秀な人材をこのＭＯＦ担に充てる。ゆえに、彼らは揃って将来の幹部候補でもあるのだ。

このＭＯＦ担と大蔵省との関係こそ、言いわけのしようもない官民癒着そのものであり、最終的にはノーパン接待に象徴される大蔵不祥事として表面化したわけである。

「だが、これですべてじゃない。まだ全体の六割程度と言ったところかな」

香良洲の感想に、三枝が不平を漏らす。

「いくらなんでも全員を割り出すのは無理だぞ。この辺が限界じゃないかな」

「分かっている。だが、こちらとしては握っている情報が多ければ多いほど有利になる。みんな引き続き頑張ってくれ。言うまでもないが、これまで以上に慎重にな。幕辺派の動きはどうだ」

胸を張るように登尾が答える。

「大丈夫だ。誰にも気づかれた様子はない」

「本当だな？」

「ああ、俺達を信用しろって。そんなヘマはやるもんか」

「分かった。だが用心するに越したことはない。次回から集合場所を変えることにしよう。毎回同じ店を使っていると、怪しまれる危険が大きくなる」

「えぇー？　僕、ここの佃煮《つくだに》、気に入ってたんだけどなあ」

呑気な声を上げた磯ノ目を、他の全員が睨みつける。

そのとき、閉め切ってあった襖の向こうから声がした。

「失礼します」

間髪を容れず、香良洲はテーブルの上のリストをまとめて隠す。

「どうぞ」

香良洲が応じると、襖が開けられ店員の若い男が顔を出した。

「こちらに香良洲さんて方、いらっしゃいますか」

タスクフォースの四人と顔を見合わせる。全員が無言で緊張の面持ちを示していた。

嫌な汗が背筋を伝う。

自分がこの店にいることは誰にも教えていない――

「あの、なんでしょうか」

三枝がいるともいないとも言わずに尋ねると、店員は訝しそうに、

「お電話が入ってるんです、店内に香良洲さんがいるはずだから大至急お呼びしてくれって」

「私です」

瞬時に決断して立ち上がった。

「どうもすみません、今行きます」

座敷を下り、店員の案内に従ってレジの横に置かれた店の電話に出る。

「もしもし、香良洲ですが」

そう応じた瞬間、電話は切られた。

相手は一言も喋らなかった。ただこちらの声を確認しただけだった。

黙って受話器を置き、座敷へと戻る。

「誰だったの」

襖を閉めると同時に、磯ノ目が怯えたように訊いてきた。

「分からない。出た途端に切れた」

「どういうことなの、それ」

「おそらく、僕が君達と一緒にいることを確認するためだ。あと考えられるとすれば警告か」

「警告って……」

三枝が絶句する。

「つまり、僕達の行動はすでに察知されているということさ。相手が何者かまでは分からないがね」

香良洲は鞄を取って手早くリストをしまう。

「何をしてるんだ」

最上の問いに、落ち着いて返答する。

「帰るんだよ」

「俺達を見捨てるって言うのかい」

「いいや」

非難がましい言い方であったが、今さら気にもならない。

「次回からは場所を変えよう。君達も気をつけてくれ。念のために時間を空けて店を出た方がいいね」

それだけ言って、店を出る。
二、三歩、歩き出してから振り返った。
出入口の上に掲げられた店の看板を見上げる。

『半蔵酒房』の店名の下に、店の電話番号が大きく記されていた。

これか――

そう呟いて、香良洲は駅とは反対の方向へ向かって歩き出した。

15

渋谷区松濤《しょうとう》の老舗レストラン『シェ松尾』の個室で香良洲の隣に座った薄田は、どうにも居心地が悪そうだった。

いや、悪いなどというレベルではないだろう。さながらマナー教室に入れられたライオンだ。

「覚えてろよ。こいつは貸しだからな」

仕立てのいい高級スーツに身を包んだ薄田は、香良洲の耳許で獰猛な唸りを上げた。

「てめえが泣きを入れるまできっちり取り立ててやるから覚悟しろ」

「私の方より薄田さん、そちらの覚悟はいかがですか」

途端に薄田は世にも情けない表情を浮かべ、次いであからさまなカラ元気を示す。

「おう、いつでも来いってんだ。伊達に修羅場は潜《くぐ》ってねえ。たかが女相手にビビるような俺様じゃねえぜ」

だといいのだが――と、香良洲は心の中でため息をつく。

相手が並のヤクザなら、征心会の若頭である薄田の敵ではないだろう。しかし今度ばかりはそうもいかない。

理代子を通じた錐橋サイドからの執拗なアプローチにとうとう応じざるを得なくなった香良洲は、嫌がる薄田を説得し、錐橋辰江との会食に連れ出したというわけである。

名目は「金融問題についての個人的レクチャー」。

ならば二人きりで会えばいいだろうと思うのだが、薄田が一人では絶対に嫌だと言い張るのでやむなく香良洲も同席することになった。名目が名目であるし、先方も理代子を連れて来るらしいから仕方がない。そもそも、薄田一人では錐橋議員相手にどんなボロを出すか知れたものではなかった。ここで薄田の正体がばれたりしたら一大事だ。せっかく手に入れた対社倫党の切り札たる〈記念写真〉が効力を失ってしまう。あの写真だけは、いざというときのために〈鮮度〉を保ったまま温存しておきたかった。

とは言え、本来ならこんな所で呑気に会食などしている場合ではない。

昨日新橋の半蔵酒房にかかってきた無言電話。何者かは不明だが、省内工作に関する自分達の行動はすでに察知されていると見ていい。

それでなくても敦煌オーナーの逮捕は新聞各紙で報じられ、大きな話題となっているのだ。

もちろん理代子とは、今日だけはお互いに大蔵省を巡る諸問題については言及しないという約束を交わしてはいる。

だが、それにしても。

「どうもどうもー、お待たせしましてー」

突然室内にテレビで聞き慣れた——実際に身近でも聞いた——あの声が響き渡った。

途端に薄田が弾《はじ》かれたように立ち上がる。教師に叱られた小学生のようでもあった。

「ごめんなさいねー、薄田さん。渋滞ですっかり遅れちゃって。だいぶお待ちになりましたでしょ？」

最初から香良洲など眼中にないといった体《てい》である。

「いえ、少しも待ってなどいませんよ」

虚勢を張ろうとしているのか、ふて腐れたように薄田が応じる。

「あらま、紳士でいらっしゃること」

感嘆した議員が大仰な仕草で口に手を当てる。

薄田は〈おまえなんか待っちゃいねえよ〉と言いたかったのかもしれないが、議員は当然の如く言葉の通りに受け止める。不自然にぎこちないというか、そっけない態度がまた、議員の好みであったらしいのがなんとも言えない。普段政治家に擦り寄ってくる人種を見慣れているせいか、薄田の態度は〈媚《こ》びず、へつらわず〉という矜持《きょうじ》の表われであるかのように見えたのだろう。

理代子はというと、まったくの無表情で議員の側に控えている。いや、無表情と言うよりは、「万事分かった上で茶番に付き合ってやっている」という居直りか。

「まあ、とにかくおかけになって下さい」

二人を促して着席させる。同時にウエイターがグラスにミネラルウォーターを注ぐ。予約した時点でコースを指定してあるのでドリンクメニューのみが差し出された。

「私、ワインなら赤に決めてるの。肉だろうが魚だろうがもう絶対に赤。あ、誤解しないでちょうだいね。私は共産党じゃありませんから」

「もう、先生ったら」

いつものお決まりの冗談なのだろう、黙り込んだ香良洲と薄田をよそに、理代子一人がわざとらしく笑っている。

「それから、酸っぱいのよりは甘口がいいわ。ジュースみたいなのは困るけど。口当たりはほんのり甘くて、後から全体にじんわりと風味が広がっていくようなのがいいわね」

議員の細かい好みに合わせてなんとかワインの注文を済ませてから、香良洲はおもむろに切り出した。

「理代子には電話で聞きましたが、大蔵省に対する批判が厳しい折、社倫党の先生が現役大蔵官僚である私と同席して本当によろしいのでしょうか。それでなくても社倫党は、大蔵省への独自調査を行なわれる予定だとか。だとすればなおのこと――」

「はあ？　何言ってるの。ここは薄田さんに金融問題についてのご意見を伺う席よ。あなたには用はないから、気になるようなら帰ってちょうだい」

のっけから錐橋節全開である。

「先生、先生」

さすがに理代子が横から議員の袖を引き、

「香良洲は曲がりなりにも薄田さんの義理の弟君……になる予定の方ですので、そういう物言いはいかがなものかと」

「あらやだ、そうだったわね。いけない、私ったら、政務で頭がいっぱいで、そんなこと、すっかり忘れてたわ」

議員が頓狂な声を上げる。言いわけにもなっていないが、その場しのぎのごまかしなどではなく、おそらくはまったくの本心だと分かっているから脱力感が倍増する。

「……というわけで香良洲さん、あなたもいてくれて構いませんのよ」

すでに最初の質問から微妙に外れているが、これ以上追及する気力はもうなかった。

後々問題視されたとしても、あくまで「個人的なレクチャー」であったと言い抜けるつもりなのだろう。常人には理解し難い神経である。

「ありがとうございます」

憮然としつつも、香良洲は相手に頭を下げるよりない。

そこへ注文のワインが運ばれてきた。

「私、ワインの味は分からないの。理代子ちゃん、味見の方、お願いね」

「はい」

自分であれこれ好みを述べ立てておきながら、テイスティングを理代子に任せている。

香良洲も薄田とともに初手からすっかり毒気を抜かれるばかりだ。

「よろしいんじゃないでしょうか、先生」

「あ、そ。じゃあこれで」

全員分のワインを注いだウエイターが一礼して去る。

「またお会いできて嬉しいですわ、薄田さん。一度あなたとゆっくりお話ししてみたかったの」

まるで理代子も香良洲も存在せず、二人きりになったかのように、議員は薄田を熱っぽく見つめて話しかけた。

「それは光栄ですね」

薄田が応じる。明らかに皮肉と分かる口調だ。しかし錐橋辰江には通じない。

「まっ、お上手ね」

「いえ、ボクは至って口下手な方で」

むっとしたように薄田が返す。

ビジネスコンサルタントが口下手でどうするんだ――香良洲はもう気が気ではないが、議員は気にもしていない。

「いよいよいいわね。だって、近頃の男は口先ばっかりじゃない。口下手な方が頼もしいくらいだわ」

その発言も、政治家としてはどうなのか――香良洲は首を傾げるが、もちろん口を挟む余地などどこにもない。

「ウチの花輪に聞きましたけど、薄田さん、まだお独りなんですってねえ」

香良洲と理代子は同時にワインを噴きそうになった。

いきなりとんでもない直球だ——

「失礼ですけど、薄田さんて、ずいぶんとおモテになるんじゃございません？　なのにどうしてお独りなんですか」

「先生、それはいくらなんでも失礼ですよ」

理代子が懸命に諫《いさ》めようとする。

「おそれながら錐橋先生、本日は金融問題について薄田……義兄《にい》さんにお話を聞くという趣旨であったのでは……」

「いや、ボクは構いませんよ」

よほど頭に来たのか、ワインを一気に干した薄田が正面から議員を睨み、

「いくらでもお答えしましょう。確かにボクはモテますよ。女なら六本木に四人、赤坂に三人、新宿に五人、銀座に六人、いや七人か」

「ちょっと、義兄さん——」

「放せ、義弟《おとうと》」

制止しようとした香良洲の腕を振り払い、

「隠すことは何もない。男の甲斐性ってやつだ。こちらの先生が聞きたいっておっしゃるんなら、喜んでお聞かせしようじゃないか」

「ええ、聞きたいわね」

錐橋議員が身を乗り出す。

「そんな女がいくらいたって意味はない。ボクが独りでいる理由、それはね先生、男一四、命を懸けて惚れるほどの女にまだ出会ってないからですよ」

「まあ……」

議員が大きく吐息を漏らす。頬の赤みはワインのせいでは決してあるまい。

「男にとっちゃあ仕事が第一だ。自慢じゃないが、仕事に関しては誰にも負けない。商売敵を叩きのめす快感に比べたら、女なんか……」

「そうです、仕事です」

理代子が迅速に割って入った。

「薄田さんのお仕事について、具体的にお願いします」

でかした、理代子——と言いたいところであったが、すぐに別種の戦慄が走り抜ける。

「ボクの仕事ですか。そりゃあもちろん、敵対する組を……」

「敵対？　組？」

怪訝そうに聞き返した議員に、香良洲は慌ててフォローする。

「建設会社ですよ。ほら、大林組とか、鴻池組とか、義兄さんはここ数年、ゼネコンと仕事をしていたそうだから、敵対的買収の案件も多くて……そうですよね、義兄さん」

「あ？　ああ、そうそう、ゼネコンですゼネコン。土建屋、いえ建設業界ってのは、昔から滅法血の気の多い、いえ抜け目のない連中が揃ってますからね、そりゃもう食うか食われるかって世界でして、こっちが少しでも気を抜いたらおしまいです。だから常にネタを集め、敵が少しでも怪しい動きを見せたら先制攻撃だ」

「先制攻撃って……それは、もしかして仕手戦か何かの話でしょうか」

首を捻りつつ理代子が問う。

「そうそう、その通りです。仕手筋にもタチの悪いのが山ほどいやがりますからね。そっちの方にも常に目を配っていないと。一昔前は総会屋を抑えていればよかったんだが、今はアメリカでもコンピューター屋がとんでもない儲《もう》けを出してる時代だ。日本でも得体の知れない若僧どもが兜町に土足で踏み込むような真似を……」

「さあさあ皆さん、せっかくの料理が冷めてしまいますよ」

香良洲は強引に薄田の話を遮った。このまま続けさせればボロが出るどころではない。

「この店のフォアグラはなかなか手が込んでいましてね、チリメンキャベツで包み焼きにしてるんです」

料理の紹介などまるで柄ではなかったが、そんなことを言っていられる場合ではなかった。

一同は我に返ったように料理に向かう。

「薄田さんは最近の金融情勢にお詳しいんですのね」

話を聞いていたのかいなかったのか、フォアグラの包み焼きを切り分けながら議員が感心したように言う。

「先ほどのお話で、まだ命懸けで愛するほどの女性に出会っていないとおっしゃっておられましたが、薄田さんはどんな女性を求めていらっしゃるの」

何が金融問題についてのレクチャーだ――

議員は大義名分などそっちのけで、プライベート以外の何物でもない質問を繰り出している。

「次は女貝鮑《めがいあわび》と桜貝のリゾットで……」

香良洲が話を逸《そ》らそうとした途端、議員から殺気の塊のような視線が飛んできた。国会で証人を睨み殺すとまで言われた眼光だ。

「そうですねえ」

こちらの様子にはまるで気づかず、薄田は両手を止めて考え込んだ。

「強いて言やあ、度胸でしょうかね」

「まあ、度胸！」

議員が歓声に近い声を上げる。数多い国会議員の中でも、度胸だけなら錐橋辰江の右に出る者はいない。

どうしてそんな自殺的言動を――

啞然《あぜん》として薄田を眺める。

しかし彼は、不遜な態度でナイフとフォークを置き、

「ただし、それはあくまで男を立てる慎みがあっての話だ。近頃は自分が前に出ることしか考えてない女ばかりだ。そりゃあ、本当にできる女にはボクも一目置きますよ。例えば神庭の姐さん、じゃなくて妹の絵里です。あいつは下手な男以上に腕も立つし度胸もある。我が妹ながら大した女だ。だけどねえ、あいつはどうもがさつでいけねえ。男勝りにもほどってもんがありまさあ。日本男子の理想とくれば、何を措いても大和撫子《やまとなでしこ》、三歩下がって夫の影を踏まず――これですよ」

香良洲の全身が戦慄に凍りついた。眼球だけをそっと動かして対面の理代子を見る。

彼女もまた同様に、ナイフとフォークを持ったまま硬直していた。

続けてその横の議員へと視線を移動させた香良洲は、心の中で恐怖の叫びを上げる。

議員の顔色が完全に変わっていた。

まずい――最大級に途轍もなくまずい――

心臓が急激に収縮する。文字通り息が止まった。

早く何か言わねば――何か、早く――

焦れば焦るほど、言葉が光年の彼方へと飛び去っていく。機知機略の縦横ぶりにかけては自他ともに認める香良洲が、このときばかりは空転する頭脳の噴いた煙が両耳から

漂い出るかとさえ思った。

「信じられませんわ。なんてことでしょう、薄田さん」

国会でも見せたことのない強烈な眼光で、議員が薄田を見据える。

「実は私も、まったく同意見ですの」

えっ――

「『三歩下がって夫の影を踏まず』、心に沁《し》みる思いです。女性たるもの、常にそうあるべきですわ」

カタン、と小さな音がした。理代子がナイフとフォークを取り落とした音だ。

それがまったく耳に入らなかったように、真面目な顔で議員は続けた。

「近頃の女性は自分のことしか考えてない人ばかりで、本当に嘆かわしいことだとかねがね感じておりましたの。やはり女性は控えめであるべきですわ」

〈自分が前に出ることしか考えて〉おらず、〈男勝り〉の権化のような錐橋辰江が、一体どの口でそのような虚言を吐けるのだろうか。

国会議員の基本技能とも言うべき演技、駆け引き、高等戦術の類であろうかと思ったが、まるで国の将来を語るかのような真剣な眼差しは、一流のペテン師に勝る政治家や官僚を見慣れた香良洲の目を以てしても、嘘をついているようには思えなかった。

錐橋辰江は、まさか本気で自分のことを慎ましく控えめな性格だと見なしてでもいるのだろうか。

「しかも薄田さんは、女性の能力も公平に評価していらっしゃる。本当に素晴らしいですわ。私、心から感動してしまいました」

議員は両眼にうっすらと涙さえ浮かべている。

本気だ——本当に本気で言っているのだ——

二の句が継げないとはこのことだった。

理代子も馬鹿のように口を開けたまま機能停止している。

「そう言ってもらえるとボクも嬉しいですね」

当の薄田は、さすがにとまどいを示しつつもなんとか応じた。

「こんなに意見が合うなんて驚きですわ。正直に申しまして、私が今までに出会った男性は口先で女性を持ち上げるだけの、てんで中身のない輩《やから》ばかりだったんですもの」

「そりゃあまあ、言ったことは命を懸けても守るってのが、ボク達の信義ってもんですからね」

「それは政治家も同じですわ」

そんなバカな——

香良洲は声を上げそうになるのを懸命に自制する。

政治家が口にした公約をすべて守ったためしなどない。しゃあしゃあと嘘をつき続けられる神経こそが政治家に求められる必須の資質だ。ついでに言えば、公約の不履行や言行不一致をごく自然にやってのけ、仮に非難されることがあったとしても、天気予報が外れたくらいに受け流せる面の皮も必要だ。そして錐橋辰江がここまでのし上がって来られたのも、「万人に一人」と言われる鋼鉄の面の皮あってのことなのだ。

「ここまで意見が合うなんて、薄田さん、私達ってやっぱり、出会うべくして出会ったような気がしませんこと?」

「え……ええっ?」

薄田は今さらながらに己が嵌まり込んだ泥沼の深さに気づいたようだった。

ヤクザ社会の若手エリートと評される一方で、長老世代の親分衆からも筋をわきまえた正統派として大いに買われているという薄田が、辰江の前ではとことん調子を狂わされている。

「ねえ、そう思いません?」

薄田に迫る辰江の迫力は、昨年の国会で国家公安委員長を崖から叩き落とす寸前まで追い詰めたときに勝るとも劣らぬものがある。

「いやあ、ボクはちょっと、なんて言うか、その……」

「その、どうなんです?」

「さあ、どうかなあ、ボクって、いろんな人と会いますから、あ、いや、もちろん仕事でですよ。もう仕事のことしか頭にないものですから」

「仕事第一と言い切る薄田さんの姿勢、立派だと思います。心から共感し、尊敬致します。だからこそ、ますます特別な出会いに思えるのです」

この上なく無慈悲に退路は断たれた。

「ねえ薄田さん、ここは一つ、お互い肚を割って話しましょうよ」

〈肚を割って話〉すなど、政治家の密談の際に使われる言い回しであって、およそ恋愛に用いられる言葉ではない。が、錐橋議員はまったくの無頓着である。

議員の顔は薄田の間近に迫っている。薄田の視界には、錐橋辰江の――美人と言えなくもないこともない――面貌が大きく広がっていることであろう。

その恐怖に抗《あらが》うが如く、薄田は自分のグラスにワインを手ずから注ぎ、一息で干した。

うまい――タイミングを外したわけか――

「いいでしょう」

音を立ててグラスを置き、薄田はテーブルに肘をついた。

「それほどまでにお聞きになりてえってんなら話しましょう」

相手が政治的交渉の手法で来るならば、こちらはヤクザ流で応じようという手か。

「あ、ちょっと待って下さい。その前に私の信念について聞いて頂きたいんです」

「信念?」

薄田は反射的に聞き返している。

やられた――

手に汗握って攻防の行方を見守っていた香良洲は、心の中で思わず呻いた。

己に不利な文言が出ると見て、辰江は咄嗟に矛先を逸らしたのだ。まこと超人的な勘の良さである。

敵ながら天晴《あっぱ》れとしか言いようがない。天性の政治家の見事なディベート術に、暴力世界では泣く子も黙る金筋ヤクザが哀れなまでに翻弄されている。

国際外交のみならず、交渉事においてはやはり政治家に一日、否、百年の長がある。

対して無策に等しかった薄田は、まんまと虚を衝かれて相手の誘導に乗ってしまったのだ。

「そうです、譲ることのできない政治的信念です」

しかし議員は、舌なめずりとはほど遠い、一種荘厳な面持ちで繰り返した。

「私の女性観はお話しした通りです。でも、私はご承知の通り政治家をやっております。薄田さんは、女だてらに何を生意気なと、きっとお笑いになっておられることでしょうね」

「いえ、そんなことはありません」

迂闊にも薄田は、またも相手の罠に乗ってしまった。

そこで否定するなんて——どうして敵に言質を与えるような真似を——

香良洲は密かに歯噛みするが、国会答弁のように横からメモを手渡して指示するわけにもいかない。

さすが社倫党のホープ——手強い、まったく手強い——

「気を遣わないで。ちゃんとあなたの顔に書いてあるわ」

「えっ、いや、そんな……」

薄田のリアクションを見ているだけで、彼が議員の掌で踊らされていることがよく分かる。

「でもね薄田さん、私は信念を持って政治をやっているんです。女の言うことなんか、世間は耳も貸してくれない。社会を少しでもよくしたいという、そんな心からの願いがあってもです。だけど政治家なら別。政治家であればこそ、私は女の細腕で世の中と渡り合っていけるんです。薄田さん、たとえあなたに笑われたとしても、政治家だけは辞めるわけにはいきません。それがご理解頂けないのなら、喜んで身を引きましょう。私は政治家として生きていく。男が男で、女が女でいられる日本を作るためにも」

室内に沈黙が訪れた。

豪華極まりない料理が無情にも刻々と冷えていく。

やがて——

薄田がぽつりと漏らした。

「惚れたぜ」

レストランからの帰途、若い衆の運転する車中で、香良洲は半ば呆れて詰問する。

「あなたほどの人が、どうしてあんなことを言ったんですか」

「面目ねえ」

薄田はかわいそうなくらい悄然《しょうぜん》として呟いたが、次の瞬間、一転して吼えた。

「うるせえよ、惚れた腫れたに理由はねえ。しょうがねえじゃねえか、惚れちまったもんは」

しかし相手は——と言いかけて、香良洲は後の言葉を呑み込んだ。

恐るべし、社倫党の錐橋辰江。そう簡単に手に負える相手ではないと分かっていたはずだった。なのに自分は、間断なく繰り出された敵の要求に屈して薄田を議員に会わせてしまった。

辰江の発した最後の一言「男が男で、女が女でいられる日本を作るためにも」。今思い出しても、一語一語が絶妙で、実によく考え抜かれた文言である。政治家としての矜持に矛盾しないばかりか、無意識の男性優位主義を表明した薄田のヤクザ的世界観に憎らしいほど迎合している。

あのとき薄田の脳内では、抱《いだ》き合う高倉健と藤純子の如きイメージがシネマスコープで広がっていたに違いない。

おそらくは咄嗟に繰り出されたのであろうその一言は、狙い通り薄田の胸に深々と突き刺さった。まさに〈とどめの一撃〉であったのだ。

それに、何が「喜んで身を引きましょう」だ。身を引くも何も、会うのは今日で二回目で、まったくの他人であるとしか言いようはないというのに。

「まあいいでしょう。とにかく、今後についてはどうなさるおつもりですか」

「今後って？」

「あなたは議員に愛の告白をしたんですよ。見ましたか、錐橋先生の顔。まるで政権与党の総裁に指名されたみたいな顔をしてましたよ」

「それだけ喜んでもらえりゃ、男冥利《みょうり》に尽きるってもんじゃねえのかい」

「これで向こうは今までの百倍はアプローチしてくるでしょう。正体をばらさずに交際なさる自信がおありですか」

「あるわけねえだろ」

竜宮城から帰ったばかりのような、どこか腑抜《ふぬ》けた顔で薄田は、

「運命の出会い、か。そうかもしれねえ。惚れた以上、やることは一つだ」

「あのねえ……」

頭痛がしてきた。

「向こうは政治家で、あなたはヤクザだ。そんなこと、できるわけないでしょう。あなたはご自身だけでなく、錐橋先生をも破滅させることになるんですよ」

突然我に返ったように、いや、新たなる幻想を見始めたように、薄田が別の表情を浮かべた。

「しょせんは一緒になれぬさだめかい」

「そういうことです」

どうやら今度は、鶴田浩二にでもなったつもりでいるらしい。

「辛《つれ》えなあ……これが渡世のしがらみってやつかい」

違うだろうと思ったが口にはしなかった。

その夜、理代子から早速電話がかかってきた。

〈ちょっと、なんなのアレ？　一体ナニ考えてるの？　あたし、頭がどうかしちゃったのかと思ったわ〉

「誰の頭がだい」

〈もちろん私の、いえ先生の、いえいえ、先生はいつもあんな感じだから、やっぱり私か……もうっ、どうでもいいじゃない、そんなこと〉

受話器の向こうで、理代子がひっきりなしにまくし立てる。まるでスピーカーモードになっているかのような大声だった。

〈あんな告白まで飛び出して、先生、もう有頂天よ。薄田さんて、ホントに先生のストライクゾーンど真ん中だったのね。びっくりだわ、あんなタイプがそこまでお好きだったなんて〉

「それに関しては全国民が同意見だろうね」

〈で、どうするの〉

「どうするって？」

理代子は焦れったそうに、

〈先生と薄田さんのことに決まってるじゃない。私、早速デートの段取りをつけるように言われたわ〉

「悪いが、義兄さんは明日から仕事でシンガポールだ」

〈そんな言いわけが先生に通用するとでも思ってるの〉

「全然」

〈だったらどうするの〉

「やめてくれ。今は考えたくもない」

ため息交じりにそう言うと、理代子もまたため息で同意を示す。

〈あ、それとね、先生からあなたに伝言があるの〉

理代子の口調が突然変わった。

〈独自調査の件、早く頼むって〉

一瞬で全身が引き締まる。

あれほど頓狂な恋愛話を繰り広げていながら、錐橋議員は政治に関する本題を少しも忘れていなかったのだ。

「鋭意作業中だ。近いうちに報告できると思う」

〈頼んだわよ。ウチの先生、名前の通り、錐みたいに鋭いから〉

「分かっている」

慄然としながら応じる。

〈でも、あそこまで恋愛感情をオープンにできるって、凄いっていうか、羨ましいと思わない？〉

理代子の口調が元に戻った。

「そうだねえ。じゃあ、これを機に僕から君に一つ提案しよう」

〈なんなの？〉

「あの二人を見習って、僕達もお互い素直になろうじゃないか」

次の瞬間、ブツリと音を立てて電話は切られた。

16

週明けの三月二十三日、社倫党の清河正悟議員から質問主意書が衆議院議長に提出された。

『大蔵省過剰接待疑惑とその調査に関する質問主意書』と題されたそれは、ミスター清廉潔白の異名にふさわしい、社会正義が迸《ほとばし》るような、まことに立派なものであった。質問内容は微に入り細を穿《うが》って、重箱の隅をつつくが如き入念さで以て綿密に仕上げられている。回答には相当な労力が必要とされる代物だ。

受理された質問主意書は、ただちに議院事務局から院内の内閣総務官室に仮転送され、質問主意書の題の通り大蔵省へと送られた。

担当部署は質問内容によるが、文言の用例、過去の答弁との整合性について省庁内の文書担当部局や内閣法制局による審査がある。当然ながら大蔵省においては、大臣官房文書課の関与や確認が不可欠となってくる。

そういうわけで質問主意書を手にした香良洲は、宇宙人の遺した古代文書を発見した科学者の如くに混乱した。

この人は、まさか本気で自分の過去を忘れたのではあるまいか――

そうとでも考えなければ、到底理解し難い厚顔無恥である。ミスター清廉潔白、あるいは歩く修身教科書。その実態は、淫魔も三舎《さんしゃ》を避くる変態にして、ほかならぬ『敦煌』の常連客。

確かに清河は、通常の調査では尻尾の先さえ出ないほど入念な隠蔽工作を施している。自身の悪行がばれることなど金輪際ないとたかをくくっているのだろう。

それにしても、余人ならぬ清河議員が、よもやこんなものを出してこようとは――

彼の正体を知る香良洲は、ひたすら呆れるよりない。

だが職務上、いつまでも呆れてばかりいるわけにもいかない。

質問主意書が提出されると、原則として内閣は七日以内に閣議決定を経て文書で答弁しなければならないのだ。次の閣議は明日の火曜だが、これに間に合わせるのは不可能だ。となると、その次の二十七日の閣議ということになる。

なんとしても、二十七日までに全作業を終えねばならない。

ただちに課長、企画官らと打ち合わせの上、部下達に膨大な仕事を割り振った。大蔵省内部は言うに及ばず、関連各省庁から上がってくる全文書のチェックだ。考えただけで気が遠くなるが、これが大蔵省文書課の通常業務というものである。

「ちょっと外の空気を吸ってくる」

「あっ、はい」

部下の澤井に言い残して部屋を出る。澤井は自身が酸欠でも起こしたような顔で頷いた。実際に文書課室内の酸素濃度は相当に下がっているに違いない。今にも息が詰まりそうな、切迫した空気が室内に充ち満《み》ちていた。

庁舎を出た香良洲は、周囲に人がいないのを確認してから携帯電話の発信ボタンを押した。

「ああ、僕だ。見たよ、質問主意書。一体どういうつもりだい」

〈どういうつもりって、ご覧の通りよ〉

応答した理代子は、あっけらかんとした口調で答えた。

「よく言うね。こっちに独自ヒアリングの召喚リスト作成を頼んでおきながら、あんなものを出してくるなんて。君は僕の役職を忘れたのかい。文書課だよ、文書課。おかげでもう大忙しだ。この分ではリストの作成はかなり遅れることになる」

〈それは困るわ。一日も早くリストをよこせって、ウチの先生、もう朝から晩までうるさくって。もっともその合間には、薄田さん、薄田さんってうわごとみたいに言ってるけど〉

三月の陽気にもかかわらず一瞬で体が冷えた。

「義兄さんの件はひとまず置いとくとしてだね、僕の仕事量を考えてみてくれ。普通の人間にできるものじゃないことくらい、冷酷非情な君にだって分かりそうなものだと思うがね」

〈だってあなた、普通の人じゃないじゃない〉

さらりと酷いことを言う。

「それは認めるよ。だけどね、そもそも清河先生は――」

危うく口を滑らせそうになって、続く言葉を呑み込んだ。

清河正悟の本性については、今ここで言うわけにはいかない。特に社倫党に知られると、切り札としての清河の価値が失われることになる。

〈え？　なに？　清河先生がどうしたっていうの？〉

「……いや、清廉な清河先生だけあって、実に細かいことまでお調べになっているから、その分こっちの作業が膨れ上がってるって言おうとしたのさ」

〈でしょう？　なんと言ってもクリーンさは社倫党の売りなんだから。媚山先生や永沢先生がだいぶ足を引っ張ってくれてるけど、清河先生がいらっしゃる限り我が党のイメージは安泰だわ。現代では女性票は絶対に無視できないし〉

「そうだろうねえ」

こちらとしてはなんとも間の抜けた相槌を打つしかない。

清河正悟が、実は媚山や永沢など足許にも及ばぬ好色漢だと知ったら、理代子はどんな顔をするだろうか。

〈あなた、もしかして笑ってる?〉

「え? まさか」

〈だって、今、確かに〉

自分ともあろう者が油断した。

「気のせいだよ。もしかしたら携帯のノイズかもしれない。この局面で僕が笑っていられるわけないじゃないか」

〈それもそうよね〉

理代子は納得したようだ。

〈ともかく、質問主意書は悪く言えば清河先生のスタンドプレイ。錐橋先生も私も全然知らなかったんだから。ま、知ってても別に止めはしなかったでしょうけど〉

そういう理代子も錐橋議員も、得意技は揃ってスタンドプレイである。

〈だからこっちに責任はないわ。あなたの苦労も分かるけど、ここはなんとか頑張ってちょうだいね〉

通話は切れた。

あまりにいつも通りの理代子でありすぎて、かえって腹は立たなかった。

なんだか少し気が晴れたように思い、香良洲は庁舎へと引き返した。

幕辺主計局長へ渡すリストを作成しつつ、社倫党へ流すバージョンも作成する。加えて、質問主意書についても文書課を挙げて対応する。

とんでもない激務であった。当分は自宅へも帰れそうにない。タスクフォース四人組にも、これまで以上に働いてもらわねばならなくなった。

社倫党としては、破廉恥な汚職官僚を叩いて内外に対し自分達の大義を最大限アピールするとともに、大蔵省幹部の徹底処分を求める。それにより、自民党からもなんらかの譲歩——例えば、そう、所得税の累進課税の強化や自衛隊の縮小などが得られれば儲けもの、というところだろう。

対して自分は、全方位的にカウンターを食らわせる。

さて、どこまでやれるか——

翌る三月二十四日火曜日、与野党の各議員からの資料要求と説明要求が立て続けに来た。

ただでさえオーバーワークであるところへ、さらに仕事が降ってきたわけである。

充分に予想されたことではあったが、実際にそれらが一度に来てみると、向こう百年分の盆と正月の休みを奪われたような気分になる。

具体的な中身はと言うと——

社倫党と同じく、民主党及びその統一会派や共産党からの公開ヒアリング要求。

大蔵省の接待等に関する内規や通達文書の提供及びレク（説明）を求めるもの。

戦後処分された職員とその理由一覧の提供を求めるもの。

大蔵省職員と金融機関のＭＯＦ担との接触履歴の提供。

等々であった。

社倫党の独自調査やヒアリングの実施は、まだ公表されていないにもかかわらず、すでに公然の秘密となっている。漏洩源がこの情報を広めたい社倫党自身であることは疑いを容《い》れない。

うんざりとした思いで室内に設置されたテレビに目を遣《や》る。主に国会中継を視聴するために用意されたものだ。

ちょうど共産党の議員がテレビ局のスタジオで話しているところだった。社倫党のように官僚叩きで目立ちたいという一念がこれ以上ないくらいに伝わってきた。

耐えられなくなって部下に命じる。

「チャンネルを変えてくれないか」

部下の一人がリモコンを操作すると、画面に小沢一郎の顔が大写しになった。

自由党も連立与党の亀裂を促すため、社倫党と歩調を合わせて大蔵省叩きに回りたいのかもしれない。

「もういい。消せ」

命じると同時にテレビは沈黙した。不満を漏らす者は一人もいない。皆黙々と仕事に取り組んでいる。

香良洲もデスクに積まれた書類に向き直った。

これらの資料要求と説明要求にどこまで応じるかは当該議員や政党との関係性次第であるから、まずは自民党を優先する。それが次官以下、大蔵省の総意であった。もちろん香良洲とて異論はない。

現実問題として、すべてに同等の時間と労力を割くことは不可能だ。文書課の職員達も大蔵省存亡の危機であると理解しているからこそ、常軌を逸した激務に耐えているだけである。

大蔵省の文書課は、省内の文書審査対応や国会対応の取りまとめを行なうため、国会対応業務が重なるとすべてが逼迫《ひっぱく》する。そのこと自体は珍しくもないが、今は状況が状況だ。

なんとか二十七日までに――

それは大蔵省全職員に与えられた至上命令であった。

香良洲も泊まり込みで働いた。払暁《ふつぎょう》の自席で、すっかり水気が抜けてパサパサになったサンドイッチを喉の奥に押し込んでいると、回収前の生ゴミをついばむ本物のカラスになったような気さえした。

同様に泊まり込みを続けている部下達に悟られぬよう、〈生贄〉のリストを作成しなければならないのだから、その心労は筆舌に尽くし難いものがある。

そこへさらに、国会答弁の作成というタスクが連日発生した。

事態の性質上、実質的な作成は大蔵省の各部局に割り当てられ、必然的にその取りまとめも文書課が行なうこととなったのである。

段取りとしては、まず議院事務局経由で内閣総務官室並びに関係省庁の国会担当に渡った質問の要旨に応じて、関係省庁と議員の間でレクの調整をする。

次に関係省庁から議員ないし議員秘書へレクを行ない、具体的な質問、及び答弁の大まかな方向性についてコンセンサスを形成する。概《おおむ》ねこの段階で答弁者や答弁作成省庁が決まる。メモ出し、すなわち実質的な答弁作成の協力省庁もこのときに決まる。

そして、答弁作成省庁内で作業の割り振りを行ない、答弁作成をする課や担当を決め、作業を進める。

答弁書の作成が終わったら、省庁の国会担当が議院事務局等へ答弁書を手配するとともに、実際の答弁作成担当部局を中心に答弁者へのレクを行なうという手順である。

複雑にして繁多。権威主義にして形式主義。

これこそが官庁という伏魔殿、否、神殿において厳粛に執り行なわれるべき国家の〈祭事〉であり〈神事〉なのである。

そうだ。官僚とは国家に仕える神官なのだ。

その任務はあくまで崇高にして尊い。この場合、仕える相手は間違っても国民などではない。実体のない概念に仕えるからこそ、人は尊崇の念を抱いてくれるのだ――

頭を振ってその日七本目の栄養ドリンクを開栓する。

馬鹿馬鹿しい。そんなものを軽蔑し、破壊しようとしているのが香良洲圭一という男ではなかったか。

連日の疲労で、どうやら自分までもが大蔵省に渦巻く瘴気《しょうき》に当てられたようだ。

しかし際どいところで我に返った。

こんな生活を続けていると、誰であっても思考が硬直化するはずだ。まるで、官庁という幻影に魅入られた如くに。

官僚という人種の特殊性は、存外そんなところから芽生えるものかもしれない――

香良洲はまたも慌てて頭を振る。

これ以上考えるのはやめた方がよさそうだ。徹夜続きの朦朧《もうろう》とした頭には、どういうわけか、妙な妄念しか湧いてこない。

とにかく今は、眼前の仕事に専念するしかない。

二十四時間働き続けても、仕事は一向に減る気配を見せなかった。

タスクフォースの四人組が、さながら死人のような顔で廊下を徘徊《はいかい》しているのを何度か見かけた。彼らもまた限度を超えた激務をこなしているのだろう。

二十五日の衆院予算委での答弁者は大蔵大臣ということになった。

自由党逆巻《さかまき》議員の質問内容は以下の通り。

――大蔵省の内部調査の内容及び結果、現在までに把握している状況。

――大蔵省不祥事に対する大臣の政治姿勢や責任の取り方。

――当時発行の大蔵省広報誌に不祥事へのコメントがないことへの見解。

――日銀人事と大蔵省人事の癒着についての見解。

――大蔵省職員の天下り規制についての見解。

――大蔵省職員の金銭感覚について。

眺めているだけでもため息が出る。面倒なこと、この上ない。

また香良洲は、関係部局の課長補佐に同行して質問取りのレクに行ったりもしなければならない。

二十六日の参院予算委における共産党相模原《さがみはら》議員への答弁対応のときなどは、銀行局特別金融課の課長補佐に同行した。ほかでもない、タスクフォース四人組の一人、磯ノ目九作である。

「僕はもう駄目だ、香良洲君」

並んで廊下を歩きながら、磯ノ目はそんな泣き言を漏らした。見ると、足取りさえふらついて今にも崩れ落ちそうな様子であった。

「しっかりしろ。君は大蔵省の誇るエリートじゃなかったのか」

ここで倒れられても困るので、心にもない言葉をかけて励ました。

「よくそんな心にもないことが言えるねえ」

うなだれたまま、磯ノ目は恨めしげにこぼす。

「鋭いじゃないか」

「君は僕を馬鹿かうすのろだとでも思ってるんだろう」

「そんなことはないよ」

「また心にもないことを」

「やっぱり鋭いよ」

「誰だって知ってるよ、君の性格くらい」

「そりゃ光栄だね」

「例のミッション、極秘リストの件だ、あれがなけりゃ少しは楽だったのに……全部君のせいだ。僕はもう三日も寝てないんだぞ」

どこまで行ってもきりがない。

「よく聞け、磯ノ目」

立ち止まって磯ノ目の両肩をつかむ。

「寝てないのは君だけじゃない。それに元はと言えば、僕は君達に頼まれて協力してるんじゃないか」

「今のこの状況は僕達のせいじゃない」

「そうかもしれないが、今が大蔵省危急の折だってことくらい、君にも分かるだろう」

「ああ」

「大蔵省が吹っ飛べば、ノーパンもあんパンもないんだぞ」

「クリームパンは？」

つまらない返しに、愕然として相手を見つめる。その虚ろな目に生気はまったく感じられない。

こいつはまずい――

香良洲は説得の方針を変えることにした。極力優しい口調で囁《ささや》きかける。

「なあ磯ノ目君、今さえ乗り切れば君の立場は安泰だ。それだけじゃない、事が済んだ暁には、君達タスクフォースは大蔵省の救世主だ。大逆転の大出世だよ。そのためにも、ここはもう少しだけ踏ん張ってくれ」

およそ官僚にとって、「出世」の囁きは最大のカンフル剤にほかならない。

「本当か、本当に出世するのか」

案の定、なんの根拠もない甘言に磯ノ目はたやすく食いついてきた。

「ああ、本当だ。しかし、課長補佐の職務さえまともに果たせないようでは到底無理だがな」

「分かった」

背筋を伸ばして襟首に手を遣り、ネクタイを締め直した磯ノ目は、気力を取り戻したように歩き出した。

「さあ、行こう、香良洲君」

「うん。さすがは大蔵省の誇るエリートだ」

心にもないことを囁きかけつつ、再び歩を進めたのであった。

同日の夕刻から夜にかけては、同様に三枝均銀行局調査課課長補佐、最上友和証券局証券業務課課長補佐のレクに同行した。

両名とも、磯ノ目ほどではなかったが、それぞれ酷いありさまだった。

「少し痩せたんじゃないか」

三枝にそう言うと、

「この修羅場だ、誰だって痩せるよ。むしろ、少しも変わらない君の方がどうかしている」

と返された。人並みに疲弊しているつもりであった香良洲は、なぜか少々むっとした。

反対に、小太りの最上は顔がむくんで以前よりも太って見えた。息を切らせながら庁舎の階段を上っている最上に、「太ったねえ」とは言えなかった。

かくして、さまざまな国会対応、議員対応をこなしつつも、清河議員の質問主意書への答弁書作成を二十七日の閣議に間に合わせることができたのである。

疲労困憊《こんぱい》して自宅マンションに帰り着いたとき、携帯に着信があった。

理代子であった。

玄関で靴を脱ぎながらボタンを押すと、こちらの応答を待たずにいきなり理代子の声が飛び込んできた。

〈例のリスト、まだなの？ 私は催促なんてしたくないんだけど、ウチの先生が早くしろ、早くしろって、もううるさいのなんの〉

「待ってくれ理代子、僕はたった今――」

〈あ、それから、薄田さんの方もよろしくね。先生、そろそろ我慢の限界だから〉

「えっ、さすがにそっちは」

〈これ以上放置しとくと『国会に香良洲を呼べ』とか言い出しかねないから、ウチの先生〉

「冗談じゃない」

〈そう、冗談じゃないの。ウチの先生って、さすがにあり得ないよねーと思ってても、やると言ったらホントにやる人だから。じゃ、よろしくね〉

「ちょっ、待っ、理代子――」

喋るだけ喋った理代子は、香良洲の話などまるで聞かずに通話を切った。

携帯電話を握り締めたまま、玄関に倒れ込む。もうなんの気力も残っていなかった。

掌の中で再び携帯が振動した。

倒れたままボタンを押すと、今度は鼓膜全体にドスの利いた重低音が響き渡った。

〈おう、俺だ。征心会の薄田だ。すまねえがちょいとばかり聞いてくれ。今日、組の事務所で若い衆とテレビ観てたんだがな、いきなり錐橋の姐さんが大写しになったじゃねえか。そりゃ姐さんは政治家だからテレビにも出るだろうぜ。だけどよお、いきなりってのは困るじゃねえか。芯からいい女ってのは、本当にテレビ映えするもんだなあ。姐さんの顔を見つめてるとよ、どういうわけか胸のあたりがこう、キューーッとなっちまってさ、俺はたまらず胸を押さえて呻いちまった。何年か前に脂田《あぶらだ》組のチンピラから鉛弾を食らったときだって、こんなに痛くはなかったぜ。若い衆がもうびっくりしちまって、『兄貴、救急車呼びましょうか』とか『切妻連合に毒でも盛られたんじゃないですか』とか……おい、聞いてんのかよコラ〉

ちょいとばかりでは到底ない怒濤《どとう》のようなのろけ話の連続に、香良洲は無言で携帯を切った。

ただでさえ残量ゼロであった気力がマイナスレベルに突入した。これ以上食らったら命に関わる。最後の気力を振り絞ってのろのろと指を動かし、携帯の電源を切ろうとした寸前――

またも着信があった。

呻きながら携帯を耳に当てる。

〈香良洲君かね〉

瞬時に脳が覚醒していた。

この声は――幕辺主計局長だ。

跳ね起きながら返答する。

「はっ、香良洲でございます」

〈質問主意書だけでも大変だというのに、あれだけの案件をよくさばいてくれた。さすがは香良洲君だ。私が見込んだだけのことはある〉

「いえ、職務を果たしたまでです」

〈謙遜はいい。とにかくご苦労だった〉

「ありがとうございます」

〈ところで、前に依頼した例のリストだが〉

「鋭意作成中です。国会対応のため予定よりは少し遅れておりますが、もう間もなくお目にかけることができるでしょう」

〈そう言ってくれると思った。では、楽しみにしているよ。ああ、すまない、君には楽しい仕事ではなかったろうがね〉

「省のためです。誰かがやらねばならぬ仕事ですから」

〈心強いな。その調子でよろしく頼む〉

通話を終え、香良洲は握り締めた携帯を無言で見つめる。

まるで見計らったように主計局長は念押しを加えてきた。握った手綱を決して緩めまいとする計算が透けて見える。

消滅していたはずの気力がわずかに甦《よみがえ》ってくるのを感じる。

この人を相手にして、気を抜いていられる余裕などありはしないのだ――

三月三十一日、火曜日。その日の公務を終えた香良洲は、日暮里《にっぽり》の居酒屋『はね喜与』でタスクフォース四人組と落ち合った。

新橋の半蔵酒房と同じく、大衆的だが奥に個室の座敷がある店だ。

尾行などがついていないか、今回は各自が最大限に用心している。集合時間もあらかじめ打ち合わせ、ずらすように気を配った。

自分達が手を組んでいることは、すでに正体不明の何者かに知られている。無用な配慮であるとも言えたが、何事も用心はしないよりした方がましだ。

奥の座敷に集合した五人は、それぞれ持ち寄ったリストを突き合わせて入念に検討する。

「よし、これでいいだろう」

リストの束から顔を上げた香良洲が判定を下す前に、四人は全員が畳の上にひっくり返っている。

それに構わず香良洲は続けた。

「これらを元に、幕辺さんに渡すバージョン、社倫党に流すバージョンを今夜中に仕上げる。それは僕の方でやるから心配するな」

横になったまま三枝が呆れたように言う。

「君は本当にタフだな、香良洲」

「そんなことはない。僕だってだいぶ参ってるよ」

「全然そうは見えないけどね」

「どれだけ苦しくとも外見に出さないのが官僚の心得というものだよ」

「官僚の心得って……おまえが言うと途端に説得力がなくなるな」

そう漏らしたのは、やはり倒れたままの登尾だ。

「おまえは日頃から官僚を……駄目だ、もう頭が動かない。限界だ」

登尾は途中で目と口を閉じ、黙り込んだ。

「では僕は早速取りかかるとしよう。君達は時間を空けて帰ってくれ。ご苦労だった」

四人は誰も返事をしない。磯ノ目など、すでに寝息を立てている。

無理もないと香良洲は思った。自分も参っていると言ったのは嘘ではない。この数日の激務は、それほど過酷なものだった。

自分達の将来が懸かっているとは言え、お調子者揃いの四人組がよくここまでやってくれた――

香良洲はそれ以上何も言わず、そっと店を後にした。

もちろん勘定などは払わずに。

翌四月一日、香良洲は幕辺に二通の封筒を差し出した。

「ご依頼のリストです。一通はコピーが入っています」

専用の椅子に座したまま、無言でそれを受け取った幕辺は、両方の文書に一通り目を通してから顔を上げた。

「完璧だ。よくやってくれた」

一通を手許に残し、もう一通を香良洲に返す。

「後はこれを社倫党に流すだけだな」

「抜かりはありません。すでに手筈は整えてございます」

手筈と言っても、単に理代子に渡すだけなのだが。

「では、私はこれで」

一礼して退室しようとした香良洲に、幕辺は見すましたように声をかけてきた。

「ああ、香良洲君」

「なんでしょう」

「この前、難波次長が新橋で面白いものを見かけたそうだ」

やはりそうか——

覚悟を決めて、何食わぬ顔で聞き返す。

「面白いものと申しますと」

「君だよ」

「私、ですか」

「そうだ。遠くから居酒屋に入る後ろ姿を見かけただけで、難波君はどうにも確信が持てなかったそうだ。それでしばらく外から様子を窺《うかが》っていると、銀行局の三枝君と磯ノ目君が連れ立って同じ店に入っていったと言うじゃないか」

無言電話の主は難波次長か——

「三枝君と磯ノ目君は学生時代、同じ下宿にいたものですから、今でも旧交を温めている次第です」

「それは私も知っている。麗しい友情だ。黙って見守っていればいいものを、難波君はよほど疑心暗鬼に陥っているようだね。私からも叱っておいたよ。無粋なことをするもんじゃないと」

「ありがとうございます。お気遣いに感謝致します」

「これからもよろしく頼むよ。大蔵省と、私のために」

「微力を尽くします。それでは、失礼致します」

主計局長室を出て、文書課に戻る。

香良洲は己の顔が蠟《ろう》よりも蒼白く変化するのを自覚していた。

何もかも見抜かれている――

こちらには秘密にしておけばいいものを、承知の上で威嚇してきたのだ。抑止的先制攻撃というやつか。

もしかしたら、自分は敵にすべきではない男を敵にしてしまったのかもしれない――

同日夜、香良洲は南青山の『蔦《つた》珈琲店』で理代子と落ち合った。骨董《こっとう》通りと青山学院の間、通称アイビー通りの奥にある店で、蔦の絡まるファサードが趣深い。

「こんな時間だから、レストランで夕食にしてもよかったのに」

約束通り午後七時に現われた理代子にそう言うと、彼女は無表情で向かいに座り、

「別にデートじゃないんだから。あなたとは完全に仕事の関係。勘違いはしないでね」

「少しは君も錐橋先生の情熱を見習ったらどうだろうね」

からかい口調で言った途端、それだけは錐橋議員に負けない視線で睨みつけてきた。

これ以上よけいなことは言わない方が無難なようだ。

二人揃ってコーヒーを注文する。この店の自慢は直火で自家焙煎《ばいせん》したブラジルサントスNo.2だ。

「ウチの先生、あれから毎日もう大変なのよ。二言目には『薄田さん、薄田さん』ってのろけっぱなし」

「実はこっちも似たようなものさ。仕事中に何度も電話がかかってきて『岩下志麻を超えられるのは錐橋の姐さんしかいねえ』とか」

「先生は女優じゃないし。そもそもどうして岩下志麻なの?」

口が滑った。理代子は薄田の〈本業〉を知らない。

幕辺の前で味わった緊張の反動で、気が緩み切っていたせいか。

「似てなかったっけ? 錐橋先生と岩下志麻って」

「全然似てないわよ。そんなことより、例のものは」

ほっと胸を撫で下ろす。特に気づかれた様子はない。

「心配するな。ちゃんと持ってきた」

「予定では昨日までに用意するはずだったじゃない」

「質問主意書なんか出したりしておいて無茶を言うなよ。たった一日遅れで仕上げられたのが奇跡みたいなものだ」

「弁解はいいから、早く出して」

鞄から封筒を出して渡す。パンスキ官僚リストの社倫党用バージョンだ。

中に入っている召喚候補者のリストを理代子が検《あらた》めている間に、香良洲は運ばれてきたコーヒーを口に運ぶ。酸味と苦味のバランスが絶妙だが、今夜に限って酸味の方を強く感じる。それは取りも直さず現実の酸っぱさだ。

やがてリストを封筒に戻し、自分のバッグに入れた理代子がカップに手を伸ばす。

「間違いないようね。ご苦労様」

コーヒーを一口含んで、怪訝そうな表情を見せた。

「どうしたの」

「このコーヒー、前に飲んだときよりなんだか少し酸っぱい気がして」

「へえ、君もかい。やっぱり元夫婦だなあ。味覚も息もぴったりじゃないか」

「やめてよ。今度は苦く感じてきたわ」

言葉の通り、苦々しげに理代子はカップを置いた。

「そうそう、この前あなたにもらった写真ね、先生、とても気に入って、事務所の壁に飾ってたわよ」

「そうかい……ええっ！」

今度は香良洲が音を立ててカップを置いた。

「この前の写真って、まさか、赤坂の銀輪飯店で撮った……」

「決まってるじゃない。それがどうかしたの」

なにしろ日本最大の広域暴力団幹部と一緒に写っている写真だ。議員本人は気づかなくても、事務所に出入りする客の誰かが目に留める可能性は大いにある。

我ながら信じられない迂闊さだった。

あれだけ催促されていたのだから、写真を渡すのはやむを得ないとして、人目につかない場所へしまっておくように何か口実を設けて言い添えるべきだった。

「ねえ、どうしたのよ」

理代子は不審そうに訊いてくる。

「実はね、一緒に写ってる絵里のことなんだ」

「絵里って、あなたの愛しくてかわいいフィアンセの？」

「こんなときに皮肉はやめてくれ。彼女がジャーナリストだってことは言ったよね？」

「聞いたような気もするけど、聞かなかったような気もする」

「まあいい。ともかく、彼女は独自に社倫党の周辺を調べているらしいんだ。いやいや、錐橋先生のことじゃない。先生が身も心も立派な方だっていうことは皆が知ってる。しかし、万が一、絵里が社倫党にとって不利なことを探り出した場合、その漏洩源として錐橋先生が疑われる危険がある」

「えっ、じゃあ……」

「そうだ。あの写真は、すぐに引き出しの中にでも隠しておいた方がいい」

「そうするわ」

頷いた理代子は、しかしすぐに顔を上げて、

「……ちょっと待って。絵里さんて、確かあなたの手伝いをしてるって言ってたわね？　だとすると、社倫党を調べさせてるのはあなたじゃないの」

その眼光にはいつもの鋭さが宿っていた。

僕の元妻だけはある――香良洲は内心で感心し、また同時に舌打ちする。

「だから『独自に調べてる』って言ったじゃないか。僕がそんなことやらせるはずがないだろう」

「だとしても、あなたのかわいい婚約者じゃないの。あなたから言い聞かせてやめさせることだってできるんじゃないの」

「かわいいはよけいだ」

「あなたのかわいくない婚約者じゃないの」

嫌味に言い直してきた。だが気にしている場合ではない。

「僕が何を言ったって、絵里は聞くような女じゃない。どういうわけか、僕と付き合おうって女性はそういう人ばっかりなんだ」

皮肉で返すと、さすがに理代子も鼻白んだ。自分がそういうタイプであることを、少なくとも自覚はしているようだ。

理代子は何事か考え込みつつコーヒーを再び口に運んだ。

「ねえ、すると、先生と薄田さんが付き合うのも危ないんじゃないの。なんと言っても、薄田さんは絵里さんのお兄さんなんだから」

「そういうことになるな」

「大変だわ」

理代子が今さらのように目を見開く。

「絵里さんが何を調べてるのか知らないけど、なんとかしてやめさせなきゃ」

「先生と薄田さんを引き離すって手もあるんじゃないのかい？　どのみち今の先生は恋愛にうつつを抜かしている場合じゃないだろう。やましいことがなくったって、昨今のマスコミは何を書き立てるか分かったもんじゃないよ。フライデーやフォーカスに『錐橋辰江、少壮実業家と秘密交際』とか書かれでもしたら……」

「それはそうなんだけど、先生がそれで薄田さんをあきらめてくれると思う？」

「まったく思わない」

「だったらやっぱり絵里さんの方をなんとかしなきゃ」

「そうだなあ……」

香良洲は首を傾げつつ理代子を横目に見て、

「まあ、なんとかやってみるよ」

「お願い。まずは絵里さんが何を調べてるのか、それを突き止めなきゃ」

「え、どうして？」

見当はすでについているが、あえてとぼける。

「具体的に何かまずいことがあるのかい、社倫党に」

「いいえ、そういうわけじゃないんだけど……」

理代子は不自然に言葉を濁した。

おそらく社倫党も身内にパンスキ愛好家を抱えていることを察知しているのだろう。

だが、それが清河正悟であるとまでは知らないはずだ。

これは、うまくいけば社倫党をいいように引っかき回す材料になってくれるかもしれない——思わぬ成り行きに、香良洲は密かにほくそ笑んだ。

しかしうわべはあくまで本心とは正反対に、

「ともかく、できるだけのことはやってみる」

「ありがとう。恩に着るわ」

立場上、理代子はしおらしく頭を下げる。

「そうと決まれば……」

コーヒーを飲み干して、香良洲は言った。

「とりあえず、夕食でも食べながら一緒に善後策を協議しようじゃないか」

17

四月二日。社倫党の定例会見の場において、大蔵省過剰接待問題について独自調査を行なってきたこと、また翌日の三日より大蔵省幹部職員に対する公開ヒアリングを実施することなどが発表された。

社倫党の目論見《もくろみ》通り、その日の夕刊や夜のニュースで大々的に取り上げられ、大きな話題となった。いつの世も、政治家や高級官僚、財界人や芸能人が叩かれるのを、大衆はことのほか喜ぶものである。その場合、容疑の確実性は往々にしてさほど問題とはされない。

なんでもいいから普段偉そうにしている奴らが酷い目に遭っているところを見物したい――ありていに言えばそんなところであろうか。

いよいよ以て社倫党の思惑通り、世間の注目は集まった。後はせいぜい派手にショーを進行させるだけである。

大蔵省内でも、職員達の話題は社倫党のヒアリングで持ちきりだった。

――一体誰が呼び出されるのか。

――発表された官房長、文書課長、秘書課長は職掌上当然としても、ほかには誰が。

――課長級以上なのは間違いないだろう。

――○○課の○○さんだと聞いたぞ。

――いや待て、俺は××課の××さんだって聞いた。ああ、確かだ。

――それだと△△さんが呼ばれないのはおかしくないか。

寄ると触ると、そんな噂で持ちきりだった。庁舎の外と違うのは、内側で話している者達の顔に、明るさが微塵もないという点である。

なにしろ明日は我が身どころか、自分がいつ呼び出されてもおかしくない状況なのだ。そんなやましさを抱えている者ばかりであるから、フランス革命勃発時の貴族よろしく、戦々恐々とした思いでいるのだろう。

唯一、香良洲とタスクフォース四人組のみが例外だった。ヒアリングの召喚リストを作成したのは自分達であるから、優雅にして無責任な立場にいられるわけである。

そもそも香良洲がノーパン接待を受けていないことは周知の事実なのだ。一人だけ涼しい顔をしていても内通を疑われる心配はない。

しかし、である。いかに変人で通っているといっても、あまりに平然としすぎていると後で文書課長に恨まれる可能性が生じてくる。そうなると今後の工作がやりにくくなるから、「榊課長、大丈夫だろうかねえ」などと、文書課員の前で上司の心配をしてみせたりした。同じ注意は四人組にも伝えてある。

もっとも、香良洲には部下達とそんな噂話をかわしている暇がさほどあったわけではない。澤井や野口《のぐち》といった主だった部下達とともに榊文書課長に呼び出され、公開ヒアリングに備えた突貫の想定問答を繰り返した。要するに、ヒアリングでボロを出さないためのリハーサルである。一分の隙なく受け答えできるようになるまで何度でも繰り返すのが常道だ。実を言うとこれが結構キツい。答える文書課長もキツいだろうが、社倫党幹部の役に徹して質問攻めにするこちらも相当にツラい。何事も我が身のため、ひいては大蔵省のためと思って、双方歯を食いしばってやり抜くしかない。

その間にも、香良洲は田波《たなみ》次官や幕辺主計局長ら最高幹部の間を調整に走り回っている。

田波耕治《こうじ》大蔵事務次官は、今年一月、大蔵省改革のため内閣官房の内閣内政審議室長から次官に抜擢されたばかりである。本来ならば同期の涌井洋治《わくいようじ》前主計局長が次官候補と見なされていたのだが、ほかでもない一連の大蔵スキャンダルにより失脚した。田波次官の背負わされた重荷のプレッシャーには相当なものがあるに違いないと、香良洲さえも密かに同情しているほどだった。

大蔵省内外のそうした騒ぎのうちに日は改まり、いよいよヒアリングの当日を迎えた。


会場に選ばれたのは社倫党中央本部の大会議室であった。

正面の雛壇には、社倫党党首槌谷ルリ子、副党首八重垣鎮《やえがきまもる》、同大縄斉《おおなわひとし》、幹事長佐方一公《さかたかずとも》、国会対策委員長三田新平《みたしんぺい》ら錚々《そうそう》たる面々が睨みを利かせている。

彼らに次ぐ席には、錐橋辰江を筆頭とする、いわゆる『槌谷チルドレン』の若手議員。そして各議員の関係秘書が背後に居流れている。花輪理代子の顔もその中にあった。隙のない服装にメイク。ノートと書類の束を抱えた立ち姿も実に決まっていて、数多い秘書の中でも、理代子はいかにも〈デキる〉自分をアピールしていた。

香良洲の作成した極秘リストに従って召喚された大蔵省の面々は、ある者はヒキガエルよりも苦々しく不快げな、またある者はネズミよりもおどおどと不安げな表情を露わにして別室に待機している。

香良洲は澤井と野口を指揮してそうした面々の間を回っては最後の調整に努めた。

もちろん幕辺主計局長は召喚リストには入っていない。

こんなヒアリングはしょせん社倫党のパフォーマンス、言うなれば大いなる茶番でしかない。

もうしばらくお待ち下さい、幕辺さん――

今はこの茶番を乗り切ることが第一だ。

控室のドアが開き、理代子が一切の感情を消した顔を出した。

「お待たせ致しました。春埜《はるの》官房長、お入り下さい」

でっぷりとした官房長が立ち上がって隣室に向かう。どうやら偉い順に呼び出されるようだ。

陪席する香良洲は落ち着いた足取りで官房長に従う。

「本日はお運び頂きありがとうございます、春埜官房長。どうぞそちらにおかけ下さい」

言葉遣いだけは丁寧に、副党首の八重垣議員が中央の椅子を指し示す。

官房長は殊勝な態度で指定された椅子に座った。客観的に見て、法廷の被告席としか言いようはない。もっとも、正面に控えた面々の面構えを見ると、地獄の閻魔庁と言った方がより適切かもしれなかった。

後方の壁際に陣取ったマスコミが一斉にフラッシュを焚《た》く。それ自体が地獄の刑罰であるかのようだった。官房長は眩《まぶ》しそうにしきりと目をしばたたいている。

「早速ですが春埜さん、あなたは銀行をはじめとする金融機関から常識の範囲を超える接待を受けたことがありますか」

国会ではないので、前置きを抜きに八重垣が質問を発した。今日は彼が進行役らしい。

「常識の範囲と申されましても、人によって基準が違います。もう少し定義を明確にして頂けますと助かります」

「ではもう一度お伺いします。銀行その他の金融機関の担当者と一緒に、高額な飲食店、または風俗店に行ったことはありますか」

「金額にして何円くらいからが高額なのか、人によって基準が違います。もう少し定義を明確にして頂けますと助かります」

「初手から牛歩戦術かっ」

八重垣と同じ副党首の大縄議員が怒声を発した。国会なら無数の野次が飛んでくる局面である。

「とんでもございません。私は普通の速度で歩いて参りましたし、滑舌もはっきりしているものと自負致しておりまして、このたびのヒアリングのつつがない進行を」

「それが牛歩戦術と言うんだ、バ……」

バカヤロー、と言いかけて大縄は慌てて言葉を呑み込んだ。詰めかけたマスコミの前でそんな罵声を発したら逆効果である。趣旨に反して社倫党の印象が悪くなってしまう。

激しやすい大縄を横目で睨み、八重垣が再びマイクに向かった。

「春埜官房長、あなたも状況は理解しておられるものと推察します。国民の怒りは、大蔵省職員に対する銀行の過剰接待に向けられている。それくらいお分かりでしょう、ねえ？」

「は、おっしゃる通りかと存じます」

「なのに、何円くらいが高額かなんて、単なる時間稼ぎにしか思えません」

「申しわけございません」

官房長はひたすら下手に出るばかりである。世論が自分達の一挙手一投足に向けられていることを充分に自覚しているのだ。少しでも反論しようものなら、たちまち怒りの嵐が吹きつけてくるだろう。

「で、行ったんですか、それとも行かなかったんですか」

「職務上、就業時間を超えて打ち合わせを行なう必要は多々ございまして、風俗店は記憶にございませんが、飲食店は行ったことがございます。しかし、そこが高額であったかどうかまでは判然と致しません」

突然、錐橋議員が口を挟んだ。

「それはつまり、自分では払っていないから分からないということなんじゃないですか」

さすがに鋭い――

香良洲は唸った。質問を発するタイミングも絶妙だ。若手議員の不規則発言を誰もとがめようとしないのは、社倫党の面々も感心している証拠であった。

「はあ、いえ、その……」

「どっちなんですか」

「そういうことになりますかねえ？」

「こっちに訊いてどうするんですか、官房長。要するに、あなたは銀行と一緒に飲食店に行った、しかし金は払っていないから金額は分からない。そういう理解でいいんですね？」

錐橋議員は一片の容赦も情けもなく畳みかける。

「はい」

思わず肯定してしまった官房長には、香良洲は同情も失望も感じない。官房長の性格や特質は把握している。しょせん春埜は錐橋の敵ではない。

官房長をあえて召喚したのは社倫党独自の判断である。香良洲は官房長を召喚候補者リストには加えていなかった。にもかかわらず呼んだということは、社倫党にとっては真偽も善悪もともにどうでもいいということだ。そこにあるのは、ただマスコミに対する社会正義のアピールである。

官僚と政治家。どちらも屑《くず》だ。その時々で、勢いの優劣があるだけだ。

だからどちらにも肩入れしない。そしてそれをどちらにも知られてはならない。官房長の首筋に暑苦しい脂汗が伝うのを、香良洲は冷ややかに見つめるのみである。

「ありがとうございます。飲食店については分かりました」

八重垣が話を続ける。

「それで、風俗店についてはどうなんですか」

「風俗店と申しましても、いろいろと種類がございまして、その、どういう店を指しておられるのか……」

大縄の舌打ちが、一際大きく会場に響いた。

誰もが同じ気持ちであったろう。おそらくは無意識的に、春埜は同じ話法を繰り返してしまっている。

そのとき――

「ノーパンよ」

突然場内に大音声が轟き渡った。

党首の槌谷ルリ子であった。

恰幅《かっぷく》のいい春埜より大きな拳で机を叩き、

「ノーパンに決まってるでしょう。ネタは上がってるんだから。アンタね、いいかげんに観念なさい！」

居合わせた者全員が息を呑む大迫力。これは怖い。東大法学部卒のエリートにして大蔵省現役幹部の春埜官房長が、校長に叱られた小学生のように震え上がっている。

「ノーパンに行ったのか行かなかったのか。イエスかノーで答えなさいっ」

「ノーッ！」

官房長は絶叫した。

山下奉文将軍顔負けの迫力で「イエスかノーか」と迫られて、そのまま「ノー」と英語で答えたのは笑うしかないが、少なくとも否定したのはさすがであった。

「そう、あくまでもシラを切るってのね」

槌谷党首はポキポキと両手の指を鳴らした――ように見えた。

「じゃあ、アンタはノーパンすき焼き店の存在を知らなかったって言うの？」

「はいっ」

「おかしいじゃない、大蔵省で大人気だったっていうお店なんでしょう。中には毎週のようにＭＯＦ担におねだりして通ってた職員もいたって聞いてるわ。それをアンタは知らなかったって言うのね？」

「その通りです」

「だったらねえっ」

槌谷ルリ子が仁王の如く立ち上がった。同時にマスコミ各社のフラッシュが盛大に閃く。

「アンタは省内のことも部下のことも、まるで把握してなかったってことになるじゃないの！　アンタ、それでも官房長なのっ！」

もの凄い勢いで怒鳴られて、官房長は椅子ごと後ろにひっくり返りそうになった——と言うと大げさだが、少なくとも眼鏡に槌谷ルリ子の唾が何滴か付着したのは確かであろう。

「なってない！　何もかもメチャクチャ！　もう支離滅裂！　こんなことだからノーパンナントカなんて店が流行《はや》るんだわ！　よりにもよって国民の税金を預かる大蔵省が連日連夜ノーパン三昧！　それを上司が知らぬ存ぜぬとシラを切る！　アンタね、それで通ると思ってんのっ」

稀代の女傑と称される槌谷ルリ子の面目躍如。大蔵省幹部の吊し上げを期待してやってきたはずのマスコミの心情も、犯人、いや官房長への同情に傾きつつあるようだった。

「官房長ね、槌谷先生が申しました通り、ネタは上がってるんですよ」

錐橋議員が手にした文書の束を突き出して、

「我々社倫党が独自調査を行なったことはすでに公表しております。その調査結果がここにある。接待と称する破廉恥行為でノーパンに行っていたのは果たして誰か。ほぼ全員じゃないですか、大蔵省の。これでもまだとぼけるって言うんですか。よしんば本当に知らなかったとしても、組織管理を司る官房長として怠慢極まりないと言えるんじゃないですか」

槌谷ルリ子の迫力に対し、錐橋辰江は舌鋒《ぜっぽう》の鋭利さで迫る。槌谷チルドレン筆頭の呼び声が高いのも頷ける。

錐橋議員が持っているのはおそらく香良洲が渡したリスト、もしくはそれに手を加えたものだ。彼女はこれ見よがしに文書を誇示しながらも、その中身は見えそうで少しも見えない。賢明にも意図的に見せないようにしているのだ。見せたが最後、その情報源を追及されるのは必至だからである。

そういうところまで心得ているのか――

安心すると同時に、香良洲は錐橋議員の頭の切れを改めて痛感した。

春埜官房長の次に榊文書課長、その次に青野《あおの》秘書課長と、召喚された十余名の大蔵幹部が次々と引き立てられ、ヒアリングという名の公開処刑に晒された。

彼らはいずれも、再起不能に近いようなダメージを受け、澤井や野口らに抱きかかえられるようにして退室した。それを見送るマスコミの視線もまた、彼ら高級官僚の心に拭えぬトラウマを残したに違いない。なぜなら、怒りならまだしも、マスコミの視線にははっきりと憐憫《れんびん》の情が覗いていたからであった。

真実はひとかけらも明らかにならなかったが、かくしてマスコミは大ネタを仕込み、国民は溜飲《りゅういん》を下げ、社倫党は大いに株を上げることに成功したのである。

庁舎内の執務室でテレビのスイッチを切った幕辺主計局長は、内線電話のボタンを押した。

間もなくやってきた難波次長に、幕辺はごく平静な口調で言った。

「観たか」

何を観たかとは訊かない。そんなことも察せられぬようでは〈失格〉だ。

「はい、あちらで」

難波は即答した。

幕辺は黙って引き出しを開け、封筒を取り出した。香良洲の作成したリストの入っている封筒である。

「錐橋辰江の持っていた書類、あれはおそらくこれと同一の物だろう。いや、まったくの同一ではないな。たぶん多少の相違点が含まれているはずだ」

難波は怪訝そうに顔を上げる。

「香良洲に情報を流すようお命じになったのは局長では……」

「テレビ画面の隅に映っていた香良洲は、心から春埜達をフォローしているようには見えなかった。むしろ楽しんでいるようにさえ見えた。テレビというものは時に肉眼では捉えられない真実を映してしまう。今回がまさにそれだよ」

「どういうことですか」

「香良洲は社倫党と通じているということだ」

「まさか」

「確かに私は香良洲に社倫党へ流すリストの作成を命じた。香良洲ほどの男だ、その意図を正確に理解したことは間違いない。しかし今回召喚されたメンバーを見たまえ。この件のキーマンをピンポイントに狙い撃ちしている。社倫党が独力で短期間にここまで正確に特定できるものではない。多少のズレはあるが、問題はそのズレが絶妙にすぎることだ。考えすぎかもしれないと思っていたが、中継を観て確信した。奴は二種類の異なるリストを用意して、その一つを社倫党に渡したのだ。もっとも、春埜だけは社倫党が客寄せパンダとして指名したのだろうがな」

　絶句している難波に向かい、幕辺は冷徹に命じた。

「香良洲と社倫党の接点を探れ。早急にだ」

「それでしたら、奴の離婚した元女房は――」

「錐橋辰江の秘書だと言うのだろう？　それくらいは把握している。しかし、その女は香良洲に愛想を尽かして離婚したはずだ。元の亭主よりも自分の出世を取るような女だ。

何かある。きっと我々の知らない何かがな」

「分かりました」

直立不動の難波に向かい、

「いいか、この前のようなヘマはするなよ」

「あれは……我ながら迂闊でした」

難波が恥辱に頰を染める。

新橋で香良洲らしき人物が半蔵酒房に入っていくのを偶然見かけた難波は、香良洲であることを確認するため、近くの公衆電話から店に電話を入れたのだ。

幕辺から「くれぐれも相手に気づかれぬように」と念を押されていたにもかかわらず。

「奴らが店を出てくるまで見張っていればよかったんですが、第一ホテル東京で外せない用があり、どうしても……」

「済んだことだ」

くどくどと続く難波の弁明を、幕辺はごく簡潔に断ち切った。

〈済んだこと〉を逆手に取って、香良洲には先制の一手を放っておいた。味方の失策を攻撃の手に変える。それが戦い方というものである。

足早に退室していく難波の背中は、やはり大蔵省全体を背負えるほど大きくはない。

難波は小物だ——だが香良洲は——

香良洲は思っていた以上に悪質だ。このままでは大蔵省にとって悪性の癌細胞となる。放置しておくわけにはいかない。

幕辺は独り、微笑みを浮かべながら考えた。

癌も時には薬になる。毒性が強ければ強いほど。問題は、手術で摘出するその時期だ。

執刀は、もちろん自分が務めよう——

18

香良洲にも人並みに幼少期の思い出はある。

小学校二年のとき、クラスの誰かが掃除をサボり、担任の教師からクラス全員が酷く叱られたことがある。低学年の児童にも容赦しない厳しさで有名な先生であり、女子だけでなく、男子にもたまらず泣き出した者がいたほどだった。普段は賑《にぎ》やかなクラス全体が悄然となったあのときの空気は、今でもなぜか鮮明に思い出せる。

現在の大蔵省を包む空気がまさにそれだった。

誰も彼もが俯いて、蹌踉《そうろう》とした足取りで幽鬼の如く省内を徘徊する。「幽霊なのに足取りとはこれ如何《いか》に」と、香良洲一人が他人事のようにうそぶいていられるのは、あらゆる体験の記憶を現在にフィードバックできる頭脳のゆえかもしれなかった。

社倫党による公開ヒアリングとそのメディア中継は、それほどまでに大蔵省のエリート達を打ちのめした。長年意趣返しの機会を待っていた社倫党にとっては、まさに本懐といったところであろう。

だが本番はこれからだ——香良洲は自らを引き締める。

今回のヒアリングで世論の感触を得た社倫党は、いよいよ本腰を入れて大蔵省追及に乗り出してくるだろう。香良洲にとって、それはある意味好都合でもあり、同時にまた不都合でもある。大蔵省が完全な機能不全に陥ってしまっては本末転倒であるからだ。

「まあ、世間は大蔵省を叩けば喜ぶわけですから、今のところは社倫党を応援してますけど、別に政策を支持してるってわけでもありませんしねえ。一旦何かあると、コロッと掌を返すのが世間てもんだし」

ビールのジョッキを傾けながら、絵里がやたらと常識的なことを言う。

四月五日。日曜日の渋谷は若い男女で大いに賑わっていた。今朝になって絵里から急に連絡があり、香良洲は宮下公園に近い大衆割烹《かっぽう》で彼女と落ち合ったのだった。以前に絵里と入った居酒屋よりは、多少なりとも落ちつける店だ。値段のわりに料理もうまい。

「で、なんだい、僕に知らせたいことって」

改まって尋ねると、「それなんですがね」と絵里はその小さな手には大きすぎるジョッ

キを置いて、

「今朝方、例の検察に詳しいジャーナリストから電話がありましてね」

「検察に何か動きがあったのか」

「あたしもてっきりそっちかと思ったんですけど、よくよく聞いてみるとそうじゃなくって……どうやら、あたしのことを調べてる連中がいるらしくて」

「君のことを?」

「ええ。それで気を利かせて注意してくれたってわけでして。そう言えば昨日から妙な連中が事務所のあたりをうろうろしてるなって思ってたんですよ。道理でねえ」

「心当たりはあるのかい」

「そりゃあ、ありすぎるくらいありますけどね。それがどうも、あたしのことというよりは、旦那とのことを調べてるみたいで」

「へえ……」

「あたしが旦那の仕事をしてるってことを、どっかで嗅ぎつけた奴がいるのかも……いえ、あたしは喋ったりはしてませんけど、マスコミにはまだまだ鼻の利く奴がいますから」

「それは、ひょっとして社倫党の関係者じゃないか」

するを絵里は大きな眼をまん丸く見開いて、

「社倫党？　社倫党がどうしてあたしなんかを探るんですか」

「いや、実はね……」

香良洲は、理代子から絵里の調査対象について調べろと依頼された件について話した。

「酷いじゃないですか、あたしは旦那のために働いてるだけなのに、よりにもよって元の奥さんに言われたからって……あ、ビール大ジョッキおかわり」

憤慨しつつ、絵里は店員にビールのおかわりを一片の遠慮もなく注文した。

「言っただろう、理代子をごまかすために仕方なく、だ」

「つまり、あたしをダシにして元妻をごまかしたと。カーッ、やだねえ」

「悪い冗談はやめてくれ。話がよけいにややこしくなる」

「へい、すいやせん」

「そこでだ、仮に君を調べてる連中が本当に社倫党だとすると、それを逆手に取って、媚山先生や永沢先生を調べてるふりをしてみちゃどうかな」

「なるほど、真のスケベ議員が清河正悟だってことを隠すためですね」

いつもながら絵里は察しがよかった。

香良洲は大いに満足し、

「そうだ。清河先生の正体はこっちにとって大事な切り札だからねえ」

「分かりました。せいぜい媚山や永沢の周辺をうろちょろしてみますよ。これ見よがしにね」

「頼んだぞ」

「でもね旦那」

「なんだい」

「前から思ってたんですけどね、薄田さんと錐橋辰江がそこまで惚れ合ってるんなら、いっそのこと、二人をくっつけちまったらどうでしょうかね」

大真面目に言う絵里に、香良洲は飲みかけていたビールを噴き出しそうになった。

「それこそ最悪の冗談だ。君は錐橋先生の政治生命を終わらせたいのか」

「別にそういうわけじゃありませんけど……ま、厳密に言えば、あたしにはどっちでもいいですね、誰の政治生命がどうなろうと」

「君にとってはそうだろう」

「旦那にとっては違うんですかい」

「当たり前だ」

「もしかして、旦那も錐橋辰江に惚れてるとか？」

今度は本当にビールを噴いてしまった。慌てておしぼりで口許を拭いながら、

「それだけは絶対にない」

「あ、なんか酷いですね。錐橋センセイに言ってやろっと」

「僕は先生の常軌を逸し……いや、その、なんだ、そう、ユニークさを評価してるだけだ。政治家としてのね」

「ユニークさにも限度ってのがありますよ」

「それは否定しない」

「けどねえ、それほどユニークなセンセイに、薄田さんほどのいい男が惚れてるわけですよ。錐橋センセイにとっちゃ、千載一遇の出会いなんじゃないですかね」

「それも否定しない。誰にも予測不能なのが男女の縁というやつだ。薄田さんがヤクザでさえなければ、僕だって無粋なことは言いやしないさ」

「そうですねえ」

何やら考え込みながらジョッキを干した絵里は、赤い顔をして言った。

「旦那もさあ、錐橋センセイと薄田さんみたいに、もっと素直になってみたらどうですか」

以前自分が理代子に言ったのと同じことを言われてしまった。

「変なことを言うね。僕は充分素直だよ」

自ら覚えた狼狽をごまかせたとは思えないが、香良洲はそれだけ言ってジョッキを呷《あお》った。

週明けの月曜、香良洲は上司である榊文書課長に呼び出された。

官房長室の四分の一ほどしかない課長室で、榊はどこか呆けたように黙っている。

無理もない。ほんの三日前、マスコミと国民の注視する中、社倫党によってリンチに等しい壮絶な吊し上げを食らったばかりなのだ。自尊心どころか、自我が崩壊したとしてもおかしくはない。

「課長、お呼びでしょうか」

たまりかねてこちらから声をかける。

「ああ、香良洲君か」

目の前に立つ香良洲の存在に初めて気がついたかのように、榊は大儀そうに生気のない顔を上げた。

「社倫党のヒアリングの結果は知ってるね」

知っているもなにも、当事者の一人として終始その場にいたのである。やはり榊は、猛牛の如き槌谷ルリ子の迫力に、頭のネジを何本か吹っ飛ばされたらしい。

「はい」

必要最低限の言葉で答えると、榊は俯いてぼそぼそと話し始めた。

「さっき官房長から呼ばれてね、国民はみんな我々を憎んでるようだって。こりゃあどうも、内輪から処分者を出さねばならんという話になった。酷いよね。国家のために尽くしてきた我々がだよ、身内の誰かを犠牲に差し出さなきゃならないなんて」

それがまるで既定路線であるかのように語る。

だったらどうして抵抗しなかったのだ――とは言わず、香良洲は黙って聞いている。

「とにかくだ、そこで省内人事を司る秘書課が文書課とも協同して処分案を作ることになったんだが、ウチからは香良洲君、君に入ってほしい。秘書課は貝塚《かいづか》君が担当だそうだ。こんなことは頼みたくないけど、誰かがやらなくちゃならないからね。なにしろ君は、パンスキに行ってないと断言できる唯一の職員だし」

〈誰かが〉ではなく、文書課の課長補佐なのだから自分が命じられるのは至極妥当な話である。しかし榊は、しきりと「悪いけど、すまないけど」と繰り返す。

「分かりました。お任せ下さい」

まともに相手をしていても時間の無駄となるばかりだ。香良洲は適当なところで返答し、いつもより折り目正しく一礼して課長室を出た。

なんのことはない、すでに各方面――いや、各勢力か――より作成を求められたリストを元にすればいいだけの仕事である。〈対象者〉のピックアップには手間はかからないはずだが、今回はそれに加えて処分案を策定しなければならない。

これが難しい。

下手をすれば、処分対象となる当人どころか、省内全体から恨みを買いかねない仕事である。それでなくても、自分は〈変人〉として異分子扱いされている。こういう場合、真っ先に怒りの矛先が向けられるであろうことは想像に難くない。

事は慎重に運ぶ必要がある——

柄にもない緊張を覚えながら、文書課のすぐ近くにある秘書課へと迅速に移動する。ともに大臣官房に属する両課は、大蔵省の中枢たる二階中央に並ぶように配置されている。

ドアのあたりから貝塚広人《ひろと》課長補佐を見ると、目ざとくこちらに気づいた彼は何も言わずに立ち上がった。貝塚の年次もまた香良洲と同期である。すでに話が通っていることは榊から聞いていた。

二人並んで秘書課長室に直行する。

貝塚がノックしてからドアを開けると、執務中だった青野秘書課長が機敏に顔を上げた。

榊と同様に顔色はお世辞にもいいとは言えないが、それでも少しは生気が感じられる。

「よく来てくれた、香良洲君。官房長から話は聞いている。大変な仕事だが、ウチの貝塚君と協力してこの難局に当たってほしい」

話す内容もしっかりしている。榊よりは頼りになりそうだ。当面の指揮官は青野と考えていいだろう。

「は、承知致しました」

「なにしろ処分案の策定だ。職員の将来、いや人生がかかっているから慎重の上にも慎重を期して当たらねばならん。君にとっては釈迦《しゃか》に説法だろうが、これはウチと文書課だけで決められる案件ではない。大臣官房は言うに及ばず、省内各局でコンセンサスを取ってから、次官と大臣にレクを行ない、なんとか合意形成まで持っていく必要がある」

「はい」

貝塚と同時に返答する。

「ウチからもできるだけ人を出すつもりだが、事の性質上、信頼できる人間に限られる。言うまでもないが香良洲君、すべて極秘の案件だ。それだけは文書課でも周知徹底をお願いする」

「心得ております」

自分達の緊張を解こうというのか、そこで青野はわざとらしく破顔して、

「今は社倫党のヒアリングの直後だから世間も何かとうるさいが、このまま収束する可能性だってあり得るわけだ」

「そうなると我々の仕事が無駄になってしまうということですね」

貝塚が委細承知という顔で頷いた。

「でも大蔵省にとってはそれが一番いいに決まってます。仕事には真剣に取り組みます

が、私も香良洲も、そうなることを願ってますよ」

部下の言を、青野はうんうんと満足そうに聞いている。

その他の大まかな確認を済ませ、香良洲は来たときと同じく、貝塚と並んで秘書課長室を後にした。

ただちに詳細な打ち合わせに入るべく、そのまま会議室に向かった二人は、人がいないのを確かめてから中に入り、ドアを閉めた。

「揃って貧乏くじを引いちまったな、俺達」

貝塚が苦々しい口調で言い、一番奥の椅子に腰を下ろす。つい今までとは別人のように青ざめていた。

香良洲の知る限り、大蔵省内でも真面目の最右翼にいるような男である。それだけに、深刻なダメージを受けているはずの上司の前では明るくふるまっていたのだろう。今は榊のように力なくうなだれている。

「しょうがないさ。文書課と秘書課の課長補佐なんだ。本来的にも僕達の職分だ。僕達がやらないで誰がやるって言うんだい」

「おまえはいいよ。最近まで地方にいたんだからな」

「世の中、何が幸いするか分からないってことさ」

軽口で応じてから、不意に気づいた。

待て、まさか——以前の調べでは、確か引っ掛かりもしなかったはずだが——

「おい、貝塚。おまえ、まさか……」

恐る恐る尋ねてみると、貝塚は暗い顔で頷いた。

「ああ、行ってるんだ、俺……パンスキに」

職員の大半がなんらかの形で接待や利益供与を受けていたのだ。考えるまでもなく、貝塚がパンスキ接待を受けている可能性は大いにあり得た。

しかしそこに思いが及ばぬほど、貝塚は飛び抜けて真面目な男だった。同じ年次の課長補佐でも、タスクフォースの四人組とはわけが違う。現に社倫党に流した召喚者リスト作成のための調査でも、貝塚の名前はどこからも挙がらなかった。

「俺が以前、銀行局にいたことは知ってるよな」

「ああ」

官僚にとって、人事はすべてに優先する最重要事項である。そうした〈常識〉を鼻で笑う香良洲でさえも、官僚の本能として全キャリアの経歴は事細かに把握している。

「その頃だ。ある晩、課長だった泉谷《いずみや》さんと一緒に新宿の小料理屋で飲んでいた。そこへ当時銀行局長だった幕辺さんから泉谷さんに電話がかかってきて、新宿にいるんなら一緒に飲もうって話になったんだ。君も来いと言われて、泉谷さんについて待ち合わせの寿司屋に行くと、幕辺さんはＭＯＦ担だけでなく、銀行筋の偉いさんに囲まれて上機嫌だった」

「それで、敦煌にも同行することになったんだな」

貝塚は思い出したくもないといった様子で、

「知らなかったんだ。そこが例の店だとは。歌舞伎町にノーパンすき焼きの店があって、大蔵省だけでなく、いろんな官庁の間で大流行だという話は耳にしていた。だが、店名までは知らなかったし、自分がそんな所に連れていかれようとは……」

「想像もしていなかった、か。しかし貝塚君、世間は結果だけを見る。知っていようといまいと、君は敦煌に行った。その事実だけで判断される。たった一度であろうと、皆勤賞ものの常連であろうと、国民にとっては同じことだ」

「それくらい分かってるよ、俺だって」

「君も役人だ、指摘されるまではわざわざ自分から『パンスキに行きました』と名乗り出たりなどしない。実際、大多数の職員がそうだからね。だが幸か不幸か、君は処分案の作成を命じられてしまった」

つい先日まで、自分自身がタスクフォース四人組の力を借りて召喚者リスト作成に従事していたことなどおくびにも出さない。

「俺にはこの仕事をやる資格なんてないと言いたいのか」

「逆だ。さっきも言ったろう、僕達はこの仕事をやるしかない立場にいる。問題は君の精神状態がどうにも不安定に思えてしょうがないってことさ」

貝塚の表情が、見る見るうちに曇って歪んだ。ハンカチを取り出して目尻をしきりと拭っている。

「自殺した人や、逮捕された人のことを考えたことがあるか。あの人達のことを思うと、俺なんかが処分案を作るなんて……」

「馬鹿も休み休み言ってくれ」

香良洲はあえて突き放す。

「君がそんなことを言い出したら、大蔵省で処分案を作れる者はいなくなる。つまり、自浄能力がないと自ら宣言するに等しい」

「おまえがいるじゃないか。おまえはパンスキには行ってない」

「パンスキだけが接待じゃない。僕がもっと悪辣なことをしていないと、君に断言できるのか」

「それは……」

相手が詰まった。その機を捉えて畳みかける。

「責任は全員が背負っている。それは僕達だけのせいじゃない、大蔵省の伝統とやらが長年積み上げてきた結果だ。いちいち一人で背負い込む役人などいない。君だってさっきは、青野さんの前で平気なふりをしてたじゃないか。何かに対して責任を感じているのなら、よけいなことは考えず、目の前の仕事を片づけろ。まず国民から頂いている給料分の仕事をする。国民のための仕事をだ。それが公務員てもんじゃないのかねえ」

「そうかもしれない」

ハンカチをしまい、貝塚が立ち上がる。

「仕事はする。だが、厳正な処分案なんか作れるのか、俺達に。幕辺さんや泉谷さんの処分案を作って提出できるのか」

「もちろん、できない」

即答した。それが必要な局面だと感じたからだ。

「そんな物を渡したら、青野課長が心臓発作を起こすだろう。榊課長は、そうだな、さしずめ脳溢血《のういっけつ》といったところか」

「さっきおまえが言ったことと矛盾しているとは思わないのか」

「現実的判断だ。現時点で、幕辺さんの話を持ち出せる人間など大蔵省には一人もいない」

「だったら――」

「まあ聞け。僕達が命じられたのはあくまで〈処分案〉だ。つまりは検討用の叩き台だよ。青野課長も言ってたじゃないか。世論の動向によっては、そのままお蔵入りということもある。反面、世論の糾弾がいよいよ激しくなることもあり得るわけだ。そうなった場合、上層部は必ずや深刻な決断を余儀なくされる。そのときが勝負だ」

「勝負？　なんのことだ」

「今は言えない。だが君がこのまま大蔵省で仕事を続けていく気になれるような結果を出すつもりではいる。それだけは信じてくれ」

「……分かった」

貝塚はだいぶ落ち着いたようだ。

「そこで、今は現実的且つ事務的にこの仕事をやり遂げる。いいね？　自分の罪には目をつぶれ。君も僕も、恥じるところは何もない。完全なシロだと思い込め。そうしなければ大蔵省は機能しない。国家の命脈を止めることこそ、官僚が決して犯してはならない最大の罪だよ」

「〈超変人〉の香良洲か。よく言ったものだな。おまえの詭弁《きべん》には、俺なんかじゃ歯が立ちそうにもない」

「これでも役人だからね。詭弁かもしれないが、嘘ではない。嘘なら政治家の方が本職だ」

「もういい。分かった。さっさと仕事にかかろう」

すでに気持ちを切り替えたらしい貝塚は、再び椅子に腰を下ろしてテーブルにノートを広げた。

「まずは大まかな段取りから決めるとするか」

「その前にもう一つだけ言っておく」

貝塚の向かいに座りながら、香良洲は用心深く切り出した。

「ダミーと言ってもいいような検討案だ。しかしその作成には、省内の関連各局から同意を取りつけねばならない。その過程で、ああだこうだとややこしい横槍を入れてくる者が出てくるはずだ」

具体的には幕辺とその一派を想定しているのだが、そこまで貝塚に告げると彼を巻き込んでしまうことになる。

「そりゃそうだな。いろんな奴がいろんなことを言ってくるだろう」

貝塚は一般論として受け取ったようだった。

「うん、だからその場合の対応策も決めておかなくちゃならない」

「じゃあ基本方針としては、そのつど恭順するというか、迎合するふりをして、最大公約数的な決着点を目指すというのでどうだ」

一旦切り替えると、さすがに貝塚は有能だった。

「そんなところだろうね。よし、じゃあ早速始めようか」

香良洲も持参したノートをテーブルの上に広げ、打ち合わせに取りかかった。

いつものことだが、与えられた日数はごく限られている。青野課長からは四月十日の閣議までに完成させたいと言われていた。上層部が最終確認を行なう時間を考えると、九日には仕上げる必要がある。

今日は六日だから、あと三日しかない。またも徹夜の日々が始まることになる。しかし今は嘆いてもいられない。

げに馬鹿馬鹿しきは宮仕えか——

心でうそぶきながら、それでも香良洲は全力で取り組んだ。

激務のうちに月曜が終わり、火曜が過ぎた。各部署からの抵抗や要望は決して少なくはなかったが、怖れていたほど強硬なものはなかった。むしろ、予想外にスムーズに事が進んだと言っていい。

一つには、青野秘書課長の指揮の下、貝塚が全能力を発揮して自らの任務に専念してくれたこと。真面目一方で知られた貝塚に対する信望は、それだけ厚いものであった。強いて良くない言い方をすると、大蔵省で真面目と見なされることは、〈ワル〉、すなわち将来の次官の目はないと評価されているに等しい。だから皆が安心して貝塚に心を開けるのだろうと香良洲は思った。

そしてもう一つ。幕辺派の動きがまったく見られなかったこと。

これはさすがに意外であった。叩き台ということで、表立った干渉を控えているのかもしれなかった。幸いと言えば幸いだったが、まだまだ油断はできない。緊張を保ったまま、香良洲は貝塚と関連各局の間を走り回った。

　水曜の夜には、省内レベルで処分対象者の範囲、処分の程度、公表時期、処分方法などについてコンセンサスを得るところまで漕ぎ着けた。ここまで来れば、後は次官と大蔵大臣への説明を残すのみである。

　互いに疲労の浮かぶ顔で貝塚と挨拶を交わし、香良洲は庁舎を出て帰途に就いた。駅の方へと足を向けた途端、携帯が鳴った。絵里からだった。

「香良洲だ」

　立ち止まって応答する。

〈あ、旦那、この前話した妙な連中ですけどね、狙い通りまんまと食いついてきましたよ。媚山瓶次郎を探るふりして、あっちこっち引き回してやりましてね。その間、こっちから向こうの様子をそれとなく観察してたんですけど、どうにも変な感じなんですよ〉

「変な感じ？」

〈なんだか社倫党って雰囲気じゃないんですよねえ〉

「社倫党じゃない？　確かか」

〈単なる勘っていうか、そんな気がするってだけですけどね〉

「社倫党が雇った何者かである可能性は」

〈ないわけじゃありませんが、プロって感じでもないんですよ。むしろシロウト丸出しっていうか、第一、プロならあたしなんかに勘づかれたりしないだろうし〉

香良洲はその場で考え込んだ。

絵里にしてはどうにも歯切れの悪い言葉の連続であった。困惑している様子がありありと目に浮かぶ。絵里を監視しているのが社倫党関係者だという自分の見込みが外れていたとしても、彼女ならおおよそのアタリくらいは付けられるはずだ。それがなぜか付けられないから電話してきた――

「今どこにいる」

〈目白駅の改札前です〉

「目白か」

腕時計を見る。午後八時二分。

「池袋へ行け。サンシャインの専門店街アルパに噴水広場があるんだが、分かるか」

〈ああ、吹き抜けになってるアレですね。分かります〉

「何かのイベントを開催中かもしれないが、この時間ならもう終わっているはずだ。その地下一階部分で待っていてくれ。僕もすぐに行く。どんな奴らかこの目で見たい」

〈了解〉

携帯を切り、車道に近寄って手を挙げる。折よく停まったタクシーに乗り込み、「池袋、サンシャイン文化会館」とだけ告げる。

約二十分で目的地に着いた。タクシーを降りると同時に絵里へ電話する。

「香良洲だ。今サンシャインに着いた。そっちはどうだ」

〈言われた通り、地下一階の噴水の側にいます。もっとも、噴水は止まってますけど〉

「相手はついて来たか」

〈もうばっちり、吹き抜けの二階からこっちを見下ろしてますよ。あれは完全にばれてないと思ってる顔ですね〉

「分かった」

池袋駅側とは反対の文化会館側から内部に入り、階段を使って三階まで駆け上る。

昼間は賑わっているサンシャインも、この時間になると急に人が少なくなる。香良洲は落ち着いた足取りで吹き抜けのオープンスペースへと近づいた。噴水広場は、地下一階から三階までの四層吹き抜け構造になっている。

携帯をかけるふりをして顔の半分近くを手で隠し、さりげなく階下を見下ろす。

噴水近くの段差に所在なく座り込んでいる絵里が見えた。賢明にも上を見たりはせず、視線を自らの足許に向けている。

同時に、二階から彼女を見下ろしている男達が視界に入る。二人だ。

あれだな——

二人とも、地下一階の絵里を見張るのに夢中で、頭上から自分達を見ている者がいることに気づいてもいない。

注意しながらほんの少し移動して、香良洲は三階から二人の顔を確認した。

松元《まつもと》と品田《しなだ》――

嫌というほど見知った顔。絵里が困惑するはずだ。

社倫党関係者などではない。二人はともに、主計局難波次長子飼いの部下であった。

れっきとした大蔵省職員が興信所の真似事とは——

香良洲は己の慢心と迂闊さを恥じた。そしてはっきりと理解した。

難波次長、いや幕辺が探っているのは絵里ではない。自分と社倫党との関係だ。どこから足が付いたのか分からないが、幕辺は内部の情報提供者が自分だと察したに違いない。だからこそ、自分が使っている絵里を監視し始めた。自分と社倫党とのつながりを突き止めようと。

携帯を耳に押し当てたまま、香良洲は噴水から顔を背ける。

厄介なことになった――

錐橋議員や薄田との関係を幕辺に知られたら、こちらの切り札がそのまま命取りになってしまう。

文化会館の方へと引き返しながら、香良洲は携帯を操作して絵里の番号を呼び出し、発信した。

〈はい〉

「香良洲だ。上を見ずに話せ」

〈大丈夫、心得てますよ〉

「驚くなよ、君を見張っているのは、主計局の役人だ」

〈へえ、そりゃまた、一体どういうわけで〉

「おそらく、僕が社倫党にリストを渡したことが幕辺さんにばれたんだ」

〈ちょっ、ちょっと待って下さいよ〉

絵里は混乱したように、

〈旦那はそもそも、幕辺から社倫党に情報を流せって言われてたはずじゃ〉

「その通りだ」

〈だったらどうして〉

「社倫党には幕辺さんに渡したものとは別バージョンのリストを渡した。見破られないよう細心の注意を払ったつもりだったが、どういうわけか敵の目は欺けなかったようだ」

〈どういうわけかって、そんな、旦那らしくもない〉

「相手が一枚上手だったってことさ」

〈また他人事みたいに〉

「ともかくだ、幕辺さんは僕が社倫党と何か秘密の関係を持っているんじゃないかと疑っている。それで君を監視してるんだ」

携帯から絵里のため息が伝わってきた。

〈またえらいことに巻き込んでくれましたねえ〉

「すまない。その分、割増料金を払わせてもらう」

〈頼みますよ〉

「いいか、当分薄田さんにも錐橋先生にも近づくな」

〈頼まれたって近づきゃしませんよ〉

「君はそのまま池袋方面に向かい、駅周辺で食事をするなり買い物をするなりしてから事務所に戻って休んでくれ」

〈了解です〉

「あの二人は当分君の周りをうろうろすると思うが気にするな」

〈いや、気になりますよアレは〉

「悪いがしばらくは今まで通り適当に引き回してくれ。その間になんとか手を打つ」

〈できるだけ早めに頼みますよ〉

「鋭意努力する」

そう言って携帯を切る。「鋭意努力する」とは、官僚用語で「やってはみるがたぶん無理」という意味である。今回の相手は国会議員ではなく絵里なので、全力を尽くすつもりではいる。しかし、難題であることには違いない。

唯一の希望的材料は、今のところマークされているのが絵里だけで、こちらはそれを把握しているということだ。すなわち松元と品田が絵里に引きつけられている間は、こちらが自由に動けるということでもある。いくら各方面に顔の利く幕辺主計局長であろうと、電話の盗聴まではできないし、怪しげな民間の業者に頼んでまでそうした非合法手段に訴えるとも思えない。

まだやりようはある——反撃の機会は、きっと——

文化会館から外に出た。案内板に従ってタクシー乗り場に向かった香良洲は、駐まっていた客待ちの車に乗り込んで、自宅マンションの住所を告げた。

四月九日、午後七時。処分案草案を完成させた香良洲と貝塚は、手分けして各々の上司である榊文書課長、青野秘書課長のもとへと向かった。それぞれの承認を得るためである。

「よくやってくれた、香良洲君。官房長と次官への説明も頼むよ」

「はっ」

榊課長はざっと見ただけで草案を戻してきた。よく言えば部下を信頼しており、悪く言えばやる気のない投げやりな態度である。香良洲にとってはこの際どちらであろうと問題はない。よけいな時間を取られずに済んだことの方が重要だ。

貝塚と合流すべく秘書課へと向かおうとしたとき、

「香良洲」

不意に声をかけられ、立ち止まった。

難波次長であった。

「ちょっと来てくれ」

次長の職位にある者が、課長補佐でしかない者に直接指示するのは異例である。

「なんでしょうか」

そう尋ねると、難波はにわかに怒りを露わにした。

「なんでしょうかとはどういうことだ。君は職員の処分案を作成中じゃなかったのか」

「その通りです」

「だったらこっちでもチェックする必要がある。それくらい分からんのか」

「主計局とは、主計局総務課経由で調整は終わっていると認識しておりますが」

落ち着いて答えようとすると、難波は苛立たしげに遮って、

「君は事の重大さを理解しているのか。同じ大蔵省の仲間を処分しようというんだぞ」

その仲間を切り捨てて自分達だけ生き延びようとしているのは一体誰だ――

「充分に理解しております。ですから私は」

「重大であればあるほど、主計局としては担当者の見解を徹底的に確認しておく必要があると言ってるんだ。もういいっ。局長がお待ちだ、早く来いっ」

そういうことか――

「私の考えが及ばず失礼致しました」

頭を下げて難波に従う。

主計局長室に入ると、幕辺がソファに座っていた。

「やあ、香良洲君。まあ座ってくれ。難波君は下がっていい」

難波は一瞬不満そうな表情を浮かべたが、すぐに低頭して出ていった。

「さあ」

幕辺が片手を差し出した。

香良洲は間を置かず相手に処分案の草稿の入ったファイルを手渡した。

受け取った幕辺は、しかし中を検めようともせず、じっと香良洲を見つめている。

「どうかしましたか。早くお検めを」

「難波が何を言ったか知らないが、その必要はないだろう」

そこで言葉を切り、意味ありげにこちらを見つめる。

なるほどね――

「おっしゃっていることの意味が分かりませんが」

　完全に理解していながらそう答える。

「私は君を全面的に信頼しているということさ。念のために最終チェックをと思ったが、気が変わった。君と貝塚君が共同で取り組んだんだ。万が一にもミスはないだろう」

「恐縮です」

「さあ、早く行きたまえ」

「はっ」

　幕辺がぞんざいに差し出すファイルを、立ち上がって両手で受け取る。一礼して退室しようとすると、

「そうだ、香良洲君」

　狙い澄ましたようなタイミングで呼び止められた。

「はい」

「私はその処分案にはミスはないと信じていると言ったね」

「はい。そう承りました」

「それが正式に採用され、且つ運用されることになった場合、つまり身内の職員を処分せざるを得なくなった場合にはだ、君の作った処分案に従って大蔵省の名を汚す職員を処罰することになる」

嫌な予感が急激に高まっていく。

幕辺は何を言おうとしているのか――

「それは作成者も例外ではない。もっとも香良洲君、君がパンスキ接待を受けていないことは周知の事実だ。しかし、貝塚君はどうだろうね」

背筋を伸ばしたそれまでの姿勢を改め、幕辺は寛いだ風情でソファにもたれかかり足を組む。堂々たるワルの風格だ。

「もし貝塚君が接待を受けていた場合、彼は自分で作った方針に従って処分されることになる。皮肉だねえ。いや、私はあくまで彼の潔白を信じているがね」

幕辺は貝塚が敦煌に来店したことを知っている。その上での脅しであった。

しかも、官僚の本能として貝塚が決して自分や泉谷の名前を出さぬであろうことを確信している。

「どうしたね、香良洲君」

面白そうに訊いてくる。不快なまでに悪趣味だ。

「いえ、特に」

「特に、とは？」

「私も貝塚も、あくまで公正を期して処分案の作成に取り組みました。仮に貝塚自身が処分されることになったとしても、それは彼の不徳が招いたことであって、私が言及すべき事例ではございません。重要なのは、あくまで大蔵省の自浄能力が適正に機能していること、及びそれを内外に対しアピールすることかと愚考致します」

「なるほど、知ったことではないというわけだな」

「今の発言の大意を要約すればそう解釈して頂いても結構かと」

「さすがだな、香良洲君。ワルの資質も上々だ」

破顔一笑して幕辺が立ち上がる。

「引き留めてすまなかった。行っていいよ」

「は、失礼致します」

今度こそ足早に退室する。

ドアを開けると、少し離れた位置に立っていた難波が不穏な目でこちらを見ていた。

目礼し、その前を通り過ぎる。難波は一言も発しなかった。

少し進んでから振り返ると、難波がまだこちらを睨んでいた。

番犬にでもなったつもりか——

もう振り返らずに秘書課へと向かう。

それにしても——よもや貝塚の方を狙ってこようとは。

直接自分ではなく、周辺にいる人物を攻め、プレッシャーをかけてくる。絵里の場合と同じである。幕辺一派のやり口がなんとなく見えたような気がした。

貝塚の場合は、今回の仕事ぶりから、本来の標的たる自分と省内で比較的親密な関係にある――実際はさほどでもないのだが――と見ての揺さぶりだろう。卑劣にもほどがあるが、自分が幕辺に言ったことは嘘ではない。

一人貝塚に限らず、大蔵省の職員は、皆が処分の対象となり得るのだから。

自分はやるべきことをやる。徹底して。

「おう、香良洲。こっちは今終わったところだ」

秘書課から出てきた貝塚が、ドアを閉めながら声をかけてきた。

「こっちも終わった。榊課長はこれで行けってさ」

何食わぬ顔で言う。貝塚に知らせてもいいことは何一つない。今はすべてを己の肚に納めておくしかなかった。

「そうか。よし、じゃあ早速」

「うん」

足並みを揃えて官房長室に向かう。

在室していた春埜官房長は、二人の目の前ですぐに処分案をチェックし、何点かの修正事項を指示した。

一旦秘書課に戻り、一時間ばかり時間をかけ修正を加えてから、田波事務次官のもとへと向かう。

「ご苦労だった。大臣の了解はすでに取りつけてあるが、私から改めて直接レクを行なう。それにしても、短い間でよくここまでのものを仕上げてくれたね。二人とも今日はゆっくり休んでくれ」

安堵の息を漏らす次官から慰労の言葉をかけられ、恐縮の態度を示しつつ退室する。

かくして処分案作成の仕事は終わった。

「やれやれだ……一杯やってくか」

廊下で伸びをしながら貝塚が誘ってきたが、香良洲は表情を変えずに断った。

「いや、今日はやめておこう。さすがに疲れたよ」

「そうだな。俺もまっすぐ帰るとするか」

貝塚も疲労を滲ませた様子で頷いた。彼には小学生の娘がいると聞いている。何年生かは知らないが、一連のノーパン騒ぎの渦中で、彼の家族もまた居たたまれぬ思いをしていることだろう。そして家庭内の憤懣《ふんまん》が、大蔵省職員の父親に向けられることもあるだろう。

すべては日本の金融行政が生み出した巨大な歪みの余波にすぎない。

その歪みは巨大にすぎて、個人の生活やささやかな幸せといったものだけでなく、日本の未来をも呑み込んで、何もかも押し流してしまうかもしれない。

「じゃあな、香良洲」

「ああ、奥さんと娘さんによろしくな」

貝塚が足を止めて振り返る。

「どうした」

「いや、おまえがそんなことを言うなんて珍しいなと思ってさ」

「そうかな」

「そうさ。だって、おまえ、俺の女房や娘に会ったことがないばかりか、名前だって知らないだろう」

言われてみればその通りだった。自分は貝塚の私生活について何も知らない。省内には、ほかにも自分の知らない平凡な家庭人が無数にひしめいているはずだ。

「確かに。だがいくら変人と言われる僕でも、それくらいの社交辞令は口にする」

「自分で社交辞令と言うところはおまえらしい。安心したよ」

穏やかな微笑を浮かべ、貝塚は去った。

金融、政治、財政、そして時代――目に見えない巨大な流れの中で、自分に何ができるというのだろう。

大蔵省二階の廊下を遠ざかっていく貝塚の後ろ姿を見送りながら、香良洲は独り立ち尽くす。

十年、二十年後の未来において、日本全体を根こそぎさらおうとする大津波を幻視して。

19

四月十日、金曜日の朝。議員会館の事務所に入った理代子は、危うく息が止まるところであった。

赤を主体に、ピンク、オレンジ、そして黄色。暖色系でまとめられた薔薇《ばら》の大きな花束が、廊下に面した手前の部屋を埋め尽くさんばかりに溢れていた。息が止まりそうになったのは、驚愕《きょうがく》が半分と、残り半分はその強烈な香りのためである。

「なっ、なんなの、これはっ」

鉄の自制心から普段は決して上げることのない種類の大声が自ずと迸り出ていた。

「見てよ、理代子ちゃん」

花束の陰から姿を現わしたのは、事務所の主である錐橋辰江その人である。

「あっ、先生、一体なんなんですか、このバカでっかい花束は」

「分からない？」

「分からないから訊いてんですよっ」

「ほんとに？」

「ええ、もうサッパリわけが分かりません」

「理代子ちゃんたら、ほんとにニブいのねえ」

ため息をつくように言いつつも、議員は嬉しそうな笑みを浮かべて花束に添えられたカードを指し示す。

そこにはこう記されていた。

「美しき国士へ
　貴女《あなた》の信奉者Sより」

理代子はようやく得心する。Sとは薄田のSに違いない……と言うより、ほかに考えられなかった。

今どき臆面もなくこんなことを実行できるのは、アラブの石油王か、ITベンチャーの成金か、もしくは――ヤクザだけだ。薄田氏はビジネスコンサルタントだということだが、ひょっとしたら自分でもベンチャー企業に相当な資金を投資しているのかもしれない。

仮にそうだとすると、錐橋先生、いや社倫党にとって意外と太い金蔓《かねづる》になってくれるかも――それにしても〈国士〉とはまた芝居がかっていて、まるで右翼みたいじゃないの――

巨大な花束を眺め、そんなことを漠然と思った。

「もう、薄田さんたら、困るわねえ、これじゃ事務所が使いものにならないじゃない。

ホントに困ったヒトなんだから」

困った困ったと言いながら、理代子は辰江の瞳が少女のように輝いていることに気がついた。

非常識だと頭では分かっていても、ここまでされて心を動かされない女はいない。普通の女性なら、こんな花束はハリウッド映画の中にしか存在しないと思っているし、ましてや現実にそれを贈られるような体験など想像すらしたこともないはずだ。

十代の頃から政治一筋だった辰江が、心を揺さぶられるのも無理からぬことと言えた。

薄田さんも、また困ったことをしてくれるものねえ――

こちらは別の意味で本当に困りつつ、理代子は花びらを愛《め》でている議員に話しかける。

「ねえ先生、これじゃ本当に仕事になりませんから、誰か人を呼んでとりあえず倉庫にでも片づけてもらったら――」

「何を言ってるの、理代子ちゃんっ」

議員が憤然と振り向いた。

「薄田さんが届けてくれた愛の証しを、倉庫に移せですって？　とんでもないわ」

「愛の……証し……？」

「そうよ、大体あなたの心には潤いがなさすぎるんじゃなくって？」

砂漠よりも乾き切った政界で、他人を容赦なく蟻地獄に蹴落として這い上がってきたような辰江から〈愛〉やら〈潤い〉やらといった言葉を聞かされようとは、それこそ考えたこともなかった。一瞬、自分の耳がどうかしたのかと思ってしまったほどである。

「いいこと理代子ちゃん、すぐに薄田さんに連絡を取ってちょうだい。一刻も早くお礼を伝えなくちゃ」

「あの、その前に支持者集会の打ち合わせを……」

「今は愛が優先なの。そんなことも分からないワケ？」

「はあ、愛が優先……ですか」

「そうよ、愛が優先よ」

政党政治始まって以来、議員会館でこれほど短時間に〈愛〉が連呼されたことがあっただろうか。曖昧となる一方の理代子の意識は、大いなる歴史の彼方へと飛びかけた。

「分かったら早く連絡して」

「あの、それが……」

「今度はナニ？」

「薄田さんの連絡先、私、まだ知らないんです」

議員の形相が菩薩《ぼさつ》のそれから見る見るうちに般若《はんにゃ》へと転じた。

「どういうこと？　あなた、それでも政治家の秘書なの」

「香良洲のせいです。あいつ、いつもなんだかんだと理由をつけては、薄田さんの連絡先を教えようとしないんです。きっと、薄田さんを通じて私が絵里さんに連絡するとでも思ってるんですわ」

「元旦那の婚約者に連絡してどうするの」

「どうって、嫌味を言うとか、香良洲の悪口を吹き込むとか、嫌がらせをするとか。そんなこと、するわけないのにバカみたい」

　他人事となると、急に議員は冷静になって、

「理代子ちゃんて、クールなふりしてるけど、意外とヤキモチ焼きだからじゃないの」

「やめて下さい。香良洲には私の方から離婚を切り出したんですよ。なのに、どうして今さら」

「だから自分が捨てたものを他人に盗《と》られるのが嫌なのよ。絵里って子の出現でにわかに未練が湧いたってこともあり得るわね」

「あり得ません。そんな非合理的な……」

　議員はいいかげんうるさそうに掌を左右に振って、

「それはもうどうでもいいから。とにかく、薄田さんに連絡を取ってちょうだい。香良洲から聞かなくても、調べるノウハウくらい、あなたならいくらでも持ってるはずでしょう」

「実は、もうやってみたんです」

「なんだ、だったら早く言いなさいよ。もう、気が利かないわねえ」

「それが、知り合いのビジネスコンサルタントをはじめとして、金融関係とか、代理店とか、経済誌の記者やブローカーにまで当たってみたんですけど……みんな『薄田なんてコンサルタントは聞いたこともない』と口を揃えて」

「なんですって」

全身を使って議員が驚愕を表わす。国会でも見たことのないオーバーアクトだ。

「ちょっと怪しいと思いません？　そもそも、絵里さんのお兄さんというのも——」

「さすがは薄田さんねえ」

議員は何度も頷きながら感心している。

「はあ？」

「国際コンサルタントとして広く海外でも活動してるって言ってたじゃない」

「そう言われると、言ってたような、言ってなかったような……」

「だから国内の三流業者が知らなくて当然よ。そのことが逆に薄田さんのスケールを裏付けていると思わない？」

「いえ、普通は詐欺を疑うケースだと思いますが」

「あなた、私が結婚詐欺に引っ掛かるような間抜けだとでも思ってんの」

議員の顔が今度は夜叉《やしゃ》へと変化した。

では若手議員の中でも随一だろう。

「そんな、間抜けだなんて、私、絶対に思ってません」

鬼神も三舎を避くる錐橋辰江が間抜けなどであるはずがない。むしろ、抜け目のなさでは若手議員の中でも随一だろう。


「でも、現状……」

現状すでに引っ掛かっているとしか思えない、とは口が裂けても言えなかった。

「現状がどうしたってのよ」

「ええと、現状、香良洲が情報を押さえてるのは確かですから、そこに何か意図的な隠蔽なりなんなりが……」

「いいわ、すぐに香良洲に電話してちょうだい」

「え、今ですか」

「今、この場から、すぐに」

一語一語、短く切って命令してきた。とても逆らえるものではない。

理代子はため息をついて携帯を取り出し発信する。

「……あ、圭一さん？　ちょっといい？　悪いわね、実は」

そこまで告げたとき、横から議員に携帯を引ったくられた。

「あっ、ちょっ、先生っ」

「ああ、香良洲補佐？　社倫党の錐橋ですが、今からそっちへ行きますので……そっちと言えば大蔵省に決まってるでしょう。あなた、沈む船から逃げ出すネズミみたいにどっかへ天下りでもしたっていうの？　そうじゃないんなら……困る？　困るのはそっちの都合でしょう……だったら最初からそう言えばいいじゃない……え、そうなの？　なあんだ……いいわ、じゃあ一時に」

香良洲は硬直した状態で通話の切れた携帯を見つめる。

それから周囲を再度見回して確認する。室内にはやはり自分しかいない。古い資料を探すため倉庫にいたのが幸いした。一課長補佐でしかない自分に国会議員から直接電話がかかってくるとはいくらなんでも想像を絶している。

発信者の表示が理代子であったのも油断の原因だ。いきなり錐橋議員の声が飛び込んできたときは手にした資料の束を取り落としそうになった。

午後一時。なんとかなるだろう。頭を切り替えればちょうどいい機会でもある。むしろ、絶好のタイミングと言ってもいい。

香良洲は再び携帯を操作し、心当たりのレストランの番号を呼び出した。

帝国ホテル地下一階『ラ　ブラスリー』で、香良洲は理代子を連れた錐橋議員と向かい合っていた。

午後一時はランチタイムだ。三人揃ってランチコースを注文する。

「つまり、薄田さんは極秘を要するビジネスの真っ最中で、自ら連絡を絶っているというわけね」

前菜を頬張りながら、議員が疑わしそうに言う。

「はい」

「居場所が知れると、巨額のビジネスを横取りしようとしている連中が何をするか分からないと」

「左様でございます」

「そんな嘘っぽい話、誰が信じるって言うの」

議員の隣から理代子が口を挟むが、当人はまともに信じている様子である。

「薄田さんならありそうな話ね」

「ちょっと先生、しっかりして下さい」

焦れったそうな理代子に対し、議員の瞳は恋する乙女のソレとしか言いようはない。

「世界を股にかけた男の仕事……ロマンよねえ」

「かけてるのは世界じゃなくて、タダの二股とかじゃないんですか」

理代子の少々品のない突っ込みも、すでに耳に入っていないよう。

「でもね香良洲補佐、そんなときだからこそ、薄田さんは私からの連絡を欲しがってると思うの」

「私もそう思います」

微笑んでみせると、議員は途端に身を乗り出して、

「まあ、やっぱり？」

「ええ、先生のお声を一言でも耳にすれば、義兄《にい》さんも勇気百倍となることは確実かと存じます」

一人絶句している理代子を尻目に、香良洲は続けた。

「先生に直接連絡するよう、義兄《あに》には私から伝えておきます」

「さすがは大蔵省きっての変人、じゃなかった、切れ者の香良洲補佐。話が早くて助かるわあ」

「変人で結構でございます。それで、どちらの番号におかけすればよろしいでしょうか」

「じゃあ、こちらにお願い」

議員が自分の携帯を差し出してきた。

表示された番号を、香良洲は自分の携帯に打ち込む。

これで錐橋辰江の個人番号が手に入った。もっとも、今のところ使う予定などなかったが。

「ありがとうございます。早速義兄に伝えておきます」

「じゃあ、今すぐ——」

「その前に、お伺いしたいことがございます」

議員の催促を遮るため、すばやく話題を変える。

「電話で言ってた件ね。いいわ」

「これこそ極秘を要する案件なので、くれぐれも他言なさらぬよう。義兄も私の仕事、ひいては大蔵省の将来をとても気にかけてくれておりますので」

「分かってます」

薄田も気にしているとさえ言っておけば、錐橋議員が決して約束を違《たが》えることはないと踏んでの漏洩防止策である。

香良洲は鞄から目立たない大型の茶封筒を取り出し、議員に渡した。

「なに、これ」

「大蔵省で作成した職員の処分案です」

議員と理代子の意識が瞬時に切り替わるのがはっきりと感じられた。

「全文ではありません。一部を抜粋したものですが」

「そんなものをどうして私に？」

議員の全身から放たれる精気が一変している。

「私が知りたいのは、この案に対する先生のお考えです。それによって、自主的に内容を変更すべきか否か、相場観を判断したいと」

「こっちはあなたの真意を知りたいわね、香良洲補佐。これって、重大な服務規程違反に当たるんじゃないの？」

冷徹で狡猾な政治家の眼差しを投げかけてきた。一切の欺瞞を見逃さぬ目だ。

性根を据えて香良洲は答える。

「私の真意は先生と同じです。すなわち、大蔵省の抜本的且つ徹底的な改革。そこに偽りはありません」

「いいわ、理代子ちゃん、しまっといて」

「はい」

議員から封筒を受け取った理代子が自分のバッグに入れる。

「あなた、つくづくやり手ねえ、香良洲補佐」

「とんでもございません」

「だけど、今ので私の気を逸らせるとでも思った？」

「少しは」

「正直ねえ」

「ありがとうございます」

「いいわ。処分案についての私の感想は理代子ちゃんからあなたに伝えさせる。それが終わり次第、あの封筒は中身もろとも焼却する。そんなところでどうかしら」

「結構です」

「交渉成立ね」

そこへメインのシャリアピンステーキが運ばれてきた。三人同時に、何事もなかったようにナイフとフォークを取り上げる。

「薄田さんにはくれぐれもよろしくお伝えしてね。辰江がお電話を心待ちにしておりますって」

錐橋議員が自らを〈辰江〉と自称する、その凄まじい違和感に、香良洲は口に入れたばかりの肉片を危うく喉に詰まらせそうになった。

必死の努力でかろうじて表面には出さず、まるごと嚥下《えんげ》してからにっこりと微笑む。

「ご安心を」


翌日の土曜。香良洲は走行するレクサスの後部座席に、薄田と並んで座っていた。特に目的地があるわけではない。車は漫然と都心を流しているだけだ。

どこかで会いたいと連絡した香良洲に対し、薄田は電話の向こうで即座に言った。

〈よし、今から迎えに行くから待ってろ〉

えっと聞き返す間もなく電話は切れた。その約二十分後に、香良洲のマンション前に薄田の乗るレクサスが停車したというわけである。

「自宅まで来るのはご遠慮願えませんか。近所の人に見られたりしたら——」

「せっかくわざわざ迎えに行ってやったってのによう。あんた、そういうのは気にしねえんじゃなかったのかい」

「いや、さすがに……」

運転手も、その隣に座るボディガードも、職業が一目で分かるご面相をしている。

「なんだったらこれからは通勤途中に拉致してもいいんだぜ。拉致かお出迎えか、好きな方を選びな」

「……出迎えでお願いします」

「よし」

薄田は威嚇的に頷いて、

「それより用件を聞こうじゃねえか。錐橋の姐さんの話なんだろうな」

「遺憾ながらその通りです」

「なんだよ、遺憾てのは。それで姐さん、喜んでくれたかな、あの花」

「それはもう、天にも昇らんばかりのお喜びようだったと聞いております。遺憾ながら」

「いちいち遺憾とか、これだから役人てのは。まあいいさ。そうかい、喜んでくれたかい」

「そこで、どうしてもお礼を申し上げたいのでぜひ電話してほしいと」

香良洲は辰江の携帯番号を記したメモを相手に渡した。

「そうかそうか。ありがてえ。それで、用ってのはそれだけかい」

「はい、幸いながら」

「いちいち気に障る野郎だな。じゃあその辺で降りな。姐さんにはちゃんと電話しとくから」

「いえ、そうは参りません」

「どういうこった」

「それだとわざわざ会って話す必要はありません。電話で議員の番号をお伝えすれば済むことでしょう」

「そりゃその通りだがよ、用はそれだけだって言ったのはおめえだぜ」

「議員には私の目の前で電話して下さい」

薄田の面上に憤怒が走る。

「てめえにそんな趣味があったとはな」

「とんでもない。できれば私だって聞きたくありませんよ」

「じゃあどうして」

「錐橋先生は薄田さんの正体をご存じありません。今も真っ当なビジネスコンサルタントだと信じ込んでおられます。もし本当のお仕事がばれてしまったら、錐橋先生の政治生命は終わりです」

有頂天だった薄田が、みるみるうちに悄然とうなだれる。

「そうか、俺が調子に乗ってよけいなことを口走るんじゃねえかと、そいつを心配してやがんだな」

「遺憾ながらその通りです」

「イカン、イカンとうるせえ奴だ」

薄田は自嘲的に呟いて、

「政治は姐さんの生き甲斐だ。それを俺が邪魔するようなことがあっちゃならねえ」

自分の携帯を取り出し、メモを見ながら番号を打ち込み発信する。

「……あっ、辰江さんですか。ボクです、薄田です」

議員はすぐに出たようだった。それこそかけてから二秒と経っていない。

それにしても天下の錐橋辰江に対して「辰江さん」とは、大衆のイメージを損なってあまりある。

「お花、喜んで頂けましたでしょうか……そうですか、それはよかった……いえいえ、辰江さんの美しさに比べたらあんなもの……そんな、お世辞なんかであるもんですか。ボクはこれでも、嘘だけはつけないタチでして」

嘘だけはつけないタチ。薄田は三年前、脱税及び恐喝、暴行容疑で警視庁刑事部捜査第四課の取り調べを受けた際、最後まで「知らねえな」ととぼけ通して極道界で男を上げたと絵里から聞かされていた。

バックミラーに映る組員の顔が明らかに引きつっている。しかしそれが笑いをこらえているせいなのか、それとも恐怖におののいているせいなのかは分からない。少なくとも、香良洲の場合は後者である。

「……今ですか、今は、そう、ブラジルにおりまして……当分日本には……そりゃあボクだって会いたいのはやまやまです。だけど、この仕事が済むまでは……辰江さんも、ノーパン三昧にうつつを抜かす大蔵省の腐れ役人どもに天誅《てんちゅう》を食らわせようと日夜戦っておられるわけでしょう。ボクも負けてるわけにゃあいきませんや……ええ、約束します、これが終われば、必ず二人で……それまでどうか……たとえ日本がデフレで滅ぼうと、ボクはあなたを愛しています」

最後にとびきり剣呑《けんのん》なたとえを持ち出して、薄田は携帯を切った。

その双眸《そうぼう》がうっすらと潤んでいるように見えたは気のせいか。

「これでいいかい」

名残惜しげに携帯を見つめたまま、薄田が訊いてきた。

やりすぎだ、とはとても言えない。それに、おそらくは議員の方も薄田以上に大時代的な台詞を連発していたであろうことは想像に難くない。

「結構です」

そう答えた次の瞬間、薄田が大きな手でいきなり香良洲の胸倉をつかんできた。

「おい、香良洲、俺達は一体いつまでこんな猿芝居を続けにゃならねえんだ」

「それは……」

おいそれと答えられる問題ではない。さすがの香良洲も即答しかねた。

「いいか、俺は何があろうと辰江と所帯を持つ。そのためのうまい手を得意のアタマで考えろ。長くは待てねえ。分かったな」

ここまで極端な難問だと、いっそすぐに答えられる。

「不退転の決意で鋭意努力します」

ここで言う「不退転の決意」とは、「鋭意努力する」と同様に、「口先ではそう言うが」を意味する官僚用語である。

薄田は安心したように手を放す。

曲がったネクタイを直しながら、香良洲は薄田の思わぬ純情を厳粛に受け止めていた。

もっとも、この「厳粛に受け止める」もまた官僚用語ではあるのだが。

20

社倫党による公開ヒアリング以来、大蔵省を指弾する世論は一応の落ち着きを見せていた。

錚々たる大蔵幹部が次々と手酷くやり込められるさまをテレビで見物し、大衆はすっかり満足してしまったのかもしれない。ある意味では三流のコメディだが、いつの世も大衆の気分とは、その程度のものに左右されるというのが香良洲特有の見立てである。

社倫党は長年の鬱憤を晴らすと同時に面目を施し、大衆は手を打って喜んだ一分後には日常の茶の間へと回帰する。マスコミは辛辣且つ面白おかしく記事にする。評論家と自称評論家のタレントはこれ幸いともっともらしい原稿を書き散らして糧を得る。損をした者はどこにもいない。当事者である大蔵省の職員達も、自分達への風当たりが以前に比べて柔らかなものへと変化しているのを肌で感じるようになった。

「やあ、近頃は道を歩いていても頬に当たる風が気持ちよくってさあ」

そう呑気にはしゃいでみせるのは登尾である。

「ああ、ちょっと前まではほんとに風当たりが厳しかったもんなあ」

「ほんとほんと」

最上や三枝達さえも登尾に同調して浮かれている。

季節の変化でもあるまいに――

香良洲が内心苦々しく思っていると、磯ノ目が巧まずしてそのものずばりを口にする。

「大蔵省の季節が変化したんじゃないのかねえ」

そんな都合のいい局地的気候変動があってたまるものか――香良洲の冷笑ものかは、他の職員達も一様にほっと息をついたような顔をしている。少し前までの悲愴《ひそう》な表情が嘘のようである。

挙句は、「このまま大蔵省叩きも下火になってくれるんじゃないかなあ」と春埜官房長が漏らしていたという噂まで伝わってきた。

そうなると、誰も彼もが安心し切って、ついには「大蔵省の危機は去った」などと言い出すお調子者さえ現われる。ほかならぬ磯ノ目であるが。

青野秘書課長と廊下ですれ違ったとき、香良洲はこう声をかけられた。

「香良洲君、せっかく作成してもらった処分案だが、このぶんだと、表に出さずに済みそうだねえ」

萎《しな》びた葱《ねぎ》のような外見だった青野課長が、すっかり瑞々《みずみず》しくなって、今では出荷を待つばかりの青物といったところ。

「君と貝塚君の努力が無に帰すのは惜しいが、これぱっかりは無になってくれた方が国家のためだ。本当にすまん」

すまん、すまん、と言いながら、秘書課長は踊るような足取りで去っていった。

大蔵省の現役職員にとって、処分無しですべてが終わるのであるのなら、それに越したことはないだろう。しかし日本を巨視的に俯瞰すれば、総量規制に端を発するバブル崩壊、住専山一の相次ぐ破綻に代表される経済の地盤沈下はとどまることなく日々刻々と進行しているのである。

たとえ一時であっても、その危機感を忘れてはならない――にもかかわらず、大蔵省を覆う根拠のない安堵感と楽観的観測に、香良洲は密かに警戒心を募らせていた。

四月十三日、月曜日の夜。理代子から電話があった。

〈例の処分案、先生はなんだかご不満みたいよ〉

どうやらいい話ではないようだ。

〈やっぱり身内に甘すぎるんじゃないかって〉

「そりゃあ、錐橋先生からすれば、そこらのトウガラシだって甘いだろうさ」

〈それが分かってて先生に頼んだのはあなたじゃない〉

「うん、だから『甘すぎる』という評価は参考になった」

〈割り引いて評価すればちょうどいいってこと？〉

「ああ。一般的な基準からすると、『やや甘い』と言ったところかな」

理代子は呆れ、次いで疑問を感じたらしい。

〈自分で甘いと思ってるなら、どうしてそれを上に提出したの〉

「今の大蔵省は刺激に弱い。激辛バージョンを渡した日には、一人残らずショック死しかねない。実を言うとこの数日、自分の観測は間違っていなかったと痛感するばかりなんだ」

〈ふうん……〉

分かったような分からないようなため息を漏らし、理代子は続けた。

〈約束があるから、先生も私もこの処分案については忘れるわ。でも、大蔵省側からそれを見せられたら、先生、きっといろいろ文句を言うはずよ〉

「それが狙いさ」

〈どういうこと？〉

「先生の不満点を具体的に教えてほしい。第二次処分案の検討は避けられないと僕は見ている。社倫党の要求があらかじめ分かっていれば、すぐに対応できるというわけだ」

〈あなた、今度は先生の方に服務規程違反のリスクを負わせる気？〉

理代子が警戒心を露わにする。

「これこそ僕と錐橋先生が提携しているメリットじゃないか」

〈モノは言いようね〉

「考えてもみろよ。大蔵省の出してきた案に対して、先生の鋭い舌鋒がすばやく浴びせられる。あらかじめ知っているわけだからできて当然だ。しかし国民も槌谷ルリ子も、錐橋辰江の切れ者ぶりを再認識する」

〈そんな手に先生が乗ると思う？〉

「思うね。『薄田さんも惚れ直すことは必定』とさえ付け加えれば」

〈ほんっと、モノは言いようね〉

「そこが僕の取り柄でね」

〈自分で言う？〉

一際大きいため息をついてから、理代子は議員が感じたという不満点を具体的に列挙してくれた。

携帯を耳に当てながら、香良洲はそれを一つ残らずメモに書き取る。

さすがだ——改めて舌を巻く。

錐橋議員の指摘は、付け入る隙もないほどに鋭く、また妥当なものばかりであった。

四月十日、香良洲らの作成した処分案は仮の承認を得て、翌週の十四日火曜、政府与党関係者へ詳細なレクが行なわれた。

出席者は与党各党より国会対策委員長と副幹事長、政府より政務・事務の官房副長官、大蔵省より官房長と秘書課長という面々である。

　このとき得られた相場観に基づき、大蔵省では処分案の修正及び省内外への調整を行なうこととなった。

　とは言え、それはあくまで想定された範囲内での微調整であり、大蔵省は依然として春風駘蕩《しゅんぷうたいとう》とした空気に包まれていた。実際にはのんびりしていられる状況などでは到底なかったのだが、それまでの風当たりが過酷すぎただけに、大蔵省職員は相対的な平穏を満喫していたのである。

　そんな大蔵省に再び激震が走ったのは、火曜のレクからわずか二日後の四月十六日のことだった。

　大手銀行が元証券局長ら六人に計二千七百万円分の接待を行なったと朝日新聞が報じたのである。同紙はさらに、証券局長のほか、元銀行局担当官房審議官らの実名とそれぞれの接待金額、それに接待の回数まで掲載していた。

　検察は三月五日にキャリアの証券局総務課課長補佐とノンキャリアの証券取引等監視委員会上席証券取引検査官を収賄容疑で逮捕しているが、以後、大物キャリアの逮捕が常に噂されながらも課長クラス以上の逮捕はなかった。

　ゆえに世論も落ち着きつつあったのだが、この記事により、大蔵省への批判がまたも大きく噴き上がることは容易に想像できた。

穏やかな春の兆しから一転、大蔵省が終末ムードに逆戻りしたことは言うまでもない。

同日深夜、帰宅した香良洲の元に絵里から電話がかかってきた。

〈朝日の記事、あれ、どうやら検察からのリークらしいですね〉

「例の検察通の友人か」

〈ええ。確証はないそうですけど、記事の精度から見てほぼ間違いないだろうと。なにしろ詳しすぎますからね。接待された回数まで載ってるなんて〉

「検察の狙いは大蔵省への警告だな」

〈おそらくは〉

悪質な接待を受けた幹部に対し、生半《なまなか》な処分では許さないという大蔵省へのメッセージだ。

〈ネタ元の話じゃ、検察はこれまでみたいに銀行や証券会社だけでなく、保険屋からの接待についてもやる気の構えだとか。そいつは強制捜査も充分あり得るだろうって言ってました〉

香良洲は呻いた。急転直下、まさに厳冬の季節へ逆戻りした感がある。

レクの場で大蔵省幹部が得たという相場観は一体なんだったのだ――

自分は〈極私的〉に錐橋議員の相場観を得ていたからまだしも、そうでなければ、もっと手酷いダメージを受けていたかもしれない。そう考えると寒気がした。他の職員とは違うつもりで、いつの間にか大蔵省の文化に全身染まっていたようだ。

「情報操作によって、ほかならぬ捜査対象に自ら内部調査を進めさせようというわけか」

〈なんでも検事の中には、『国民が納得する厳正な処分をさせる』と息巻いてるのもいるそうですから〉

「大義名分も結構だが、自分達の望む方向へと国民をこっそり扇動するようなやり方はどうかと思うね」

〈そういうのを『汚い手』って言うんですよ〉

絵里の言は容赦なかった。

〈ところで、この前からあたしの周りをうろうろしてた大蔵省のボンクラ二人組ですがね。おかげで昼前からどっかに行っちゃったようで。もう影も形も見えません〉

「そうだろうな」

難波次長とその手下達も、さすがにそれどころではなくなったということだ。

〈こっちは久方ぶりにさっぱりした気分です。四六時中見られてるってのは、やっぱり精神衛生上よくないですね〉

「いい話はそれだけのようだな。検察の方にまた何か動きがあったらよろしく頼む」

〈合点です〉

通話を終え、浴室に向かった香良洲は、バスタブに湯を張りながら考え込んだ。

明日から自分と大蔵省を待ち受ける試練について。そしてその対処法について。

「先の処分案の修正程度ではとてもじゃないが対応できない。大至急、第二次処分案を作成してもらいたい」

四月十七日金曜日。登庁するや否や、榊文書課長に呼び出された香良洲は、いきなりそう命じられた。

予測していたから驚きはない。今朝の新聞もテレビも、パンスキ接待が初めて発覚したときのような勢いで大蔵省を叩いている。

「政府の方から内々に厳命があったそうだ。二次案については、一次案の比ではないくらい厳しくするようにとな。そこまで徹底してやらないと、とても国民の理解など得られないと言うんだ」

大方は山越総理秘書官から幕辺局長のルートだろう――

「承知致しました」

「こうなるともう、極秘の案件でもなんでもない。秘書課を中心に、文書課は言うまでもなく、必要なすべての部局の人員を動員して事に当たってもらいたい。総動員態勢だよ。なにしろ来週火曜には最低限でもいいからレクをやってくれということだ」

「来週の火曜ですって？　土日を入れても実質三日しかないじゃないですか」

思わず抗議の声を上げると、榊はいよいよ申しわけなさそうな、あるいは開き直ったような顔をして、

「それだけじゃないんだ。今回は処分対象者の名前まで明記しろということだそうだ」

「そんな――」

香良洲は今度こそ絶句した。

自らの処刑宣告書の作成に進んで協力したがる者などいるわけがない。

だが、やるしかなかった。選択肢など最初からありはしない。

文書課長室を出た途端、数人の部下を引き連れた貝塚がこちらに近寄ってくるのが目に入った。

互いに無言で頷き交わし、文書課の室内に向かって声を上げた。

「澤井、野口、南《みなみ》、それと塩原《しおはら》。ちょっと一緒に来てくれ」

主だった部下を呼び集め、貝塚達秘書課の面々と合流して会議室に移動する。緊迫した雰囲気に、澤井達は早くもおおよその内容を察して顔色が蒼白になっている。

会議室では、主に貝塚がオペレーションの概略を説明した。室内に重苦しいため息が充ち満ちる。単に重苦しいだけでなく、それはどこまでも絶望的な呻きでもあった。

具体的な打ち合わせを済ませ、解散となった。各人がそれぞれ与えられた任務を遂行

すべく省内のあちこちへと散っていく。

やがて庁舎全体が悲嘆の叫びで包まれることだろう。

［汝等《なんじら》の中、罪なき者まず石を擲《なげう》て《とりで》］

聖書の言葉だ。しかし権威の砦たる大蔵省の庁舎には、罪なき者など存在しない。命ぜられるままに第二次処分案の作成を進めた場合、やがては互いに石を投げ合う事態となることは火を見るより明らかである。

それでもやらねばならないのだ。自分達が追い込まれた苦境の谷から脱する道はほかにない。またそれは、かねて心に期していた〈勝負のとき〉でもあるのだ——

その日は終日、自席で職務に専念した。同僚や部下達にはもちろん秘密であるが、錐橋議員から得た具体的な指摘の数々が大いに役立った。言うなれば解答集を横目に問題集を解くようなものであるからだ。

午後十時を過ぎた頃、内線に電話がかかってきた。

「文書課、香良洲です」

〈ああ香良洲君、悪いが私の部屋まで来てくれないか〉

幕辺局長からだった。主計局長といえど、早々に帰宅できる状況ではないらしい。

「は、すぐに参ります」

受話器を置いて立ち上がった香良洲は、必要と思われる資料をまとめて紙袋に詰め、主計局の局長室へと向かった。

いよいよ始まる――本当の〈勝負のとき〉が――

ソファに座って待っていた幕辺は、香良洲の顔を見ると微笑みながら自分の向かいを指し示した。

「まあ座ってくれ」

「は、失礼します」

勧められるまま腰を下ろす。

「またとんでもないことになったな」

「まったくです」

これまでの攻防じみたやり取りとは違い、それは大蔵官僚同士に共通する感慨であった。

「君も大変だな。憎まれ役ばかり押し付けられて」

「はい。ですが今度ばかりはさすがに私だけということもないでしょう。榊課長から、大蔵省の総動員態勢でやれと言われておりますので。それに、以前局長のお申し付けで作ったリストが役に立ってくれそうです」

「社倫党に流すための召喚者リストか」

「ええ、あれを作成するために、ずいぶん下調べを致しました。うっかり局長の意に反する人物を選んだりしてしまったら大変ですからね。それを元に――」

「違うだろう、香良洲君」

「は？」

幕辺はもう笑っていなかった。

「君が社倫党に渡したのは偽物じゃない。限りなく本物に近いリストだ」

「それは誤解です」

「ほう」

主計局長の目は、氷よりも冷たい光を宿してじっとこちらを見据えている。

「顔色一つ変えずに言い切ったな。しかも間髪を容れず、といった俊敏さだ。いや、実に大したものだよ。それだけに残念でならん」

こちらを完全に疑っている。いや、違う。裏切りを確信しているのだ。

すぐに防御策を取らねば――

「さすがは局長です」

「自らの造反を認めると言うんだな」

「いえ、時期尚早と考え、局長にも今しばらく秘密にしておくつもりでしたが、状況が急変したこともあり、隠さずお話し致します。実は、ある意図があって社倫党に接近したのです」

「意図とは」

「社倫党のパンスキ議員を探り出すことです」

幕辺が声もなく瞠目する。

山越と幕辺の関係を考えれば、それはきっと喉から手が出るほど欲しい情報に違いない——そう見当を付けていたのだが、どうやら外れてはいなかったようだ。

「それさえ分かれば、社倫党の追及を封じることができます。そのために敵の信用を得ようと、あえて懐に飛び込んだのです」

「タイミングがよすぎるようにも思えるが」

「別れた私の妻をご存じでしょう」

「錐橋先生の秘書だな」

「ええ、彼女を通じて接触がありました。社倫党に協力してくれたら、次の選挙で党の公認を与えると。向こうは、私が省内で孤立していることを先刻承知といった感じでした。元妻からの情報でしょう。今後の人生を考えれば、政治家として立候補するのが一番じゃないかと。あながち間違っているとも言えませんが、私はその誘いに乗ったふりをすることにしたのです」

半分は真実だ。そして〈騙《だま》し〉には半分の真実が必要だ。

「それで、肝心のパンスキ議員は」

幕辺がわずかに顔を近づけてくる——引っ掛かった。

「まだそこまでは……しかし錐橋先生にそれとなく探りを入れたところ、社倫党も身内にパンスキ接待を受けた者がいないか必死に追及しているようでした」

「そうか、やはり社倫党にも……」

そう言って幕辺は深々とソファに身を沈める。

狙いは過《あやま》たず敵の〈核心〉を衝いたのだ。

「それが判明し次第、局長には真っ先にお知らせするつもりでおりました」

「頼むぞ、香良洲君。それさえ分かれば私も——」

何かを言いかけ、幕辺はさりげなくその文言を変更した。

「——大蔵省を守り抜くことができる」

おそらくは「山越秘書官に対して顔が立つ」とでも言おうとしたのだろう。この場合の山越とは、すなわち官邸と考えていい。

「分かりました。幕辺局長、必ず大蔵省の未来を守って下さい」

心にもないことを言って立ち上がる。

「それでは、職務に戻りたいと存じます」

深々と頭を下げたとき、

「待ちたまえ。こっちの用はまだ済んでおらんぞ」

鋭い一言が飛んできた。

怪訝そうな表情を作って顔を上げると、幕辺がファイルを差し出してきた。

「第二次処分案は、処分対象者の絞り込みも含まれているはずだ。これを使うといい」

安堵したのも束の間、急激に不安が込み上げてきた。

「どうした？　早く受け取れ」

「失礼します」

ファイルを受け取り、中に入っていた文書に視線を走らせる。

「君の仕事を楽にしてやろうと思ってね。処分対象者に加えるべき人員のリストを用意しておいた」

幕辺の声は、庁舎の屋根を突き破って、はるか天上の高みから聞こえてくるようだった。

そのリストには、反幕辺派と目される職員達と、タスクフォース四人組の名前が残らず記されていた。さらには貝塚の名前までも。

手にしたリストを見つめたまま、香良洲は声もなく立ち尽くす。

先手を取られた――こんなにも早く仕掛けてこようとは――

否、この局面では決して早いとは言えない。むしろこちらが遅すぎたのだ。

分かっていながら――あれほど自ら心しながら――

「何か問題でもあるのかね」

幕辺が静かに口を開く。こちらの様子を窺いつつ、すべてを愉《たの》しんでいるかのように。

「ありがとうございます。おかげで作業の手間がかなり省けました」

主計局長はわざとらしく頷いて、

「これも君が元になるリストを作っておいてくれたおかげだ。今後も力を合わせてこの難局を乗り越えようじゃないか」

こちらに共犯意識を抱かせることも忘れない。完璧な演出だ。

「そう言って頂けると光栄と申すよりありません。では失礼致します」

冷静に挨拶し、退室するのが精一杯だった。

文書課に戻りながら考える。幕辺靖。大蔵省の未来はやはりこの人に託すべきなのではと。幕辺という人物の緻密な計算と実行力、タイミングを捉える天性の勘には驚嘆するばかりだ。

頭を振ってその考えを追い払う。消費税の増税による経済の落ち込みにもかかわらず財政再建を最優先とする幕辺の方針では、日本は底なしのデフレに陥ってしまう。それだけは絶対に認めるわけにはいかない。そして、自分に反対する勢力を陥れ、一掃しようとするそのやり方も。

——あなたはどうにも切れすぎる。そういう人は真に捨て身にはなり切れないというのが、経験から得た私の処世訓でもありますので。

談林同志会の綱形総帥に言われた言葉である。

香良洲は今こそはっきりと悟っていた。

それでも捨て身になるときが来たのだと。

21

帰宅した香良洲は、Yシャツのままベッドに横たわり、幕辺から渡されたリストを丹念に読み直した。

そこに挙げられた人名は、処分内容の軽重により主に三つの段階に分けられていた。

更迭を意味する要異動。

戒告、訓告、厳重注意を含む要処分度低。

免職、停職、減給を含む要処分度高。

それらは、取りも直さず幕辺にとっての〈危険度〉を意味している。いずれの人物も、実際に接待等の不正に関与しているのだから文句の付けようはない。ただ、処分の重さが幕辺への忠誠度に反比例しているというだけである。

実に巧妙に配置された並びというしかない。一見すると、公正で厳格な処分リスト以外の何物にも見えないところが悪質だ。そこに誰かの恣意的な意図が介入していると指摘できる者はそうはいないだろう。仮にいたとしても、実際に声を上げられる者となると皆無と言っても過言ではない。

このリストを自分は幕辺から直接受け取ってしまった。どのみち回避のしようはなかったとは言え、痛恨の失点である。言い抜けの余地は完全に断たれた。

組織上、異動も含めた処分の最終的な責任者は官房長と次官であるが、主計局長たる幕辺から直接リストを渡された以上、無視はできない。第二次処分案がこのリストに沿って作成されているかどうか、次長の難波が各課に対して目を光らせていることだろう。

次官が必ずしも幕辺を買っているとは言い切れないところが唯一の希望だが、仮にそうであったとしても、省内世論に反してまで幕辺を切ることに同意するとは思えない。

まさに八方塞がり、完全な手詰まりだ。

この局面をどう突破するか――

さまざまなピースが頭の中で渦巻いている。作戦を立案するために必要な情報の断片だ。それらがきれいに嵌まれば逆転の策となってくれるような気はしている。しかし何かが足りない。パズルの中核を形成する最後のピースだ。どうすればそれが手に入るのか。いや、そもそもそれは一体なんなのか。

目を閉じて考える。疲れ切った頭脳に天啓は訪れない。押し寄せてくるのは睡魔ばかりだ。

枕元に置いてあった携帯が低い唸りを上げて身悶《みもだ》えた。理代子からだった。

〈どう、そっちの様子？〉

分かっていながら訊いてくるあたり意地が悪い。

「最悪だよ。いろいろとね」

〈いろいろと？　朝日の記事以外に何かあったの？〉

思わず漏らした愚痴の言葉尻を鋭く捉えて尋ねてくる。いつもながら元妻は実に油断ならない。

「あの記事だけで充分じゃないか。おかげで第二次処分案の作成を命じられた」

〈あなたの予想通りになったわけじゃない〉

「だからこそ頭が痛いんだ。今度は具体的な処分対象者と処分内容の策定まで命じられた」

〈へええ……〉

「考えてもみてくれ。同僚の処分を一人一人決めなくちゃならないんだよ、この僕が」

うんざりとした口調を装って言い繕う。気分も内容も嘘ではないから真実味がある。

相手は素直に納得してくれた。

〈さすがの香良洲変人も心が痛むってわけね〉

「なんだよ、香良洲変人って。香良洲名人みたいに言うなよ」

〈いいじゃない、『香良洲変人』〉

心なしか理代子はやけに嬉しそうだ。自分で思いついた下らない言い回しがそれだけ気に入ったのだろう。

「用件はなんだい。疲れてるんだ、できれば手短に頼むよ」

〈この前、一次案に対する先生の具体的なご指摘を伝えたわよね。第二次案の作成には役に立ちそう？〉

「ああ、おかげさまでね」

それもまた嘘ではないのだが、深い考えもなくそのまま口にしたのがいけなかった。

〈じゃあ、そのお返しが欲しいと先生が言ってるの〉

「お返しだって？　それはあのときもう話がついて——」

〈そんなことは先生に直接言って〉

直接言ったりしたら倍以上要求されかねないことを知りながら、理代子は平然と言う。

「……で、どんなお返しが欲しいって？」

苦々しい思いで問うと、さらに苦々しい答えが返ってきた。

〈薄田さんのことに決まってるじゃない〉

その問題もあったか――

　夕刻から感じていた頭痛が一気に酷くなったような気がした。

「薄田さんから電話があったはずだろう？　だったら、番号も分かってるんじゃないのか。先生がご自分で電話するなりなんなり――」

〈それが、電話だけじゃもう我慢できなくなっちゃったみたいで〉

　なまじ話ができるようになったがゆえに、恋の炎はいよいよ燃え上がったというところか。

〈薄田さんはブラジルで当分帰れないそうだし、先生ったら、『ちょっと理代子ちゃん、霞が関に根性悪そうなカラスがいたでしょ、そいつに言って、薄田さんをなんとか早く帰国させてちょうだい』って〉

「なかなかうまいじゃないか、錐橋先生のモノマネ。大蔵省の忘年会かなんかでやってくれよ」

〈冗談はよして。誰が大蔵省なんかで。それより、毎度のことだけど先生、本気だから〉

「そんなことは外務省にでも言ってくれ。僕は大蔵省なんだ。ブラジルにいる人を強制送還させるなんて――」

　そのとき不意に閃いた。

　探していたピースを自分は最初から持っていたのだ。厳密に言うと『ピース』ではない。『カード』である。

ベッドから半身を起こして語りかける。

「なんとかできるかもしれない」

〈ほんと？〉

「ああ。明日か明後日、先生のご都合はつくかな」

〈予定は詰まってるけど、どれかをキャンセルするわ。先生、薄田さんのこととなると目の色が変わっちゃうし〉

「実は薄田さんのことだけじゃないんだ」

〈えっ、それだと先生は――〉

「もちろん薄田さんにも関係しているけど、それだけじゃないんだ。社倫党にとって重要な案件に関する情報がある」

〈詳しく話して〉

理代子の口調が瞬時に緊張を孕んだものへと変わった。

手応えを感じつつ、同時に自らの頭の中を整理しつつ、香良洲は携帯電話を握り締める。

「いいか、よく聞いてくれよ……」

四月十九日、日曜日。赤坂の高級中華『銀輪飯店』の特別室で、香良洲は一人待っていた。

ランチタイムは終わっているが、ティータイムの会合と称して特にその部屋を用意させたのだ。

時刻は午後二時四十五分。約束の午後三時まではあと十五分もある。しかし錐橋議員の性格と、仕掛けた餌の大きさからすると、十分前には来るだろうと予測した。

その読みの通り、理代子を連れた議員は二時五十分にやってきた。正確には二時四十九分である。

議員はもう一人、別の人物を伴っていた。

年齢は四十九。テニスで鍛えた贅肉《ぜいにく》のない体で高級スーツを着こなした男。いかにも育ちの良さそうな上品な顔立ちで、多くの女性票を握っているのも頷ける。社倫党の誇る『ミスター清廉潔白』。清河正悟議員その人である。

そして彼こそが香良洲の握っていた『カード』、すなわち切り札でもあるのだ。

俊敏に立ち上がり、香良洲は二人の議員に向かって慇懃に頭を下げる。

「本日はお運びを賜り、まことにありがとうございます。大蔵省大臣官房文書課で課長補佐を務めます香良洲圭一と申します」

丁寧に辞儀をしながら清河議員に名刺を差し出す。

「清河です。香良洲君だね。君とは初めてだったかな」

「はい。どうかよろしくお願い致します……さ、こちらへどうぞ」

長方形のテーブルの上座に二人の議員を座らせると、香良洲は卓上のボタンを押してウエイトレスを呼んだ。

中国茶と点心のセットを運んできたチャイナドレスの若い女性は、客達のカップに茶を注ぎ終えるとすぐに姿を消した。

「早速ですけど――」

「お待ち下さい」

本題を切り出そうとした錐橋議員を制し、香良洲は意味ありげな表情を作って言った。

「実は、先生にサプライズがあるのです」

「私に？」

怪訝そうに首を傾げた議員を横目に、香良洲は一続きになった隣室に向かって声をかけた。

「どうぞお入りになって下さい」

間仕切りの扉が勢いよく開き、花束を抱えた薄田が入ってきた。

「まあっ」

驚いて立ち上がった錐橋議員に花束を差し出し、

「あなたの美しさには敵《かな》いませんが、心からの花を捧げます」

「そんな、どうして」

花束を受け取って、感激に瞳を潤ませた議員が問う。

「あなた、ブラジルにいらっしゃったはずでは」

「たった今帰国したばかりです。香良洲君から、あなたがどうしてもボクに会いたがっていると聞きまして……ボクも我慢し切れず、こうして飛んで参りました」

「まあ……」

「あなたの活躍を、地球の裏側で毎日見守っておりました。あなたはボクの誇りです」

「ああっ」

たまらず薄田の胸に飛び込む辰江と、しっかと抱きとめる薄田。凡庸な映画でよくあるシーンのように。それも相当に古い映画だ。

「あの……」

一人置いてきぼりにされた清河議員が、ためらいがちに質問を発する。

「こちらは一体……」

「ああ、すみません清河先生、この人は――」

振り返った辰江が説明しようとしたとき、

「この人はボクのフィアンセです」

薄田がきっぱりと言い切った。

香良洲を除く全員が息を呑む。

薄田は照れたように辰江に向かい、

「順序が逆になってしまったことをお許し下さい。ボクの厚かましい願いを聞き届けて下さいますか」

「ええ、ええ、もちろんですわ！」

錐橋議員は幸せの絶頂を迎えたような顔を見せている。『鋼鉄の面の皮』とも『液体窒素の血液』とも揶揄《やゆ》される錐橋辰江が、ここまで純粋無垢で人間的な歓喜を露わにしようとは。

香良洲でさえも、この人を初めて美しいと思ったほどである。

理代子に至っては、ハンカチでそっと目頭を押さえている。

「あの……」

清河議員がまたも困惑した声を上げる。

「なんだか盛り上がっているところを申しわけない。いくら錐橋先生の婚約者であっても、今日の会合に一般の方は……」

「ああ、そう、そうね」

我に返ったように辰江は薄田を見上げ、

「ごめんなさい、これからちょっと大事な話をしなければならないの。悪いけど、少しの間だけどこかで待ってて下さらない？」

「ところがそうは行かないんですよ」

薄田が辰江をさらに強く抱き締める。

「香良洲の――義弟の話だと、ボクもここにいなくちゃならないらしい」

「どういうこと？」

香良洲が代わって説明する。

「今日の議題は、薄田さんにも関係しているからです」

「薄田さんが？」

辰江が疑問の声を上げる。

「でも、今日の会合は――」

そこまで言って、彼女は口をつぐんだ。いくら愛しい男とは言え、部外者の前で決して口にすべきでないと心得ているのだ。

「ともかく、お二人ともおかけ下さい」

香良洲の指示で、辰江は名残惜しそうに薄田の胸から離れ、元の席に座り直す。薄田は香良洲の隣に腰を下ろした。

「さて、本日錐橋先生にお願いして清河先生をお連れ頂きましたのは、お二方が社倫党で最も信頼するに足る政治家だからにほかなりません。あらかじめお伝えしました通り、事はそれほど重大且つ極秘を要する案件なのです」

「香良洲補佐、いいかげん妙な前置きは抜きにして簡潔にお願いしたい。そんなことは百も承知しているからこそ、私もここまで足を運んだんだ」

「これは失礼しました。では早速本題に入らせて頂きます。破廉恥な接待を受けた大蔵省職員の特定を進めているうち、私は腐敗が他省庁のみならず、政治家にまで広がっていることに気づきました。世間も薄々は、いや、はっきりと察していたことでしょう。そうした予断には極力目を曇らされぬよう努めて参ったのですが、否応《いやおう》なく知ってしまった事実はもうどうしようもございません。はっきり申し上げましょう、社倫党の内部にもパンスキ議員がいる。そして私は、その人物の実名と接待の証拠を入手するに至りました。このことは私一人で抱えているにはあまりに重すぎる事実であり、また、そうかと言って迂闊に公表することも憚られる。マスコミに漏れたりでもしたら、政局に影響するのは必至だからです。そこで、かねて懇意にして頂いている錐橋先生にお願いして、高潔で知られる清河先生を特にお連れ頂き、お二人にご相談しようと考えた次第でございます」

「全然簡潔じゃないじゃないの」

苛立ちを隠そうともせず辰江が発した。一刻も早く薄田と二人きりになりたいのだろう。
「早く名前を教えてちょうだい。やっぱり媚山先生だったの？　それとも永沢先生？」
「その前に、こちらからの条件についてご承諾を頂きたいのです」
「取引しようってのね。いいわ。聞かせて」
「これから作成される第二次処分案について与党の一員として合意して頂くこと。また
それ以降は、質問主意書等も含め国会でパンスキ問題を蒸し返さないこと。この二点で
ございます」
「なるほど」
　興味深そうに漏らしたのは清河議員だ。
「君の狙いは分かった。大蔵省職員がどうして我々のためにそんな情報を提供してくれ
るのか、正直言って腑に落ちないものを感じていたのだが、そういうことなら理解でき
る。要するにこれ以上叩かれたくないと。しかしそうなると、我々だけで性急に合意す
るわけにはいかなくなるな。一旦党に持ち帰って執行部の稟議《りんぎ》を通す必要がある。君の
要求は党にとってそれだけの重大事項だ」
「ごもっともと存じます。私もそこまで虫のいいことを考えているわけではありません。
社倫党としては、この機会に大蔵省幹部の徹底処分を求め、自民党からも所得税の累進
課税強化や消費税の減税といった譲歩を引き出したいところでしょう。予算委員会での

集中審議の開催については自民党と調整中かと存じますが、実現の際には先に挙げた二点の見返りとして、社倫党が世間にきちんとアピールできるよう全面的に協力する所存です。それでも交渉に応じて頂けないというのであれば……」

「パンスキ議員の名前を公表する、と。つまり、その名前は交換材料なんかじゃない。実は我が党に対する脅迫材料ってわけね」

今は完全に政治家の顔となっている錐橋議員が先回りするように言う。

「言葉は不穏当ですが、概ね左様でございます」

「いい度胸じゃない」

「恐れ入ります」

「分かりました。所得税の累進課税強化、消費税減税。それに協力してくれるって言うんなら、我が党の目的とも一致する。反対する理由はどこにもないわね。いいでしょう。その話、乗るわ」

さすがに大した決断力だった。

薄田も改めて瞠目し、対面に座った辰江を見つめている。「惚れ直したぜ」と低く呟いたような気がしたが、あえて無視する。

「ちょっと待ちなさい」

狼狽した清河が辰江に向かい、たしなめるように言った。

「そんな大事なことを勝手に決めていいわけないだろう。落ち着いて考えたまえ」

「あら、先生は反対なんですか」

「当たり前だ」

「でも、今の説明からすると、乗らない手はないと思いますけど。少なくとも、我が党のリスクはないように聞こえましたが」

「君はまだ若い。こういう駆け引きにはもっと経験が必要だ」

「先生は我が党の恥を公表されてもいいとおっしゃるんですか」

「そうは言っていない。第一、彼は自分で脅迫と認めてるじゃないか。そんなものにいちいち屈していて政治家が務まるものか」

「臨機応変、即断即決も政治の肝だと思いますけど」

「君は私に政治家の在り方を教えてくれるとでも言うのかね」

なんといっても、政治家として錐橋辰江は若手であり、清河正悟は中堅である。あまりに遠慮のない後輩の言い方は、清河にとって少々不愉快であったらしい。

「チッ、器の小せえ野郎だな」

薄田が今度ははっきり聞こえるように呟いた。

「何か言ったかね」

それを聞きとがめた清河が薄田を睨む。

「いえ、ボクは辰江さんの政治家としての度量に改めて感服したと申し上げただけですよ」

ぬけぬけと言い放った。

「薄田君とか言ったね。君、申しわけないがすぐにこの場から退席してくれないか」

「お断りだね」

「なんだと」

色をなして腰を浮かしかけた清河に、辰江が凄みのある声をかける。

「万一の事があった場合、責任は私が取ります。一方で、情報の入手はすべて清河先生の功績ということでいかがでしょう」

「本当に君が責任を取るんだな？」

「二言はございません」

そのとき自分を見つめる一同の視線に気づいた清河は、慌てていつもの笑顔を作ってみせた。

「まったく、槌谷先生も恐ろしい人材を発掘したものだな。いやいや、参りました」

軽い口調と爽やかさでごまかそうとしているが、その場の白けた空気は攪拌《かくはん》されることさえなかった。

「ご理解頂き、ありがとうございます」

清河に対して頭を下げた辰江は、すぐに香良洲へ向き直った。

「待たせたわね。で、誰なの」

「そこにいらっしゃる清河先生でございます」

ややや間があってから、辰江が噴き出しながら片手を振る。

「ヤダー、もう香良洲ちゃんたらー、こんなときに冗談なんてー」

「冗談ではございません」

用意した証拠をすかさずテーブルに並べていく。すべて花潟組の芥老人から渡された物である。

「こちらが敦煌従業員とホステスの証言集、こちらが東菱三輪住本《とうびしみつわすみもと》銀行の内部資料、主に接待費の内訳でございます。こちらが住本證券の元MOF担の業務報告書で、接待した人物の名前が日付や店名入りで詳細に記されています。そしてこちらが、新宿のSMクラブに勤めていた元ホステスの方が録音した音声です」

MDプレーヤーの電源を入れ、再生ボタンを押す。

〈何よこれ。子供の小遣い？　もしかして手切れ金のつもり？〉

〈おまえとはもうおしまいだと言ってるんだ、このババア〉

〈だったら二ケタくらい違ってない？〉

〈おまえみたいな年増《としま》にはそれでも御の字だろう。俺の気が変わらないうちにありがた

く受け取っといた方が身のためだぞ〉

〈あんた、今まで散々あたしに何したと思ってるの。クスリまで使ってさ。なんなら警察に行ったっていいんだから〉

〈国会議員と売春婦じゃ、警察がどっちの言い分を信じるか、試してみたっていいんだぞ〉

〈じゃあマスコミにタレ込んでやる。ミスター清廉潔白の清河正悟先生は、ＳＭ好きでロリコン趣味の変態だって〉

〈なんだと〉

〈あたし、知ってんだから。あんたがそういう秘密クラブにも通ってること〉

〈そうかい、だったらそういう店を経営してるのがヤクザだってことも知ってるだろう。マスコミに一言でも喋ってみろ、ヤクザに言いつけて山奥に埋めてやる〉

〈何するの、やめて、人殺し！〉

後は女性の悲鳴と男の意味不明な喚き声、そして派手な諍《いさか》いと殴打の音が続いていた。

聞くに堪えないとはこのことだった。男の声は言うまでもなく清河議員のものである。

「この辺でいいでしょう」

プレーヤーの停止ボタンを押して清河を見た。

「会話の中で女性は実名まで挙げてくれています。先生も国会議員だと名乗っている。

証拠能力は充分です」

否定や反論の言葉も出ないくらい、清河は蒼白になって固まっていた。さながら青黴《あおかび》だらけのマネキン人形といったところか。少なくとも、清潔な紳士の面影は微塵も残っていない。その様子だけで、香良洲の言が真実であると自ら認めたようなものだった。

辰江と理代子は、今や醜悪な獣でも見るような目で清河を眺めている。

「香良洲補佐」

相当なショックを受けているはずなのに、辰江は動揺を抑え込んで香良洲と正面から向き合った。

「取引の件は了解しました。清河については槌谷党首をはじめ党幹部に報告して必ず善処しますので、この件はくれぐれも内密にお願いします」

「承知致しました。秘密は厳守します」

「大蔵省の内部においてもです」

「省内でも決して他言致しません」

「ここにある証拠物件はすべてこちらで引き取らせて頂きます。いいですね」

「結構です」

清河にはもう何も聞こえていないようだった。呆けたように、ただ中空を見つめている。

「それと、もう一つ」

やはり硬い表情を保ったまま、辰江が続けた。

「香良洲補佐、あなたが職務を遂行する過程で偶然これらの証拠が集まったとは到底信じられません。入手方法についてご説明願います」

「薄田さんの所属する征心会の上部団体から提供を受けました」

「えっ！」

厳粛な政治家の顔が崩れ、生身の女の顔が表出する。

「どういうことなの、薄田さん」

混乱した辰江の視線を、薄田はまっすぐに受け止める。

彼は何も答えようとはしない。身じろぎもせず座ったままである。

「薄田さんっ」

辰江の悲痛な叫びを受け、薄田はゆっくりと向きを変え、横にいる香良洲を見た。

「おい、香良洲。俺はてめえを信じてここに来たんだ。姐さんにも会いたかったしな。だけどよう、こういう展開になるとは聞いてなかったぜ」

「すべて説明していなかったことについてはお詫びします。しかし僕はあなたに〈機会〉を与えると言った」

「おう、言った」

「これがその機会です。あなたと錐橋先生がそれぞれ今のお仕事を続けている限り、残念ながらお二人が一緒になることは論理的にも不可能だ。どちらかが生き方を変える必要がある。そしてそれは、他人が決めることではない。お二人に話し合って頂き、決断してもらうしかありません。そのためには互いがすべてを打ち明け合い、心の底から理解し合うことが不可欠です。その機会を提供した。僕に考えられる最善の策です」

今にも殴られるかと覚悟した。

だが香良洲を睨み殺さんばかりの気迫で凝視していた薄田は、背筋を伸ばし、辰江の方に向き直った。

「聞いての通り、俺はビジネスコンサルタントなんかじゃねえ。どうしようもねえヤクザ者だ。おっと、何も言わねえで聞いてくれ。成り行きとは言え、隠していたことはいくら謝っても追いつかねえと思ってる。だけどよ、俺が姐さんに心底惚れてるってのは嘘じゃねえ。それどころか、一生に一度の恋ってやつだ。だが姐さんは偉い政治家だ。今日会ってみて、その偉さがつくづく本物だと思った。俺が心の底からヤクザであるのとおんなじに、姐さんも心の底から政治家だ。そういう奴は分かるんだ。信念てやつかな、それを捨てたら、姐さんは姐さんじゃなくなっちまう。ヤクザの場合は筋とか仁義とかいうやつだ。政治家の道を捨てることなんてできっこねえ。すまねえ、分かっていながら今日まで先延ばしにしちまった。こんな気持ちになったのは初めてで、それがあんまり幸せで、信じられねえくらい楽しかったもんでよう……」

語りながら、薄田は泣いていた。泣く子も黙る征心会の若頭が。

そして、国会で黙る証人を泣かせる錐橋辰江もまた泣いている。

国民が見たら、一億総悪夢の中かと疑いたくなるような光景であった。

「本来なら俺の方からヤクザを辞めると言うところだろう。実際、姐さんのためならそれでもいいとさえ思った。けどよ、いくらカタギになったとしても世間はそうは見ちゃくれねえ。ヤクザはヤクザだ。政治家の亭主が元ヤクザだと知れたら、マスコミが飛びついてきやがるに決まってる。そうなったら意味はねえ。だからと言って……俺についてこいなんて言えっこねえ……政治家を辞めてくれなんて言えっこねえ……だけどよう、二度とはねえせっかくの機会だ、言えねえことを言ってみるのもいいだろう……辰江さん」

改まる薄田に、錐橋議員が居住まいを正す。

「はい」

「政治家を辞めて、極道の女房になっちゃあくれねえか」

実際には二、三分であったろうが、長い、長い沈黙だった。

涙をきれいに拭ってから、辰江がようやく口を開いた。

「それができるなら、私はどんなに幸せでしょう。いいえ、あなたからそう言ってもらえただけで、辰江はすでに幸せです」

予想をはるかに超える大時代的な台詞が返ってきた。

当人達がどこまでも本気であるだけに、見ている方は心底反応に困る。

「私はすべてを日本のために捧げた身。この心と体は、すでに国のものなのです。自分の勝手にはなりません」

修道女みたいなことを言い出した。

「あなたが何かを隠しておられることは、薄々察しておりました」

本当なのかと唖然とする。

そんな様子は全然見受けられなかったが――とでも思っているように、理代子が首を傾げている。香良洲もまったく同意見であった。

「でも、そんなこと、私にはどうでもよかった。ただあなたの真心が信じられさえすれば」

「姐さん……」

薄田が苦しげな吐息を漏らす。

正気を疑うような言葉の一つ一つが、ことごとく彼の胸に響いているようだった。

恋に溺れていようとも、錐橋辰江の政治家としての本能が、相手の急所――この場合はツボと言うべきか――を無意識的に射抜いているのだ。

「あなたのおっしゃった通りです。政治を捨てたら、私はもう私じゃない。そんな私に、あなたはきっと幻滅するわ。だったらいっそ、結ばれない方がいいのです」

「そ、そんなことは――」

思わず否定しようとした薄田の言葉をすばやく遮り、

「私は、あなたの胸の中で永遠に生きる方を選びます。あなたが幸せなヤクザ人生を過ごせるような平和な日本にするために、私はこれからも戦います」

〈幸せなヤクザ人生〉とは一体何か。謎の文言が飛び出した。しかも〈平和な日本〉といきなり矛盾している。

「姐さんっ！」

テーブルを回り込んで駆け寄った薄田が辰江を抱き締める。

「あなたの幸せを、私はいつまでも国会から見守っておりますわ」

いつまでも選挙に勝ち続けるつもりなのか――そんな突っ込みさえも無力化する、恐るべき錐橋辰江の言霊であった。

「俺も姐さんの活躍をテレビの前で応援してるぜ」

「嬉しい……投票もして下さいね」

「ああ、約束するぜ。組の若い衆にも必ず選挙に行かせる」

「薄田さんっ」

「辰江っ」

ひしと抱き合う二人の姿に、いつから聞いていたのか、清河が憎々しげに言い放つ。

「婚約者の正体はヤクザか。確かにマスコミに知られたら一大スキャンダルになるだろうな」

するとたった今まで全身悲劇の乙女であった辰江が、地獄の魔王よりも冷酷で居丈高な目で清河を見下し、

「あんたのゲスぶりには反吐《へど》が出るわ、この変態の最低男」

「なんだと」

「おう、清河のセンセイよお」

薄田も本来の凄みを利かせて清河を睨め付ける。

「姐さんの足を引っ張るような真似を少しでもしてみやがれ。征心会のヒットマンを全員てめえの所に送り込んでやるから覚悟しな。たとえシベリアや宇宙に逃げたって、必ず見つけ出してタマぁ殺《と》るからそう思え」

あまりの迫力に、清河は再び心を閉ざして逃避するように黙り込んだ。

辰江と薄田は、もう彼には構わず、今生の名残を惜しむかの如くに見つめ合っている。

絶句していた理代子が、我に返ったように視線を香良洲へと向けた。

彼女の目がこう告げている——最初からこれを狙っていたのね。

その通りだ。

もちろん社倫党の動きを封じ、こちらに協力させるのが第一の目的であったことには違いない。だがそれと同時に、頭痛の種であった錐橋議員と薄田の恋愛問題に決着をつける——それこそが言わば第二の目的であった。

薄田にも告げたが、二人が結ばれることは論理的に不可能だ。しかし、恋は人を盲目にするという箴言《しんげん》の通り、錐橋議員と薄田には並の説得は通じそうにもない。下手をすれば、こちらが双方から恨まれる。他人の恋愛に介入するリスクは、巨額投資案件のリスクにも匹敵する。気鋭の国会議員とヤクザの若頭だ。どちらも敵に回せば厄介なことこの上ない。

ならば説得するのではなく、本人達に選択させること——自分達が主体的に決断したのだと思わせる方向へ誘導することがベストである。それが香良洲の策であった。

実際に、錐橋議員は決断した。それが政治家として本来的に有する決断力のゆえかどうかは分からない。またそうなると、必然的に薄田も男として未練は見せられない。花道を行く女を見送り、修羅の道へと引き返す着流しヤクザ。そんな自己イメージに浸っているのだろうが、結局はそれが二人にとって、最善の道であることは間違いない。

〈清河正悟〉という切り札によって、いくつかの頭の痛い問題は解決した。

後は、自民党と——幕辺だ。

〈清河先生は任期いっぱい務めるけど、次の選挙には出ない。健康上の問題により政界を引退。そう決まったわ〉

その夜、電話をかけてきた理代子が言った。

あれから党本部に直行した錐橋議員は、党首の槌谷ルリ子以下、主だった党幹部を極秘裏に招集し、清河の正体について報告した。なにしろ山のような証拠があるから清河に反論の余地はない。ただ子供のようにうなだれて、幹部達の下した処断を受け容れるばかりであったという。

〈あなたの提案も了承された。取引は成立よ〉

「そうか」

自宅マンションのキッチンで冷蔵庫の中を物色しながら、香良洲は携帯に答える。

〈それにしても清河先生がパンスキ議員どころか、あんな最低で卑劣で不潔な変態男だったなんて、ホントに驚いた〉

「媚山先生や永沢先生を少しは見直したかい」

〈それは絶対にないって言えるわね〉

「酷いな、そりゃ。普段の行ないのせいとは言え、両先生がなんだかかわいそうになってきた」

〈そんなことより、薄田さんがヤクザだったってのも驚きだわ〉

「それこそ君は、薄々察してたんじゃないのかい」

〈まあ、不審には思ってたけど、まさか本職だなんて〉

牛乳のパックを取って匂いを嗅いでみる。異臭がツンと鼻をつく。香良洲は立ち上がってパックの中身を流し台に捨てた。

〈絵里さんのお兄さんってのも嘘なんでしょう?〉

「そうなるね。すべては咄嗟についた嘘だった」

〈酷い人。私達をずっと騙してたのね〉

「仕方なかったんだよ、あのときは。第一、君が神庭君を僕の婚約者だなんて勘違いするからいけない」

〈私のせいだって言うの〉

「そんなつもりはないよ」

〈あっ、待ってちょうだい、じゃあ絵里さんは本当にあなたの婚約者なんかじゃないってのね〉

「最初からそう言ってたじゃないか。それを君が勝手に……」

そこまで言ってから突然気づいた。

「へえ、もしかして君は、僕が神庭君となんでもないなら、また僕とよりを戻――」

最後まで言う暇さえ与えられず電話は切られた。

結局、冷蔵庫にはその夜の空腹を満たしてくれそうな物は見出せなかった。近所のコンビニに向かうべく、香良洲は再びシャツを羽織って外に出た。

22

週明けの月曜は、第二次処分案の作成に追われ、香良洲は大蔵省内を文字通り縦横無尽に走り回った。

行く先々で、難波次長とその手下達の監視網を意識させられた。総動員態勢をいいことに、彼らは何かというと処分案の調整状況を知りたがったからだ。

「こちらの事務手続きに見落としがないか、ちょっと確認させて下さい」

難波の手下の一人である松元が、そう言って各局の意見を反映させた処分案の草稿を強引に持ち去ろうとしたときなど、香良洲は涼しい口調で松元に告げた。

「それは構わないが、調整状況の機微が担当者から漏れれば省内調整ができなくなる。そうなると大蔵省全体がダメージを受ける。せっかくの幕辺さんの配慮も無駄になるというわけだ。その場合、当然君が全責任を負ってくれるんだろうね」

あからさまに動揺した松元は、よく聞き取れない声で意味不明な言いわけをし、草稿の束を残してその場から逃げ去った。

小物の相手などしている暇はない――それは偽らざる実感であった。

午後五時。香良洲は〈偶然〉廊下で難波次長とすれ違った。

「おう、香良洲」

すでに幕辺の次を意識しているのか、ワルを気取った態度で声をかけてきた。

「どうだ、進捗の方は」

「はっ、多少遅れ気味ではありますが、なんとか」

「そうかそうか」

ワッハッハッ、とカタカナで表記できそうな発音で難波は笑った。そんな漫画のような笑い方をする人間が現実にいようとは思ってもいなかった。

「ここで俺達が踏ん張らねば、社倫党や無責任な野党に付け入られるだけだからな」

「失礼ですが、社倫党は与党ですよ」

「そう言ったつもりだが？」

途端に付け焼き刃の豪放磊落《ごうほうらいらく》さがメッキのように剝がれ落ち、難波は本来の短気を露わにする。

「これは大変失礼致しました」

「分かっとらんようだから念のために教えといてやる。社倫党の言うように消費税を減税したりすれば日本は滅びる。消費税減税など以てのほかだ。むしろ一〇パーセント、いや、一五パーセントまで上げる道筋をつけねばならん」

「御説の通りかと存じます」

うわべだけで追従する。

「赤字国債などしょせん邪道でしかない。均衡財政は国の経済の根幹だ。大蔵省が存亡の危機にある今こそ、邪道を正すときなんだ」

「私もまったく同意見でございます」

大半は幕辺の受け売りだろうが、国士気取りで天下国家を語る難波にひたすら迎合してみせる。

本人はこちらが思惑通りに動いているかどうか確かめに来たつもりなのだろうが、〈次の次のワル〉になった気分が先走るあまり、本来の目的から逸脱していることに気づいていない。ある意味御しやすい相手だ。

これで念押しは充分と見たか、難波は周囲を睥睨《へいげい》しながら歩み去った。

またも貴重な時間を無駄にさせられた——

再び歩き出そうとすると、廊下の先で貝塚が肩をすくめて笑っていた。災難だったな、とでも言うように。

香良洲も苦笑して頷いてみせるが、心には黒い笑いさえ湧いてこない。今はただ、処分リストに貝塚の名もあることを、ぎりぎりまで本人に知られぬよう隠し通すだけだった。

同日午後十一時、香良洲はインターフォンのボタンを押した。周辺に監視者や尾行者がいないのは何度も確認している。

〈はい、どちら様でしょうか〉

インターフォンから女性の声が流れてきた。夫人かどうかは分からない。

「大蔵省の香良洲と申します。急用があって伺いました」

〈お約束はおありでしょうか〉

「ございません。ご迷惑とは存じますが、どうかお取り次ぎをお願いします」

〈お名前をもう一度お願いします〉

「文書課の香良洲と申します」

〈お待ち下さい〉

直立不動の姿勢で香良洲は待つ。

吉と出るか、凶と出るか。少なくとも自分の読みでは──

一分後。インターフォンから返答があった。

〈主人は会うと申しております。お入り下さい〉

声の主はやはり夫人であったようだ。ドアが開き、年配の女性が顔を出す。

「どうぞ」

「失礼します」

夫人の案内で中に招き入れられた香良洲は、応接間へと通された。

そこで待っていた主《あるじ》は、人当たりのよい普段の態度に反し、厳しい表情で香良洲に質す。

「こんな時間にアポも取らずに押しかけてくるとは、変人どころか非常識にもほどがあるぞ」

「無礼は重々承知致しております」

「役所では話せないことか」

「はい」

「よほど大事な話なんだろうな」

「左様でございます」

「聞こう」

ソファに座った相手が身構える。

香良洲は鞄からファイルを取り出した。

「ご覧下さい」

無言で受け取った相手は、中の書類を一見していよいよ厳しい表情を浮かべた。

「処分予定者のリストか」

「その大元となるものです」

「これは……」

そこに記された名前の列に目を走らせ、低い呻き声を漏らして顔を上げる。

「作成したのは、幕辺君だな」

この家の主である田波大蔵次官は、即座にファイルの意味を看破した。

「ご賢察の通りです」

香良洲はわずかに頭を下げて答えた。

温厚で知られた田波次官があからさまに嫌悪の色を示している。

「いくら主計局が大蔵省の要であっても、本来官房マターである人事や組織について主計局長がここまで容喙《ようかい》するとは、事務分掌上からしても甚だしい逸脱だ」

それは極めて激烈な口吻《こうふん》であった。内閣内政審議室長として一旦は大蔵省の外に出た人間ではあるが、彼もまた官僚である。たとえ聖人君子に等しい人柄であっても、官僚である限り、人事と縄張りを侵す行為については敏感だ。それこそが官僚の〈逆鱗〉なのだから。

「恥ずべき接待を受けたとは言え、大蔵省の職員は皆国家のために尽くす同志であると信じている。しかるにこれは、自らの派閥のみを生かし、他を見捨てるが如き……いや、待て」

リストをさらに厳しい目で追っていた次官は、不快感も露わに言った。

「これはもっと悪質だ。佐江《さえ》君、犬井《いぬい》君、それに船木戸《ふなきど》君も……香良洲補佐、これは……」

「そうです。幕辺局長の方針に反対されている方々です」

「世間の大蔵バッシングを逆手に取って、自らの意に沿わぬ面々を追放しようという肚か」

「私にはそうとしか読めません」

次官は汚物でも摘《つま》んでいるかのような手つきでリストを返してきた。

「実は今日、最初の処分案を持って自民党本部へ行ってきた。私なりに感触を確かめようと思ってね」

「それは私も伺っております」

「幹事長代理の野中《のなか》先生にこっぴどく叱られたよ。この状況下でそんな甘い処分を認めるわけにはいかんとな」

どう応じるべきか、香良洲は咄嗟に言葉を見出せなかった。自民党本部から戻った次官が急遽幹部を集めて協議をしたという事実は把握していたが、野中広務《ひろむ》の対応がそこまで厳しいものであったとは。

「厳しさという点では、ここにある案はまさに合格というほかないが……」

そこで一旦言葉を切り、次官は改めて香良洲を見据えた。

「私としてはこのリストを君が持っている理由を知りたいね」

「参考にせよと幕辺局長から直接渡されました」

「確か君は本省に戻って間もないと聞いた。大蔵省始まって以来の変人ともな。短期間のうちにそこまで幕辺君の信任を得ていたとは、相当なやり手じゃないか。ただの変人とはとても思えない」

「恐れ入ります」

「なのにこれを私に見せるとは、一体どういうことだね。急に良心が目覚めたわけでもあるまい」

「正直に申しますと、財政政策に関する私の持論は、幕辺局長とは相容れぬものと最初から覚悟しておりました」

「あえて獅子身中の虫になったというわけか」

「幕辺局長はそこまで甘い人物ではありません。私の本心も、まず十中八九は見抜かれていることでしょう」

「だが彼はこのリストを君に任せた。よほど手綱を操れる自信があるんだろう」

「それと省内政治にも、です」

次官は疲労と苦悩の塊のような息を吐いた。

「ならば彼は、最後の最後に君を切るに違いない」

「おそらくは」

「そこまで分かっていてどうするつもりだ」

「覚悟は決めております」

「具体的に言ってくれないか」

「申せません」

次官の顔色が変わった。

次にどう出るか。それこそが勝負の分かれ目だ。

静寂の中で、香良洲は自分の鼓動の音を聴いていた。

ややあって、次官の表情が穏やかなものへと変化する。

「そういうことか」

通じた――

「私は何も聞いていないし、何も知らない。もちろん君は今夜ここへ来なかった。私は明日、これまで通り登庁して適切に務めを果たす。そんな日々が退任まで続く」

香良洲は安堵の息を漏らす。大蔵不祥事の火消し役として急遽起用されたという事情はあるが、次官に任じられるほどの人物である。さすがに聡明であった。

「ところで香良洲君、私は明日、官房長の春埜君と雑談でもしようと思うのだがね。なに、気分転換のよしなし事だ」

「実に結構なことかと」

香良洲の〈覚悟〉がいかなるものであろうと、次官とともに処分の責任を負う春埜官房長には意を伝えておく必要がある。

「ならばいい。今夜は疲れた。もう寝るとしよう」

腰を浮かせかけた次官に、

「お待ち下さい。実はもう一つだけお願いがございます」

「なんだね」

「総理秘書官の山越さんをご紹介頂きたいのです。それも極秘裏に」

「山越さんを？　あの人は幕辺君と極めて近い関係にあると聞いているが」

「存じております。ですがこの件を成し遂げるには、どうしても通しておかねばならないラインがあるのです」

そのラインが何を指しているのか、田波は正確に理解したようだ。

「難しいな。こちらから山越さんに直接連絡するのはリスクが大きすぎる。第一、幕辺君に筒抜けとなる可能性もある」

「だからこそ、次官のお力をお借りしたいのです」

「いくら大蔵省立て直しのため次官に任命されたといっても、今の私は傍流というより外様に近い。山越さんがどこまで私を尊重してくれるかは未知数だ。しかし……」

少し考えていた次官は、すぐに代案を出してきた。

「明後日の水曜に宮澤先生と会食の予定が入っている。そのとき宮澤先生にお願いして山越さんと君をつなぐよう計らって頂くというのはどうかな。宮澤先生が間に入って下さるなら、さすがに山越さんも……」

宮澤喜一元総理。自民党宏池会《こうち》の領袖であるが、現在は無役であり、すでに〈終わった人〉と見る向きも多い。

しかし、今の香良洲にとってはまさに渡りに船とも言うべき人物であった。

「宮澤先生は金融機関への公的資金注入をはじめとする積極財政がすぐにも必要だと考えておられます。この件に関してはぜひともお願いしたく存じます」

香良洲の〈お願い〉が意味するところを感じ取ったのか、次官は静かに微笑んで、今度こそ立ち上がった。

「おやすみ、香良洲君」

「おやすみなさいませ」

奥へと下がる次官の後ろ姿を、香良洲は深々と頭を垂れて見送った。

四月二十一日、火曜日。政府から村岡《むらおか》官房長官。大蔵省から田波次官、春埜官房長。その他与党各党の幹事長と国対委員長らが集まり、大蔵省の作成した第二次処分案を元に、パンスキ問題の対処方針についての折衝が行なわれた。

その結果、処分対象者、処分程度、集中審議の方向性と日程など、概ね合意に至ったのである。

予算委員会での集中審議は、二日後の木曜に決定した。

翌二十二日、水曜日。集中審議を控え、香良洲達は終日対応に追われた。証人喚問や参考人招致に応じる職員への想定問答対応は言うに及ばず、同じく招致される金融機関関係者の発言内容の調査も行なわねばならなかった。

それだけではない。大臣への質問対応、処分が予想される職員へのそれとない説明など、まさに大蔵省全体が鳴動するような慌ただしさであった。

大臣への質問対応は関係各課が担当してくれているからいいが、香良洲にとって気が重いのは主に後者であった。

「磯ノ目補佐、ちょっといいかな」

声をかけただけで、相手はまず震え上がる。ことに磯ノ目のような小心者はなおさらだ。

「かっ、香良洲君、もしや僕が処分とか……されるんじゃないだろうね？」

「それはまだなんとも言えないが、まあ、ここじゃなんだ、ちょっとあっちで話そうじゃないか」

「話が違うっ」

「なんの話だい」

香良洲は背後に従えた澤井と野口が気になった。部下を連れているのは公的な職務を執行していることの証明でもあるのだが、タスクフォース四人組との密約を彼らに知られるのはまずい。

「なんの話って、香良洲君、君は僕達だけは大丈夫だって……」

「ああ、居酒屋での話か」

「そう、それだよ」

「『大丈夫か』と訊かれて、『大丈夫じゃない』と応じる者はおらんだろう、常識的に」

「そんなっ、君はそれでも……」

「何か勝手に勘違いをしてるんじゃないか、磯ノ目補佐。我々は職員一人一人に個別の心構えを通達しているだけなんだ。形式的なものなんだよ、あくまでね。さあ、あっちでゆっくり話そうよ」

「嫌だ、僕はだまされないぞっ」

「そうか、じゃあそれでもいいんだ」

いいかげんうんざりして、香良洲はそこで退くことにした。

「えっ、いいの？」

「だから言ったろう、形式的なものだって。君が必要ないってんならそれでもいいんだ。忙しいときに引き留めて悪かったね……澤井君、野口君、次に行こう」

部下二人を連れてさっさと移動する。〈形式的なもの〉であるのは嘘ではない。ここまで嫌がる職員に無理に聞かせる必要はどこにもなかった。心構えがあろうとなかろうと、処分は否応なく下されるのだ。

しかし、タスクフォースの四人には後で電話しておく必要がある。泡を食った彼らが迂闊なことを口にしたりしたら、何もかもが台無しだ。

「次は誰だ」

廊下を歩きながら澤井に問うと、彼はファイルを繰りながら言いにくそうに答えた。

「秘書課の貝塚補佐です」

「そうか……」

気ばかりでなく足まで重くなった。だが例外を作るわけにはいかない。

貝塚が処分されるのはやむを得ないとも思う。その一方で、彼よりはるかに悪質な接待遊興に耽っていた者達が無傷で済むのは我慢がならない。

香良洲の目から見て、貝塚は有能な官僚だと思う。これからの大蔵省になくてはならない人物だ。

この処分は、決して大蔵省を浄化しない。満身創痍《まんしんそうい》の大蔵省にとって、必ずやとどめの一撃となるだろう――

そう考えると、気分はいよいよ暗澹《あんたん》となった。

貝塚は磯ノ目と違い、動ずることなく香良洲の話を受け容れた。あくまで〈形式的な仮定上のものとして切り出した香良洲の話を黙って聞いていた貝塚は、最後に潔くこう言った。

「分かりました。ご苦労様です、香良洲補佐」

堂々とした態度であった。しかしその言葉には普段のような力はなかった。

その夜、香良洲は深夜まで次官からの連絡を待ったが、携帯も固定電話もともに一足早く眠りについたようで、身震い一つしなかった。

そして四月二十三日、木曜日。国会で予算委員会集中審議が始まった。

証人喚問されたのは大蔵省の局長級と課長級が合わせて四人。もちろんその中に主計局長は含まれていない。参考人招致されたのは金融機関関係者が同じく四人。加えて、ノーパンすき焼き店『敦煌』関係者二人。いずれも真実の解明というよりは、国民へのアピールの意味合いが強いものだった。質問する側も承知している。それが火曜の〈最終合意〉の結果であるからだ。

大蔵省側の関係者はただひたすら耐えるしかない。彼らにとって、最終処分はまだ確定していないということだけが唯一の拠り所《よどころ》であった。

同日、午後十一時五十七分。そろそろ日付が変わろうかという頃に、香良洲の携帯が鳴った。

「はい、香良洲です」

即座に応答する。

〈私だ。宮澤先生は了承してくれた。近いうちに山越さんから君の番号に直接電話があるだろう〉

「近いうちとはいつのことでしょう」

勢い込んで尋ねていた。

〈そこまでは分からん。私にできるのはここまでだ〉

田波次官からの電話は唐突に切られた。

山越と連絡が取れても、最終処分発表の後では意味がない。だからと言って、間に入ってくれた次官に食ってかかるわけにもいかない。

間に合うか、どうか――

不意に香良洲は、次官に礼さえ述べていないことに気がついた。

心を静めるべく大きく深呼吸をする。二度、三度。まだ足りない。四度、五度。しばらく続けていると、新しく取り入れられた酸素がようやく脳にまで供給されたような気分になってきた。

よし――

肚を決めて携帯に登録してある番号の一つに発信する。相手はなかなか応答しない。呼び出し音が十二回を数えたとき、ようやく出た。

〈もしもし〉

「遅い時間に申しわけございません。香良洲でございます」

〈番号違いじゃないの？　理代子ちゃんの番号なら――〉

「かけ間違いではございません、錐橋先生」

錐橋辰江の声は、この上なく不機嫌そうだった。

〈悪いけど、私、当分あなたの声は聞きたくないの。できれば一生〉

薄田との別れがよほどこたえているのだろう。単に不機嫌なだけでなく、そこはかとない悲哀が滲んでいた。

〈あなたとの約束ならちゃんと果たしてるでしょ。今さら用なんてないはずよ〉

「それはよく存じております」

実際、火曜の最終合意の場においても、今日の集中審議においても、錐橋議員は普段に増して冷静で舌鋒鋭く、核心を衝く質問を繰り出しては並み居る重鎮を瞠目させた。そしてそれは、どこまでも香良洲との約定に沿ったものであった。

「しかしながら、日本経済の行く末に関わる重大事であり、且つまた、社倫党の財政政策推進に役立つものであると考え、先生のお気持ちを知りながらあえて電話を差し上げた次第です」

うんざりとした声が返ってきた。

〈相変わらず口が回ること〉

先生ほどでは、と言いかけ慌てて口を閉じる。

〈それで、私にどうしてほしいの〉

「先生の相場観をお聞かせ頂きたいのです」

〈何について〉

「加藤紘一先生について」

少しは驚くかと思った。しかし、常にこちらの予想を裏切ってくるのが錐橋辰江の真骨頂である。彼女はこともなげに、そして些《いささ》か気怠《けだる》げに応じた。

〈また何か企んでるみたいね〉

「財政政策に関する私の考えは、先生もよくご存じの通りです」

〈我が党に利する話だってことね。それはもう聞いたわ。でも、加藤先生のことなら自民党に訊くのが筋じゃないの〉

自民党幹事長、加藤紘一。九六年一月、当時内閣官房長官だった梶山静六と赤坂の料亭で密会し、いわゆる住専国会対策に絡む大蔵省改革案について話し合った。このときの密談が大蔵省叩きの発端となったという説は否定できない。

自民党商工族のドンとして隠然たる勢力を誇っていた梶山静六は、自民党保守派と新進党による連立構想、すなわち『保保連合構想』を巡って、実は加藤紘一と真っ向から対立する関係にあった。にもかかわらず、大蔵省改革問題に関してのみ、両者の意見は大きな一致を見たのである。

そして加藤は、九六年二月の時点で「大蔵省の銀行局、国際金融局、証券局をまとめて金融庁とする」という大蔵省分割構想を表明している。これを受け、梶山は記者会見で「大蔵省の官僚システムは時代への対応能力を失いかけている」と発言。かくして大蔵省の改革は政府にとって既定路線となっていったという経緯がある。

「お言葉ですが、内部にいては見えないこともございます。外部にいながらそう遠くではなく、同時に政局を的確に分析できる見識を持つ方のご意見を伺いたいのです。私が知る限り、錐橋先生ほどその条件に合致しておられる政治家は――」

〈お世辞はいいから〉

「いえ、お世辞などでは」

〈じゃあ本当のことはいいから。で、私に加藤先生の何を訊きたいわけ？〉

「恥を忍んで申し上げますと、大蔵省には充分な自浄能力はございませんでした」

〈ちょっとアンタ、なに言ってんの。そんなことじゃ困るじゃないの〉

いきなり国会で追及しているようなトーンになった。少なくとも五オクターブは上がっている。

耳鳴りをこらえて携帯に話し続ける。

「まあお聞き下さい。一番の大ワルを抱えたまま参院選に突入すれば、いつ野党につつかれるか知れたものではございません。自民党にとってはアキレス腱ともなりかねない危険因子です。そんな状況下で、加藤先生はどのような選択をなさるだろうかと」

〈一番の大ワル？〉

「は、財政に関する先生と私の共通した見解に反する方針を主張する勢力と申しますか、人物が……」

〈共通の敵ってこと？〉

「端的に申しますとそういうことで」

〈ははあ、要するにあなた、私に何かやらせたいのね〉

恐るべき勘の良さだ。これまで散々思い知らされたこととは言え、錐橋議員の嗅覚と洞察力には舌を巻くしかない。

〈その状況とやらをもう少し詳しく〉

「はい、その人物は経世会、つまり竹下派に近い立ち位置で」

〈一課長補佐が手出しできるような相手じゃないと〉

「残念ながら」

〈そいつが生き残ると、日本の財政は私達の思うようにはならないってことね〉

「左様でございます」

〈それで？〉

「大蔵省と経世会のパイプを断ち切ること。それは経世会の影響力を殺《そ》ぐことにもつながりますので、加藤先生にとって悪い話ではないのではと愚考するのですが、いかがでしょうか」

〈大体はそうね〉

「この件はすでに宮澤先生のご内諾を頂いております」

〈本当なの？〉

今度は一オクターブほど上がった。

「はい。ここで加藤先生にもご同意を頂ければ、宮澤先生も加藤先生に宏池会を禅譲しやすくなるのではと、かように考えるのですが、果たして加藤先生はどのようにご判断されることやら……」

〈変な小芝居はもういいから。分かったわ。加藤先生の公設秘書と知り合いのスタッフがウチにいるから、すぐに接触させる。発信元は大蔵省と言っていいわね?〉

「でないと加藤先生に信用して頂けないでしょう」

〈そうね。でも集中審議はもう終わってるのよ。いくらあなたでも今からひっくり返すことなんて不可能なはずだけど、一体何をやろうっての〉

「申せません」

今度は予想の通り、議員は怒らず微笑した。

〈私も党も、まったく関係ないってことでいいのね〉

「はい。今夜私は、誰にも電話などしておりません」

運命の皮肉とでも称すべきものを強く想う。大蔵省追及の急先鋒《きゅうせんぽう》である社倫党の政治家が、土壇場で最も心強い味方となろうとは。

〈理代子ちゃんはホント冴えてたわね〉

突然に元妻の名を出されて面食らう。

「えっ、何がです?」

〈あなたととっくに離婚してたってことよ〉

返す言葉も見つけられぬうちに電話は切れた。

四月二十四日、金曜日。集中審議の結果や政府与党からの指示等を受けて二次案の微調整が行なわれた。

文書課も秘書課も、いや大蔵省全体が極度の緊張の中で作業を進める。それは〈一部の者〉を除き、文字通り身を切るに等しい苦行でもあった。

作業の途中で大きな修正があれば、政府与党の了承を得るため即時説明に赴く。すべては厳粛且つ厳密に進行した。

過去五年間に金融部局に在籍していた職員を対象に、接待の回数や金額についても〈徹底的に〉調べた結果である。対象者の数は千五十人。公務員としての彼らの営為、または罪業のすべてと言っていい。

やむを得ない——〈一部の者〉である幕辺はそう己に言い聞かせる。

身を切る痛みは、自分とて同じである。大蔵省は家族である。職員の一人一人がその一員だ。しかし将来の家長として、自分はあえて身内を切らねばならない。ならばせめて、自分の手で、自分の責任で切ってやろう。その罪は死ぬまで負っていく。自分にはその覚悟がある。

景気対策で赤字国債を無尽蔵に使えば、次世代に払い切れぬ負債を残すことになる。財政が破綻してハイパーインフレにでもなれば、誰がどう責任を取るというのか。逆に、財政が安定すれば個人消費も増えて経済は必ず回復するはずだ。

刻々と完成形に近づいていく処分案の文面が、要所要所で〈身内〉の手によって密かに自分の元へ運ばれてくる。すべては順調に進んでいた。

これでいい――

だが、その草稿にはあの名前がない。

香良洲圭一という食えない名前だ。

リストを香良洲に託す際、そこに自分の名があればいくら香良洲でも動きはすまい。一時の方便として香良洲の名だけは省いておいた。奴の名は最後に記入すればよい。

省内の根回しは済んでいる。今ここで香良洲の名が処分者の列に加わっても、表立って声を上げる者はいない。それどころか省内の異端者として疎んじられている男だ。不審に思うどころか、処分されて当然と考える者の方が多いだろう。

ようやくそのときが来た。ペンを取り上げた幕辺は、処分者の末尾に香良洲の名を加えようとして、ふと手を止めた。

文書課の課長補佐として、これまで香良洲は先頭に立って処分案の作成を進めてきた。それは省内の誰もが知っている。その香良洲を今ここで処分すれば、かえって疑惑を招くのではないか。

自分が次官になりさえすれば、香良洲などどうにでもできる。省内でもう少しだけ利用してもいいし、いっそ体《てい》のいい飼い殺しにしてやってもいい。放逐するのも簡単だ。少なくとも、今回のほとぼりが冷めた頃に始末した方が目立たないのは間違いない。

　また、このまま香良洲を完全に飼い馴らすことができたなら、己の器量を省内外により知らしめる恰好の材料となるだろう。

　笑みを浮かべて幕辺はペンを置いた。

　これまでよく働いてくれたのだ。今しばらくは生かしてやろう。


　完成した処分案は、最後に官房長と次官の承認を受けた。もう大蔵省の誰にも覆せない。

　こうして最終処分案が確定した。

　公表は週明けの月曜と決まっていた。


　四月二十五日、土曜日。午前十時、ホテルニューオータニの一室で、香良洲は山越総理秘書官と相対していた。

　お互い、あらゆる点で相容れぬ存在であるということは分かっている。

　しかし今は、すべてを呑み込んだ上で話さねばならない。

「私が課長補佐クラスの方と直接話すのは異例であると思って下さい」

　山越は初手から居丈高だった。政治家の秘書にはよくいるタイプだ。ましてや現総理の公設秘書である。傲慢極まりない者が少なくない中で、山越の態度はごく標準的なものであり、むしろ友好的であるとさえ言えた。だからと言ってこちらが好感を抱くわけではないが。

彼が交渉の相手として幕辺を選んだのも実によく分かる。

「宮澤先生から直接のご指示があったのでやむなく応じることにしたのです。しかも極秘のうちにだなんて、異例にもほどがある。異例と言って悪ければ非常識だ」

「その点は幾重にもお詫び申し上げます」

こちらとしてはひたすら下手に出るしかない。

「ですが、事は日本の将来が懸かっているのです」

山越は失笑した。

「何かと思えば……失礼ですが、あなたは一課長補佐でしょう。そのあなたが、天下国家をどうこうしようというわけですか。申しわけないが、私はそんな妄言に付き合っていられるほど暇ではない」

「その妄言に宮澤先生が付き合って下さったからこそ、あなたはここへ来たわけでしょう」

山越の表情から笑みが消え、怒気が取って代わる。

「あんたね——」

「宮澤先生だけじゃない。幹事長の内諾も得ていると言ったらどうです」

相手の表情が今度は明らかな驚愕に変わった。

「加藤先生が？　まさか」

「お疑いなら、後で直接ご確認なさって下さい。ただし、くれぐれも内密に」

およそ一分にわたる沈黙の後、山越は椅子に座り直すようにして姿勢を改めた。

「香良洲補佐、私はあくまで宮澤先生からあなたに会えと言われて来ただけだ。事情はほとんど聞いていないと言っていい」

「それはそうでしょう。だって、宮澤先生は何もご存じない。そういうことになっております。それは加藤先生も同じです」

「分かりました。では私もそういうことにしておこう」

「結構です」

「はっきり言わせてもらうが、正気の沙汰じゃない」

「概ね同感です」

山越はまじまじと香良洲を見つめ、

「今の大蔵省には創設以来の変人がいると聞いたことがありますが、もしやそれは……」

「私のことでしょうね、たぶん」

流れは今や完全に自分の方を向いている。香良洲はそう読んだ。

「しかし……しかしだよ……」

薄く脂汗を浮かべた山越は、懸命に頭を捻っているようだった。

「最終処分案は昨日確定したと聞いている。幕辺主計局長もはっきり確認したと言っていた。それをどうやって覆すつもりなんだ」

「私は文書課に所属しております」

「それで？」

「それだけです」

「ふざけるな。はっきり言え」

充分に間を溜めてから、香良洲はゆっくりと答えた。

「申せません」

雷の直撃でも食らったかのように山越が両眼を見開いて硬直した。

「そうか、そういうことか」

ようやく本質を悟ったらしい。

「宮澤先生も加藤先生も〈聞いていない〉はずだ」

「それだけではございません。大蔵省内のどなたも聞いてはおられません。次官も官房長もです」

「なるほど、外堀はすでに埋めてあるということか」

それに対しては沈黙で応じる。

「ここだけの話だが、総理は次の大蔵大臣として宮澤先生を担ぎ出す案を構想しておられる。すでに宮澤先生にも打診済みだ」

そこまでは知らなかったが、あえて黙っている。

「確かに宮澤先生にとってあなたの提案は好都合だ。目をつぶっていようという気にもなるだろう。万一悪い方に転んでも傷を負うのは大蔵省だ。聞いていない以上、リスクはない」

そして山越は別人のような機敏さで立ち上がった。

「分かった。幹事長室に電話して確認の上、私から総理にお伝えする」

「よろしくお願い致します」

香良洲も立ち上がって低頭した。

23

四月二十七日、月曜日。春埜官房長と戸ケ崎《とがさき》銀行局長、青野秘書課長による記者会見が開かれ、大蔵省は内部調査の結果による処分を公表した。処分対象者は計百十三人。停職二人、減給十七人、戒告十四人、訓告二十二人、文書厳重注意三十三人、口頭厳重注意二十五人という異例の大量処分である。その中には、杉井孝《すぎいたかし》大臣官房銀行局担当審議官、長野《ながの》厖士《あつし》証券局長、墳崎敏之《つかさきとしゆき》近畿財務局長、滝本豊水《たきもととよみ》証券取引等監視委員会事務局総務検査課長ら幹部が多数含まれていた。

その内容を概ね予測していた大蔵省職員達は、いずれも重い覚悟や諦念とともにテレビ中継を通して発表を聞いた。

だが処分対象者の中に、誰も予測していなかった名前が一つだけ混じっていた。

同時刻。局長室で専用のテレビを流しながら、幕辺は文書課経由で配布されたばかりの幹部用報道資料をめくっていた。今日の記者会見で公表される内容が、他のさまざまなリリース案件とともにまとめられたものである。

中は見ずとも分かっている——

しかし幕辺は、半分は責任感から、残りの半分はいつもの習慣から、テレビ音声を聞きながら漫然と資料に目を通していた。

なにげなくページをめくる。その冒頭に書かれていた文言に、かつて経験したことのない衝撃を受けた。

気がつくと大声で叫んでいた。

「なんだこれはっ」

同時に、テレビから流れてきた己の名前を耳にした。反射的に顔を上げてテレビを見る。

テーブルに広げた資料を見ながら、春埜官房長がこの上なく神妙な顔で喋っていた。

今なんと言った——もう一度言え——今誰の名を口にしたんだ——

だがテレビ画面の中で官房長は淡々と資料を読み上げているばかりである。

再び資料に視線を落とす。やはり目の錯覚などではなく、明瞭に記されている。

「幕辺靖主計局長　停職四カ月」と。

「局長っ！」

そこへ血相を変えた難波が駆け込んできた。同じ資料を手にしている。

「どういうことだ、難波っ」

立ち上がって怒鳴りつけた。

「分かりませんっ。私も今読んだばかりで」

「分かりませんで済むかっ」

難波は今にも泣き出しそうな顔で、

「そうはおっしゃいましても、先週末に確定した最終処分案では確かに……局長も確認なされたはずでは……」

「ああ、したとも。全員がな」

「見て下さい、私の名前も入ってるんですよ」

「そんなことはどうでもいいっ。変わるはずのないものがどうして変わっているんだっ」

「私にも何がなんだか……」

「おまえは作成終了までずっと見張っていたんじゃないのか」

「ええ、そうです。なのにどうしてこんな」

「おまえでは話にならん。どけっ」

難波の巨体を突き飛ばすようにしてドアへと向かう。

「どちらへ？」

「それくらい分からんのか。人事の担当は秘書課長だろう！」

「ですが、秘書課長なら、あそこに」

震える指先で難波がテレビ画面を指差した。テーブルの右端に俯いて座っている青野が映っていた。いくらなんでも会見の場に乱入するわけにはいかない。青野を飛ばして官房長と直談判しようにも、春埜はそれこそ画面の中央で会見に応じている真っ最中である。

会見の終了までとても待ってはいられない。

　こうなったら――

　局長室を飛び出した幕辺は、事務次官室へ直行した。

「失礼します」

　ノックもせず室内に入ってから声をかける。

　テレビに見入っていた次官がゆっくりと振り返った。

「お話があります。極めて重大な問題です」

　とがめる素振りさえ見せず、次官は鷹揚に頷いた。

「何かね」

　幕辺はテレビを指差して、

「官房長は誤った資料を発表しています」

「本当かね」

「はい。官房長が公表した処分対象者には私の名前がありました」

「それは私も聞いたばかりだ。正直に言って驚いている。君だけは対象者に含まれていないと思っていたからね」

　その言葉に、幕辺はようやく安堵した。

「その通りです。私が含まれているはずはありません。皆が確認しましたから」

「ああ。しかし、配布された報道資料には、この通り、君の名が載っている。実に奇妙だ」

次官は手にしていた紙の束を差し出した。

「それが誤りだと申し上げているのです。早急に会見を中断して訂正しなければ――」

「変なことを言うね。君は今、皆が確認したと言ったばかりじゃないか」

「ですから、それが――」

声を荒らげた幕辺を制するように、次官はおもむろに片手を上げた。

「一度確定したものが勝手に書き換わったとでも言うのかね。馬鹿馬鹿しい。私も君も勘違いをしていたんだよ。残念だが、これはすべて公正な内部調査に基づく結果だ」

「次官、それは――」

言い募る幕辺に対し、田波はどこまでも穏やかに言う。

「事実は一つだ。今ここにある、そして官房長が公表している処分者リストの中に君の名前が書かれている。表紙には私と官房長の捺印《なついん》もある。間違いなく本物だ」

幕辺は詰まった。次官の言う通り、どんな手違いがあろうとも、別の文書を官房長が発表することなど手続き上あり得ない。

「見たまえ、幕辺局長」

テレビ画面の中では春埜が大汗を掻《か》きつつも質疑応答に追われている。

「すでにああして公表された以上、どうにもならん。いや、たとえ会見前であったとしても、官邸の承認まで得た決定を覆すことなど私にも不可能だ。君の採るべき道は、下された処分に潔く従うことだ。今の状況下で最も大切なのは、大蔵省への国民の信頼を一日も早く取り戻すという大目標の達成にある。幕辺君、君ならそれくらいの覚悟はできていると私は信じているよ」

もしや――

「次官、もしや、これは」

途方もない想像に舌がもつれる。

「幕辺君」

温厚で知られた田波が、今は厳しくも透徹した目でこちらを見据えている。

「それ以上口にしてはならん。もし君が想像していることが〈決してあってはならないこと〉であるならばな」

おぼろげながら幕辺は事態を理解した。

何も言わず、一礼して次官室を出る。自分の執務室に戻ると、すぐに机上の受話器を取り上げ、外線を選んで山越総理秘書官の携帯番号を押した。

呼び出し音がすぐに途切れ、つながった。

「あっ、山越さん、私です、幕辺――」

〈おかけになった携帯電話は、ただ今電波の届かない場所にあるか、電源が切られてい

ます。しばらくしてから、もう一度おかけ直し下さい〉

録音のメッセージだった。叩きつけるようにして一旦受話器を置き、すぐに直接の後輩である大蔵省出身の坂《さか》総理事務秘書官にかけた。

〈おかけになった携帯電話は――〉

坂の携帯もやはり不通となっていた。

再度受話器を置き、官邸の秘書官付室にかけ直す。秘書官付とは、秘書官をサポートするために各省庁から出向している課長補佐級の比較的若いスタッフである。

〈はい、秘書官付室です〉

今度はすぐに出た。

「大蔵省主計局の幕辺です。山越秘書官をお願いします」

〈申しわけございません。山越は総理のお申し付けにより外出しております〉

「お戻りはいつですか」

〈お教え致しかねます〉

分からない、ではなく、教えられないと言う。

「では伝言を――」

〈私には承る権限はございません。失礼します〉

にべもなく電話は切られた。

受話器を握り締めたまま、幕辺は呆然と立ち尽くす。

次官や官房長をはじめとする大蔵省最高幹部だけでなく、政治家にも根回し済みということだ。そしておそらくは自民党の内部、それも相当な有力者から総理にまで話が行った。次官が何も知らなかったというのは本当だろう。正確に言うと、あえて知ろうとしなかった。下手に知ったら大変なことになると分かっていたからだ。官房長も山越も、また総理も、みんな同じに違いない。

幕辺は今やはっきりと確信していた。

香良洲め――

次官の前では口にできなかったこと。〈決してあってはならないこと〉。

香良洲は〈それ〉をやったのだ。

抑え切れない衝動に突き動かされ、幕辺は自分でも意味不明の叫びを上げて机の上の物を叩き落とし、踏み潰す。椅子を持ち上げ、壁に向けて叩きつける。部屋中の物を破壊する。

何人かが飛んできて取り押さえようとしたが、全力で振り払い、暴れ続ける。

決して――決してあってはならないこと――それを、貴様は――

獣のようにもがき、全身で荒れ狂いながら、幕辺は声を上げて泣いていた。

誰のために？　自分のためにか。違う。大蔵省のためにか。それとも日本の未来のためにか。

悔しいのは、そんな状態にありながらも〈それ〉を口にできなかったことだ。

香良洲——貴様は、貴様は——

貴様は公文書の改竄《かいざん》をやったのだ。


会見場の前方出口に近い壁際で待機する香良洲は、同僚達とともに会見の進行を見守っていた。

前代未聞の大量処分というだけでなく、主計局長までもが処分対象に入っていると知った記者達は、驚きを露わにして官房長に向かって我先に質問を発する。それに対し、官房長は「厳正なる内部調査の結果である」ことを繰り返し、「大蔵省の自浄能力が適正に働いている」ことをアピールした。

幕辺の名前を耳にした瞬間、秘書課長は驚愕の色を隠せず手許の資料を凝視していたが、なんの異議も発しなかった。〈それ〉を口にすればどうなるか、秘書課長が分からないはずはない。

すべては思惑通りに進んでいた。

香良洲は文書課長補佐という役職にある。その立場を、最大限に利用した。

書庫に収納されている第二次処分案の最終原本を密かに取り出し、次官と官房長の判が押してある表紙のホチキスを慎重に外す。それから中身の一部をワープロで打ち直したものと差し替える。ワープロも用紙も当然役所で使っている正規の物だ。かくして改竄は簡単に終了する。

そうだ、〈公文書の改竄〉だ。

行為自体は簡単だが、実行に移す精神的ハードルは限りなく高い。

だが、やむを得なかった。何度も自分に言い聞かせる。

発表された処分者の中に貝塚の名前はない。また貝塚のような有能な職員達の名も。タスクフォース四人組の名前も。代わりに難波をはじめとする幕辺派の名前を入れておいた。いずれもことのほか悪質な接待を受けていた面々だ。

敦煌の客であったタスクフォースの四人には多少のお仕置きとして軽い処分を与えてもよかったのだが、彼らが前後を考えず迂闊に騒ぎ出してもまずいと思い、約束通り救済した。

確定したはずの処分と、公表された処分との違いに気づく者は決して少なくないだろうが、あえて他言する者は一人もいまい。それだけは確信できる。言えば地獄の蓋が開くからだ。

次官をはじめ、官房長も秘書課長も何も言わない。官邸からも何も言ってこない。となると、〈何が起こったか〉は明らかだ。つまり、公表された処分こそが〈真実〉であり、それ以外の何物でもないということだ。大蔵省の誰もがそう考えるに違いない。

香良洲は目をしばたたく。マスコミのカメラマンが焚く強烈なフラッシュが、春埜官房長の禿頭《とくとう》に絶え間なく反射して目が痛い。

「香良洲補佐」

隣に立っていた部下の澤井が、小声で囁きかけてくる。

「僕達は、補佐を誇りに思います。文書課、いや、文書課と秘書課の全員がです」

澤井の背後に立つ野口も、大きく頷いている。

「ありがとう」

それだけ言って、香良洲は再び壇上の官房長に視線を移した。

眩《まばゆ》く輝き続けて会場全体を隈無《くまな》く照らし出している春埜の頭部は、さながら日蝕《にっしょく》を控えた太陽のようであった。

24

「では、我らが香良洲君の大活躍と我々の無罪放免を祝して、乾杯」

「乾杯!」

三枝の発声により、四人と一人が音を立ててジョッキを合わせる。

場所は有楽町のガード下にある居酒屋『三五《さんご》浪《ろう》』。会の名目はタスクフォース四人組の〈戦勝祝賀会〉だ。

「いやあ、香良洲君と文書課の連中に声をかけられたときは、てっきり僕も処分されるかと思ったよ」

「何を言ってるんだ磯ノ目、香良洲が俺達の期待を裏切るわけないだろう」

「うん、そうだったね登尾君」

ビールを呷った磯ノ目が言えば、口の周りを泡だらけにした登尾が応じる。香良洲の見るところ、四人組の中でもっとも自分を信用していなかったのが登尾で、その次が磯ノ目だ。

「正直、俺だって一時は覚悟したが、終わりよければすべてよしだ」

「うんうん、三枝の言う通りだ。勝てば官軍さ」

無邪気に破顔する三枝に、普段は醒《さ》めた最上も嬉しそうに応じている。

勝てば官軍、か――

主賓であるはずの香良洲は、四人のはしゃぎようを眺めつつ、一人黙ってビールのジョッキを傾ける。

本当は参加したくもなかったのだが、彼らに半ば拉致されるような形で連れてこられた。悪気はないと分かっているので、そう無下には断りかねたというのもある。

そもそも何が戦勝会だ——

四人の浮かれ騒ぐさまは、なんとなしに不快であった。

彼らは処分を免れたというだけで、大蔵省を巡る状況は何も変わっていないのだ。今回の大量処分によって世間の風当たりは多少弱まったかもしれないが、本質的な危機はそこではない。

「見たかい、難波次長の顔」「ああ、見た見た」「死人みたいな顔色だったぜ」「蒼白と言うより、土気色って言うのかな」「親分の幕辺さんともども処分されたんで、すっかり小さくなっちゃってさ」「実際に身長が縮んだんじゃないのか」「さあ、前がデカすぎたからなあ」「これで大蔵省の廊下も少しは広くなって通行しやすくなるってもんだ」

……

上機嫌でビールを干しながら、四人は勝手なことを喋りまくっている。先日までの狼狽ぶりをすでに忘れ果てたかのようだ。少なくとも、幕辺派以外で処分の対象となった大多数の者達のことなど、彼らの頭には欠片《かけら》もあるまい。処分対象者とそうでない者を分けたのは、紙より薄いセロハン一重の差であったというのに。そして、彼らは四人揃ってパンスキ接待を受けたというのに。

「どうしたの、香良洲君、そんなに浮かない顔してさ」

「そうだよ、今日の主役は君なんだから」

磯ノ目と三枝がこちらを振り向いた。

「今回の君の活躍ぶりは省内でも話題になってるぞ。あ、心配するな。口に出して言う者なんていやしない。以心伝心てやつさ」と最上。

「あれほど余裕綽々《しゃくしゃく》だった幕辺さんが土壇場で処分されるなんて、何かあったんじゃないかって。そこから推測やら噂やらが広まったみたいだ」と磯ノ目。

「幕辺さんをまんまと出し抜いたのがどうやら君らしいってことで、大蔵省香良洲株はストップ高だ。未来の次官も夢じゃないぞ。いやホント、若手の間では大蔵省の救世主だって言ってる者もいるくらいだ」と三枝。

「なにしろ幕辺とその一派を煙たく思っている連中は多かったからな。みんな万々歳だ」

最後は登尾の発言であったが、そこで香良洲は自制の限界を意識した。

ゆっくりとジョッキを置き、

「登尾君、じゃあどうして君達はもっと前から幕辺派の主張に対して反論しようとしなかったんだい」

登尾は面食らったというより怪訝そうな顔をして、

「はあ?　何言ってるんだ、おまえ」

官庁とは完全なる上意下達機関だ。上層部への反対など、官僚には最初からあり得ない発想である。香良洲自身がそのことを熟知しながら、それでもこらえ切れずに口にした。

「なんだ香良洲君、もう酔ってたのか。君、意外と弱いんだねえ、お酒」

巧まずして磯ノ目がフォローしてくれた。

「そうなんだ、僕は実は下戸なんだ。こう見えて、もうとっくにぐでんぐでんさ」

四人と一緒になって朗らかに笑ってみせる。一瞬緊張した場が一気にほぐれた。

「酔ったついでに白状しとこう。聞いてくれるか」

「うん、聞くとも」

三枝が真っ先に膝を乗り出してきた。後の三人もそれに続く。

「僕はね、少なくとも幕辺さんにはあの人なりのビジョンがあったと思ってるんだ。僕の考え方とはまるで違っているものだけどね」

最上が心持ち眉根を寄せる。こちらの言わんとしていることを敏感に察知したのだ。

だが磯ノ目は、奇天烈《きてれつ》なオチを待つ小学生のように先を促す。

「うんうん、それでそれで？」

「それでね、僕はやっぱり君達も処分者リストに残しておくべきだったと後悔しているところなのさ」

それだけ言って立ち上がり、振り返らずに店を出た。もちろん勘定は払わない。

大量処分公表の翌週、香良洲は辞表を提出した。

榊文書課長は予期していたかのようにそれを受け取り、低い声で言った。

「引き継ぎはどうする」

「速やかに行ないます。ですが、最低限で済ませようと思っています」

しばらく黙っていた榊は、やがて重々しく頷いた。

「それがいいだろう」

お互い、よけいなことは一言も言わない。よく言えば阿吽《あうん》の呼吸、よりよく言えば官僚の作法だ。

自席を片づけていると、背後に人の気配がした。振り返ると、澤井、野口、南、塩原といった部下達が自分を取り囲んでいる。

「どうした」

不審に思って声をかけると、暫しためらっていた澤井が、皆を代表するように口を開いた。

「お辞めになるって、本当ですか」

「さすが文書課だ。情報が早いな」

冗談めかしてそう言うと、野口がこらえかねたように叫んだ。

「どうして補佐が辞めなくちゃならないんですか。大蔵省のために誰よりも頑張ったっていうのに」

「野口の言う通りです」

塩原が即座に同意する。

「省内には今、香良洲補佐を支持する声が高まっています。僕達はどこまでも補佐についていく覚悟です。なあ、みんな」

塩原の呼びかけに、全員が頷く。

「おいおい、君達は私を次官にでも奉ろうって気か」

「ええ、そのつもりです。香良洲補佐こそ将来の――」

「その辺にしとこうじゃないか」

勢い込む塩原をやんわりと遮る。

「ここは文書課の室内だ。迂闊なことを言うと君の将来に障るぞ。それに第一、私はワルの器じゃない。あんな気疲ればかりの生活なんて御免こうむる」

「しかし補佐――」

なおも詰め寄ろうとする澤井を叱咤《しった》する。

「いいか、私はこの手で大蔵省の職員を選別し、処分したんだ。処分された者とされなかった者。双方の違いなんてほとんどなかったことは、君達もよく知っているだろう。

この責任は誰かが取らなくちゃならない」

「それは補佐一人の意向ではなかったはずです。百歩譲っても、責任を取るべきは補佐ではなく――」

「誰だと言いたいのかね」

鋭く問うと、澤井は答えられず俯いた。

「それでいい」

香良洲は澤井の肩に手を遣って、

「役人は一度口にしてしまったらそれで最後だ。面従腹背、腹に隠して黙っているのが一番さ」

そして愛用の鞄を持ち上げる。

「だから私もよけいなことは何も言わない。自分のしたことは何一つね。ただ責任だけを取る。それで勘弁してくれないか」

うなだれた部下達を残し、香良洲は出口へと向かった。

「では諸君、大蔵省の未来をよろしく頼む」

ドアを開けながら肩越しに振り返ると、こちらに向かってじっと低頭している部下達が目に入った。

財政と金融に感傷は要らない。香良洲はそのままドアを閉めた。

「おい、待てよ香良洲」

大蔵省の正面口を出たところで呼び止められた。

足を止めて振り返る。貝塚であった。

「おまえの辞表が回ってきた。どういうことだ」

「そりゃ秘書課だからだろう。秘書課の職掌として第一に——」

「ふざけるな」

どうやら貝塚は本気で怒っているようだ。

香良洲の元まで駆け寄ってきた彼は、胸倉をつかまんばかりの勢いで、

「責任も取らずに一人で逃げ出そうってつもりか」

意外な言われように面食らう。

「えっ、僕は」

「おまえには感謝している。なにしろ、俺が処分対象者リストに入っていたのはほぼ確定事項だったからな。それをおまえが救ってくれた」

「だったら——」

「まあ聞け。そのためにおまえは一体何をした？　そのことの意味が分かっているのか」

「分かっているさ。だから辞表を」

「全然分かってないじゃないか」

貝塚が声を荒らげた。

「自惚《うぬぼ》れ屋の変人のくせに、自己評価を誤りやがって。ウチの連中はみんなおまえに心酔しているぞ。文書課だってそうだろう。そのおまえが〈あれ〉をやっちまったんだ。影響はとんでもなくでかい。きっと後々、大蔵省に計り知れない災厄をもたらすぞ」

「そんな、大袈裟《おおげさ》だよ」

「本気で言ってるのか、おまえほどの男が」

今度は呆れたように言う。

「若手連中はみんなおまえのやったことを知ってるんだ。そうやって大蔵省を救ったと思ってる。近い将来、そうだ、今の若手が幹部になった頃、大蔵省に何か一大事があったら、連中はきっと思い出す。おまえと、おまえのやった手口をな」

間近で貝塚の目を覗き込む。はっきりと分かった。彼は本気だ。本気で怒っているのだ。

そこで急に疲れ切ったように息を吐き、貝塚はゆっくりと言った。一語一語、明瞭に。

「おまえは公文書の改竄をやったんだ、香良洲」

その通りだ。覚悟の上でやったことだ。

「おまえがこんなことをするなんて分かってたら、俺は処分された方がはるかにましだった。いいか香良洲、これは個人で責任を取れるような問題じゃない。きっと大きな禍根を残す。日本にとって途轍もない災厄だ。いや、もう何を言っても無駄だろう」

「貝塚、僕は……」

「変人変人と呼ばれていても、俺はおまえのそんなところが好きだった。だがもう二度と会いたくはない。これからどうするつもりかは知らんが、たとえどこの空の下にいようと、日本の行く末をその目で見届けることだな」

香良洲が反論の言葉を探している間に、貝塚は身を翻して庁舎へと戻っていった。

目には目を――古来、ごくありふれた戦法じゃないか――

心にそう呟きながら駅へと向かう。

しかし香良洲は、己の呟きから信念のようなものが薄れつつあるのを実感していた。

貝塚の予言めいた言い草を信じたわけではない。そもそも自分は大蔵省の異端者なのだ。一度は群に戻ったカラスが、再びはぐれただけなのだ。
五、六歩進んでから、もう一度足を止めて振り返る。
官庁の中の官庁。威容を誇る庁舎の上に、目に見えぬ暗雲が澱《よど》んでいる。そんなふうに感じられて寒気がした。

自分ともあろう者が、貝塚の剣幕に少々影響されたらしい――

前を向いて歩き出す。二度と振り返りはしなかった。

六月二十二日、月曜日。かねての予定通り、金融監督庁が総理府の外局という形で設置された。

初代長官には、大蔵省からではなく法務省から日野正晴《ひのまさはる》が就任した。大阪地方検察庁検事を振り出しに主として検察畑を歩み、名古屋高等検察庁検事長を務めていた人物である。

金融監督庁は、これまで大蔵省銀行局や証券局が担ってきた業務のうち、民間金融機関等の検査、監督を所掌する。つまり政府の企図していた財政と金融との分離が事実上実現したことになる。

既定路線であったとは言え、プライドの高い大蔵官僚がこのまま黙っているはずがない。いずれ大規模な巻き返しに出ることが予想された。

いいや、いずれ、ではない。すでに水面下では熾烈《しれつ》な暗闘が行なわれているに違いない。

知ったことか、と香良洲はうそぶく。

まったく気にならないと言えば嘘になるが、今の自分は大蔵省の高級官僚どころか、いかなる省庁とも縁のない一般市民だ。市井の片隅から、日本経済の行く末をただ眺めているしかない。それこそ貝塚の言ったように。

京王プラザホテルの『スカイラウンジ〈オーロラ〉』で、ジンベースのトム・コリンズを傾けながらそんなことを香良洲は想った。

聞き慣れた声に顔を上げる。待ち人がようやく来た。

「お待たせ」

「遅刻癖は相変わらずだね」

「相手があなたのときだけよ」

憎まれ口を叩くと理代子は澄ましてそう返し、優雅な仕草で腰を下ろした。

近寄ってきたウエイターに、香良洲のグラスを指差して注文する。

「同じ物をお願い」

香良洲は柄にもなく懐かしい思いに囚《とら》われた。

「覚えてるかい、ここで僕は前にもこれを飲んでいて、後からやってきた君は今みたいに同じ物を注文した」

「全然覚えてないわ」

「大蔵省のパンスキ問題が発覚して最初に会ったときだよ。あのときも久々の再会だった。本当に覚えてないのかい」

「悪いけど」

理代子の返答はそっけなかった。

元妻の記憶力からすると覚えていてもおかしくなかったが、店はともかく、注文したドリンクのことなど忘れる方が普通かもしれない。あるいは、故意に忘れたふりをしているだけか。

理代子の表情はごく普通のものであったが、元夫の目には、どこまでもよそよそしい一線を形成する薄い膜のような境界が明瞭に見て取れた。厳密に言うと離婚したときから、否、それ以前から理代子は本能のように他者と自己とを隔てる皮膜をまとっていたが、今はその硬度がかつてとは比較にならぬほど強く感じられる。

「冷たいじゃないか。今夜は君の方から誘っておいて」

「用があるから来てもらったの。それだけよ」

親密さの欠片もない。離婚した夫婦であるから当然と言えば当然だが、それでもパンスキ問題に端を発する一連の騒ぎで共闘している最中は、もう少し距離感が近かった。

「大蔵省、辞めたそうね」

「ああ」

「何やってるの、今」

「特に何も」

「これからどうするつもりなの」

「さあ、まだ決めてはいないけど、なんとかなるだろう」

「あなたならなんとかするでしょうね、きっと」

「僕が失業したと知って、励ましに来てくれたのかい」

「まさか」

理代子の態度はやはりどこまでも冷淡だった。

「あなたは人の励ましなんて必要としない人よ」

「じゃあ、用ってのはなんなんだい」

「あなたにどうしても言いたいことがあって」

「もしかして、よりを戻したいって話かい」

理代子が笑った。疑いようのない失笑だった。

その笑いをカップルの幸せな談笑と誤解したのか、カクテルを運んできたウエイターが微笑みを浮かべて言った。

「ジンベースのトム・コリンズでございます。どうぞごゆっくり」

「ありがとう」

魅力たっぷりの笑顔をウエイターに向けた理代子は、すぐに元の表情に戻って香良洲を見た。

「例の大蔵省大量処分。あのときにあなたがやったことについて」

「僕がやったこと？　そりゃ確かに同じ職場の連中の処分案を作成するのは辛かったさ。

だけど僕は上からの命令に従って——」

「とぼけないで」

その言い方で、香良洲はすべてを悟った。

「錐橋先生から聞いたのかい」

「まさか。先生は一言だって触れないわ。それが政治家ってもんでしょ」

「じゃあどうして分かった」

「分かるわよ。あの状況で何が起こったのかってことくらい」

「大した状況分析能力だ。いや、皮肉じゃなくね」

「正直言うと、確信までは持てなかった。だから人に頼んでちょっと調べてもらったの。そしたら案の定……もっとも、全部状況証拠だけど。私にはそれで充分だった」

香良洲はカクテルを飲み干して夜景に目を遣る。

今夜の会話を予期してか、東京の空は重苦しい雲に包まれて、ホテルの売りである夜景はぼんやりと滲んでまったく魅力を感じさせない。

「政治家は許せても僕は許せない、と」

「そりゃ、先生とあなたとじゃ仕事の性格が違うもの」

「同じ問題に対処したんだぜ。同志と言ってもいいんじゃないかな」

「冗談でしょ。政治家には政治家の処し方があるの。先生にその覚悟があることはあなたもよく知ってるでしょう」

「まあね」

「でもあなたは違う。あなたは公務員よ。いえ、公務員だった。しかもキャリアの。そのあなたが、公文書の改竄に手を染めたのよ。その意味が分かってる？」

貝塚に言われたことと同じであった。

黙り込んだ香良洲に対し、理代子は容赦なく続ける。

「そうよね、もちろん分かってるわよね。分かっててやったのよね。あなたはそういう人だもの。だから私は許せない」

それが言いたかったのか――

「あなたとはとっくに離婚してるけど、腐れ縁を断ち切れなかった私の責任もある。錐橋先生はね、あなたが思ってるよりずっと傷ついてるの、薄田さんとのことで」

「あれは、僕にも予想外の展開で……」

「分かってる。だから私だって責任があるって言ってるの。いいこと、今度こそあなたとは縁を切るから。この場で私の携帯番号を消去してちょうだい」

言われた通りに携帯を取り出し、理代子の監視下で番号を消す。

「これでいいかい」

「錐橋先生の個人番号も」

それもまた同様に消去する。

「結構よ。じゃあ、さよなら」

さよならと言いつつ、理代子は立ち上がろうとしない。

不審に思っていると、相手がこちらを非難するように、

「どうしたの。早く帰ってよ」

「えっ？」

「あなたとの用は終わったわ。今夜はほかにも人を呼んでるの……あ、ちょうど来たみたい」

理代子の視線の先を追うと、ウエイターに案内された客が近寄ってくるところだった。

「君は……」

「どうも、ご無沙汰してます、旦那」

洒落《しゃれ》たドレスを着た絵里が、そこだけは以前と同じく居心地悪そうな様子で挨拶する。

やっと気づいた。

「そうか、さっき人に頼んでとか言っていたのは、神庭君のことだったのか」

「ええ。だって絵里さん、あなたのフィアンセでもなんでもないんでしょう？」

「そりゃそうだが……」

「絵里さんにはこれからも私の仕事を手伝ってもらうつもり。なんたって彼女の能力は

いろんな人の保証付きだから。ウチの大事な戦力になってくれると思う」

既視感を覚える。だがそう呼ぶには、あまりに皮肉な構図であった。

かつて香良洲は、この店に絵里を招いた。そのため先客の理代子と絵里とが初めて顔を合わせることとなったのだ。

今日この場へ自分と絵里とを呼んだのは、理代子なりの意趣返しでもあるのかもしれない。

香良洲は理代子の隣に座った絵里に視線を移し、

「君が社倫党の支持者とは知らなかったよ」

「支持政党は関係ありませんよ。気に食わない仕事なら受けなくていい、調査過程で判明した事実は社倫党に都合の悪いことであっても好きに書いて構わない、ただし時を選んでですが……理代子さんはそんな条件を認めてくれましたから」

「僕の仕事はどうなるんだい」

「今は何も頼まれてませんよ。それに、旦那はもうお役人じゃないんでしょう？」

「その通りだ。しかし、この先何が――」

「何があっても旦那の仕事は金輪際お断りします」

理代子と同質の冷たさで、絵里は香良洲を遮断した。

「あのとき旦那が何をやったのか、調べたのはあたしなんですよ。いや、驚きましたねえ。証拠なんてどこにもないし、資料を請求したって大蔵省が出しゃしないでしょうが、知ってる人はみんな知ってる。それでいて絶対に口にしない。あたしは旦那を買い被っていました。変人だって言われてるけど、この人は筋の通ってる真っ当な人だってね。ところが変人じゃなかった。狂人だった。旦那はね、越えちゃいけない一線を越えちまったんですよ。もうついていけやせんや」

奇妙にも、これまで散々言われた中で、絵里の言葉は最も激烈に香良洲の胸を抉《えぐ》った。

「分かった。邪魔したね」

立ち上がって財布を出すと、理代子がすかさず制止する。

「ここの払いは私が持つわ。手切れ金兼餞別《せんべつ》よ」

「それにしちゃあ少額すぎるような気もするが、いいさ、ありがたくお任せするとしよう」

出口へと歩き出そうとした香良洲は、ふと思いついて足を止めた。

「最後に一つだけ聞いていいかい」

理代子が答える。

「なんなりと」

「神庭君のそのドレス、君の見立てかい」

「そうよ。絵里さん、最初は嫌がってたんだけど、無理にお願いして試着してもらったら、この通り、見違えるように素敵になって」

「やめて下さいよ、姐さん。今夜は場所が場所だから着てきましたけど、あたしはやっぱり……」

「ダメダメ。絵里ちゃんは磨けば磨くほど光るタイプなんだから。私の目に狂いはないの。これからは私が絵里ちゃんの専属コーディネーターをやってあげる」

「えーっ、勘弁して下さいよォ」

愉しげに戯れている女二人を残し、香良洲はその場を立ち去った。

翌年二月、幕辺は大蔵省を退職した。停職処分を食らっては次官の目は断たれたも同然である。省内での出世に見切りを付けたのであろう。

しかし退官と同時に、幕辺は大蔵省財政金融研究所の顧問に納まった。一足先に華麗な天下り人生をスタートさせただけでなく、大蔵省や官邸に対し影響力を維持するつもりでいるのは容易に想像できた。

土壇場で幕辺を切ったという負い目がある限り、大蔵省も官邸もともに幕辺の呪縛からはそうそう逃れることができないだろう。

さらには、橋本龍太郎前総理が強硬に主張する省名変更問題がある。すなわち、行政改革の象徴として、大蔵省という省名を財務省に変更しようというのだ。

これはＯＢ、現役を問わず、大蔵省関係者の猛反発を招いていた。エリートを自負する彼らにとっては、『大蔵省』の看板はそれほど――国民の生活よりも――重いものであったのだ。恥も外聞もない対官邸・省名変更阻止工作の中で、大蔵省の〈有志〉が幕辺を担ぎ出そうとしているという話も風の噂に聞こえてきた。

そうした噂を、香良洲は他人事のように聞いた。

主計局長のポストに就きながら次官になれなかった者は、長い大蔵省の歴史の中でもごくわずかだ。予定調和人事は大蔵省の不文律である。必然的にそれを破壊した勢力に対して凄まじい怒りの反作用が向けられる。

複雑な利害と権力バランスが入り乱れる現実は、理屈で割り切れるものではない。また、かつて財金分離を企図する政府に対し、その徹底阻止を主導していたのは田波現次官だという説がある。それが本当だとすれば、田波の真意はどこにあったのか。田波を大蔵省再建のため次官に据えた政府の真意はどこにあったのか。

――そもそも、なぜこのタイミングで検察がノーパンすき焼き店の摘発に動いたと思う？

そう言っていたのは理代子だったか。

金融監督庁の長官に納まったのは、法務省の監督下にある検察出身の日野正晴だ。そのことと何か関係があるのだろうか。分からない。分かるはずもない。考えたくもないが、考えずにはいられない。

迷走する思考を持て余し、自宅周辺をぼんやり歩いていたとき、すぐ側で見覚えのある黒いバンが停車した。反射的に足を止めると、後部のスモークガラスが下がり、花潟組の芥老人が皺だらけの顔を覗かせた。

「えらいご無沙汰やな、香良洲はん」

「これは……」

驚いて挨拶を返す。

「こちらこそご無沙汰を致しております」

「あんまり元気そうには見えへんけど、どないや、あんじょうやっとるか」

「おかげさまで、まあまあです」

「何がまあまあやねん。あんた、大蔵省辞めてもたんやてなあ」

「なんだ、ご存じだったんですか。芥さんもお人が悪い」

「花潟の情報網をナメたらあかんで。それにヤクザやねんから人が悪いに決まっとるやろが」

相変わらずの芥節に、香良洲は思わず顔を綻ばせた。

「ほお、気持ちのええ笑顔やないかい。まだそんな顔ができるんやったら安心や」

「恐れ入ります」

今はこの老ヤクザがひたすらに懐かしく、慕わしかった。

「あんた、まだ浪人しとんねやろ。元役人やったら、天下りとかし放題なんとちゃうんかい」

「それは人によりますよ。僕はもうちょっと……」

「自由でいたい、とかほざいとんのやろ？　ちゃうか」

図星を衝かれて苦笑する。

「敵いませんね」

「そやったら、いっそウチに来《け》えへんか。あんたやったら、直参スタートで執行部の大幹部まで最短距離のコースに乗せたるで」

「そんな、まるでキャリアの出世コースみたいに」

「おんなじようなもんやないかい。どや、その気があるんやったら、この車に乗ってわしと一緒に来んかい。すぐに盃させたるわ」

気の短い老人がドアに手をかける。

「とても魅力的なお申し出ですが、今しばらく考えてみたいと思います」

「考えるて、何をやねん」

「日本の行く末について」

老人は「けっ」と吐き捨てるように嗤い、

「そんなん、ロクなもんにならへんのは分かり切っとるがな。これからの日本は奈落へ向かって一直線や」

「おっしゃる通りだと思います」

「まあええ。気が変わったらいつでも電話してや」

「はい、ありがとうございます。そうさせて頂きます」

「ほな、お互い達者でな」

老人の顔はスモークガラスの向こうに消え、バンは走り去った。

黒い車が見えなくなるまで見送って、香良洲は再び歩き出す。心と足が、ほんの少し軽くなっていた。

芥老人の言ったことは実に正しい――ならばいい、踊ってやろう――

そんな気持ちが湧いてきた。

日本が奈落に転がり落ちるまで、この馬鹿げた現実という喜劇を眺めて踊ってやろう。

謝辞

本書の執筆に当たり、元警察庁警部の坂本勝氏より多くの助言を頂きました。
ここに深く感謝の意を表します。

[主要参考文献]

『市場検察』村山治著　文藝春秋
『特捜検察vs.金融権力』村山治著　朝日新聞社
『財務省人事が日本を決める』山村明義著　徳間書店
『虚業——小池隆一が語る企業の闇と政治の呪縛』七尾和晃著　七つ森書館
『財務省の闇』歳川隆雄　山田厚史　千葉哲也　白石健郎著　別冊宝島Real
『財務省の黒い霧』歳川隆雄著　宝島社新書
『財務官僚の出世と人事』岸宣仁著　文春新書
『財務省と政治』清水真人著　中公新書
『大蔵省権力人脈』栗林良光著　講談社文庫
『大蔵省権力闘争の末路』歳川隆雄著　小学館文庫

解説

池上冬樹

まずは、最新作『半暮刻《はんぐれどき》』（双葉社）からはじめよう。

この小説は、暴力団に所属しないで犯罪を行なう集団、つまり半グレたちを主人公にしている。会員制クラブにつとめる山科翔太と辻井海斗で、二人は店の方針に従って、女性客を騙して借金まみれにし風俗店に落としていたが、ある日警察の摘発にあう。だが、逮捕され刑に服したのは末端の翔太だけだった。

ここから二人は違う道を歩み始めるのだが、そもそも二人は生まれも育ちも違っていた。翔太は児童養護施設で育ち、少年院入所歴があり高校中退。海斗は経産省のキャリア官僚の息子で、有名私立大学に在学中という設定だ。第一部では翔太が自らの罪と向き合い、第二部では大手広告代理店に就職した海斗の罰を捉えていく。特に第二部、海斗は東京都市博の推進準備室で公金を還流させるシステムを作り上げていくが、そこで政界と官界に食い込むヤクザと半グレ、それを巧く利用する広告代理店の構図を徹底的にリアルに浮き彫りにしていく。ヤクザは暴力団対策法などの法律に縛られるが、半グレはカタギの世界に身を置きながら、法の隙間で好き勝手ができる。代理店勤務のエリート社員でも犯さざるをえない合法的な犯罪があり、それによって出世が決まる歪んだ背景が鮮烈に映し出されている。「日本社会の闇と本物の悪をえぐる」という帯文が、ひしひしと迫る社会派サスペンスだ。

月村了衛といえば、「機龍警察」シリーズ（早川書房）だろう。二〇一〇年に出たシリーズ第一作『機龍警察』はやや軽かったが（二〇一四年に「完全版」が出ていちだんと厚みが出た）、第二作『機龍警察　自爆条項』（二〇一一年）で日本SF大賞を受賞し、第三作『機龍警察　暗黒市場』（二〇一二年）では吉川英治文学新人賞を受賞するなどSFファンのみならずハードボイルド・冒険小説ファンも狂喜させ、さらにはその文学性が文壇でも高く評価され、機龍警察シリーズは新作が出るたびに（『機龍警察　未亡旅団』『機龍警察　火宅』『機龍警察　狼眼殺手』『機龍警察　白骨街道』と短篇集をいれて現在まで七作）、ミステリ・ベストテンを賑わせてきた。私事になるが、『機龍警察　自爆条項』の帯の推薦文を担当していて、メイン・ストーリーとサイド・ストーリーが見事に織りあう海外エンターテインメントを念頭において書いたのだが（「元女性テロリストと家族をテロで失った女性警部補の物語が読ませる。本筋と脇筋が入念に織り上げられた警察&冒険小説の秀作。今後の展開が楽しみだ」）、予想はしていたものの、その後の小説の凄味は、こちらの予想をこえるボリュームとスケールだった。国産エンターテインメントの歴史に残る出色のシリーズだろう。

だが、もっと驚いたのは、月村了衛の才能の豊かさである。警察小説、冒険小説、ハードボイルド、ノワールというジャンルは予想できても、まさか時代小説まで手を延ばすとは思わなかった。アメリカ製の最新式回転拳銃を武器にして江戸の暗黒街に戦いを挑む『コルトM1851残月』（講談社、大藪春彦賞受賞）、水戸光圀が原稿督促のため全国の執筆者のもとを回る『水戸黄門　天下の副編集長』（徳間書店）など荒唐無稽きわまりないのに細部が充実していてリアルで実に面白いのだ。

さらに月村了衛の近年の特徴は、史実と虚構を巧みに組み合わせた社会派サスペンスの数々だろう。昭和から平成にかけての重大事件の数々の裏側を公安警察の視点から捉え直す『東京輪舞（ロンド）』（小学館）、元戦災孤児のアウトローが一九六四年の東京オリンピック記録映画の監督選定で暗躍する『悪の五輪』（講談社）、戦後最大の詐欺集団〝豊田商事〟事件の残党たちの運命を抉る『欺す衆生』（新潮社、山田風太郎賞受賞）など、現代史を多角的に描くセミドキュメント小説が目立つ。冒頭で紹介した『半暮刻』も二〇二一年に行なわれた東京オリンピックの不祥事をモデルにしていることは読めばすぐにわかる。実際の事件報道を知っているとひょっとしたらこういう堂々たる公金還流（二〇二三年の流行語であり、これからも使われる言葉を使うなら〝公金チューチュー〟）があったのではないかと思わせるほどリアルである。知人の大手新聞の女性記者が一読して、〝月村さん、やりますね！〟と感嘆していたほどだ。

そして実は（枕が長くなってしまったが）、本書『奈落で踊れ』も、その現代史を描く一連の作品に連なる。社会に巣くう悪党たちの話を書かせると月村了衛の右に出る者はいないが、本書もそうで、舞台は一九九八年冬の日本、発端はノーパンすき焼きスキャンダルである。今回の悪党は大蔵省（現財務省）の官僚たちである。

一九九八年一月、大蔵省接待汚職事件（「ノーパンすき焼きスキャンダル」）が発覚した。大蔵省の多くの者が接待をうけていたが、八九年入省組の四人は何とかして処分を免れる方法はないかと考え、接待を受けていない同期の文書課課長補佐の香良洲《からす》圭一に助けを求める。

香良洲は「大蔵省始まって以来の変人」の異名を取り、緊縮財政に反対の方針をとる論文を発表して、大蔵幹部の逆鱗にふれ、地方の税務署にとばされていた。だがしかし香良洲は、税務署長時代に破綻しかけていた地方銀行の徴税を先送りしたり、悪質業者に嵌められ汚職で逮捕されそうになった地方議員を助けたりして、地方銀行にいる大蔵OBの経営層や議員たちの口利きで、早々と本省に戻ってきたのだった。

彼らには義理も友情もなく断っても良かったが、接待疑惑の主要人物が主計局長の幕辺と知らされて引き受ける。幕辺は銀行局長時代に執拗に接待を要求していたし、問題のノーパンすき焼き店も、幕辺が最初に指定した店だという。次期次官候補で、実質彼が大蔵省の黒幕といってもよかった。省内の反主流派の面々を検察に生贄として差し出して、事態の幕引きを図ろうとしているのも許せなかった。

香良洲はさっそく動き出し、元妻で与党・社倫党政治家秘書の花輪理代子から、政財官界の極秘顧客リストの存在を告げられる。だが、そのリストが見つからない。香良洲は業界の切れ者のフリーライター・神庭絵里に調査を依頼、絵里は暴力団・征心会若頭の薄田に接近する。香良洲もまた大物総会屋と顔をあわせることになるのだが……。

いやあ面白い。読み始めたらやめられなくなるだろう。当時の事件を知っているならなおさら惹きつけられる。小説の中では〝ノーパンすき焼きスキャンダル〟となっているが、実際の名前は〝ノーパンしゃぶしゃぶ接待汚職〟で、事件の概要はほぼ事実通り。興味深いのは加藤紘一、梶山静六、宮沢喜一など、実在の政治家の名前が次々に出てきて、大蔵省解体の裏側が語られたり、当時の政界汚職の顕著な例として新井将敬議員の自殺問題もリアルタイムの事件として提示されたりと実に生々しいことだ。いまはなきスキャンダル雑誌「噂の真相」も出てきて、事実の信憑性をはかる目安にしているのも懐かしい。

もちろん面白いのは、ダーク・ヒーローともいうべき香良洲だろう。途中から幕辺との虚々実々の駆け引きも行なわれて、いったいどこに物語の着地点があるのかわからなくなるのだが、この見えにくさというか、鵺《ぬえ》的状況こそ、伏魔殿ともいうべき大蔵省の姿でもあろう。〝変人〟が巧みにさばいて解決へと向かう話だが、堅固な組織にはワルがはびこっていて（ワルでなければ出世はできないのだ）、決して簡単には進まない。対策を練る前に相手に先に仕掛けられ、後手にまわることもある。いったいどのように危機を回避して勝利を摑むのかという展開になるのだが、先の展開がまことに読めない。途中、やくざに恋した国会議員の姿がコミカルに描かれているが、これなども最高裁まで争われた女性議員の夫をめぐる報道裁判を思い出させてニヤリとさせる。そんな喜劇をはさみながら、次第に抜き差しならない状況においやられ、香良洲は思い切った行動に出る。驚愕の決断であるが、そうしなければならない思いがあったからである。

もともと香良洲が地方にとばされたのは「デフレ経済下における消費増税の悪影響について」という論文を専門誌に発表したからだった。緊縮財政をとる政府と大蔵省の基本方針をまっこうから否定した。その思いは本省に戻ってきてもかわらない。大蔵省の主流派たる幕辺局長は当然消費税の増税を画策しているが、それを認めるわけにはいかない。なぜなら「消費税とは恒久的増税のロジックを内包するものにほかならないからだ。昨年の五パーセントへの増税は、必ずや今後の日本に終わりのないデフレ不況をもたらすだろう。／これ以上の愚挙はなんとしても阻止せねばならない。たとえどんな手を使ってでも」（223頁）という思いを抱いているからだ。そして最終的に香良洲が選んだ〝手〟が衝撃的なのだが、それは読まれた方ならわかるだろう。
大蔵省は二〇〇一年に財務省と金融庁に解体されたが、財務省は依然力を持ち続けている。いまだに『日本は借金で首が回らないので破綻を防ぐためには増税をすることはやむを得ない』という財務省の主張がまかり通っているが、それが必ずしも真実ではないことも語られるようになってきた（詳細は森永卓郎の『ザイム真理教──それは信者8000万人の巨大カルト』三五館シンシャ発行）。そういう時に本書を読めばますます日本経済と政治の仕組みが見えてくるだろう。まことにタイムリーな小説といっていい。

（いけがみ　ふゆき／文芸評論家）

奈落《ならく》で踊《おど》れ

朝日文庫

2024年1月30日　第1刷発行

著　者　月《つき》村《むら》了《りよう》衛《え》

発行者　宇都宮健太朗

発行所　朝日新聞出版

〒104-8011　東京都中央区築地5-3-2

電話　03-5541-8832(編集)

03-5540-7793(販売)

印刷製本　大日本印刷株式会社

Published in Japan by Asahi Shimbun Publications Inc.

定価はカバーに表示してあります

ISBN978-4-02-265135-8

落丁・乱丁の場合は弊社業務部(電話 03-5540-7800)へご連絡ください。

送料弊社負担にてお取り替えいたします。